Lara Avery
Könntest du nur bei mir sein

cbj

© Jeremiah Satterthwait

DIE AUTORIN

Lara Avery ist Lektorin in einem Verlag und widmet sich ansonsten dem Schreiben. »Könntest du nur bei mir sein« ist ihr zweiter Jugendroman. Sie lebt und arbeitet in Minneapolis.

Lara Avery

Könntest du nur bei mir sein

Aus dem Amerikanischen
von Clara Mihr

cbj

Dieses Buch ist auch als E-Book erhältlich.

MIX
Papier aus verantwortungsvollen Quellen
FSC® C014496

Verlagsgruppe Random House FSC® N001967

2. Auflage
Erstmals als cbj Taschenbuch Dezember 2015

Die Originalausgabe erschien 2015
unter dem Titel »A Million Miles Away«
bei Little Brown and Company, einem Verlag der Verlagsgruppe Hachette, New York
Zitatabdruck von »And The Wind Sings Boo« von Alex Lemon
auf S. 5 aus: »The Wish Book« mit freundlicher Genehmigung
von Milkweed Editions
Übersetzung: Clara Mihr
Umschlaggestaltung: Suse Kopp, Hamburg
unter Verwendung des Originalumschlages von Liz Dresner
Umschlagfoto: © Keely Yount
MP · Herstellung: ReD
Satz: Buch-Werkstatt GmbH, Bad Aibling
Druck und Bindung: GGP Media GmbH, Pößneck
ISBN 978-3-570-40327-3
Printed in Germany

www.cbj-verlag.de

Für meinen Bruder Dylan

L. A.

You know you're in
The choicest of spots,
When, staring out the window,
You feel a gaping void wheeze
Inside you. Bang, bang, bang,
Flounders a bluebird against
The plate glass. Slap, slap,
Thump, drops the sad truth
Through your bones. So there
It all is.

Alex Lemon

KAPITEL 1

»Die Bullen?«

»Wo sind meine Schuhe?«

»Dreh Beyoncé wieder auf.«

In dem pfirsichfarbenen Haus mit der ausladenden Veranda, das unter den Ästen jahrhundertealter Eichen lag und an einen Garten voll dösender Sonnenblumen grenzte, wurde es still. Das Haus gehörte den Maxfields, seit Rob und Melody Maxfield vor etwas über zwanzig Jahren aus den Flitterwochen zurückgekommen waren und die Zimmer mit zwei Töchtern gefüllt hatten.

Es war Freitagabend und ihr Subaru stand nicht in der gepflasterten Einfahrt. Drinnen war es still geworden, nur ein paar Mädchen kicherten, abgeschirmt hinter den Rücken ihrer jeweiligen Freunde. Plastikbecher mit Bier wurden geleert und beiseitegeworfen.

Kelsey Maxfield schob sich durch die Menge. Sie hielt die verschwitzte Hand eines jüngeren Mädchens, das ganz ähnlich aussah wie sie in dem Alter – kein Po, kein Busen, aber jede Menge Body-Glitter und Haarspray. Kelsey hatte die Musik runtergedreht und mit einem beruhigenden Blick zu dem nervösen Mädchen, das immer noch in seiner hautengen Cheerleader-Kluft steckte, räumte sie ihr einen Platz neben dem silbernen eisgekühlten Bierfass frei.

»Alle mal herhören«, brüllte Kelsey mit einem Zahnpastareklame-Lächeln.

Ihre heisere Stimme schallte durchs Haus. Im Licht der Küche änderten ihre dunklen Augen die Farbe. Ihr Haar – nicht ganz blond, nicht ganz braun – war von ihrem Halbzeitauftritt beim letzten Footballspiel der Saison noch zu einem hohen, straffen Dutt zusammengebunden. Das jüngere Mädchen neben ihr folgte dem Beispiel seiner Kapitänin und stemmte eine Hand in die Hüfte.

»Hannah T. hat euch was zu sagen.«

Ein paar Buhrufe der Jungs.

»Klappe.« Kelsey zeigte ihnen einen blutorangefarben lackierten Stinkefinger. »Wie ich gerade sagen wollte, Hannah meint, sie kann meinen Rekord im Handstand-Biertrinken brechen. Vierundzwanzig Sekunden. Du weißt, dass er bei vierundzwanzig Sekunden liegt, oder Hannah T.?«

Hannah quietschte, Anfeuerungsrufe ertönten und wurden immer lauter.

»Hannah, Hannah, Hannah …«

Hannah schwang sich in einen Handstand und umklammerte die Ränder des Bierfasses, während Gillian und Ingrid ihre Beine hielten.

»Bist du bereit, Hannah?«

»Bereit«, rief Hannah mit schwacher Stimme.

»Los!«

Kelsey stellte sich vor, wie das Bier gleichmäßig aus dem Fass über den Zapfhahn in Hannahs Mund und ihren Magen floss, der sicher voller Lasagne und Limonade vom Abendessen war.

»Drei … vier … fünf …«, feuerten die Zuschauer sie an.

Lustig, sonst war Kelsey immer die Erste gewesen, die einen Handstand auf dem Bierfass machte. Ihr war irgendwie nostalgisch zumute. Früher hatte man für *sie* gezählt. Aber nun war sie in der Oberstufe und Co-Kapitänin der Cheerleader. Sie musste verantwortungsbewusst sein, oder, na ja, so verantwortungsbewusst wie möglich. Sie hatte die Jade-Buddha-Statuen aus dem Wohnzimmer unter ihr Bett geschoben und die hölzernen Fensterläden zugeklappt. Dann hatte sie ihre Eltern angerufen, um sicherzugehen, dass sie nicht womöglich früher nach Hause kämen, weil sie sich wieder einmal mit ihren Freunden darüber gestritten hatten, was am besten zu Cabernet Sauvignon passt. (Soweit schien alles gut zu laufen auf dem einzigen Weingut in Central Kansas oder jedenfalls gut genug. Vor morgen Nachmittag würden sie nicht zu Hause sein.)

Außerdem hatte Kelsey ihrer Schwester versprochen, die Schlafzimmertür abzuschließen. Michelle wollte nicht, dass jemand Bier über ihre Gemälde kippte. *Aber würde ihnen das nicht das gewisse Etwas verleihen,* scherzte Kelsey immer. Michelle fand das aber nicht besonders lustig.

»Zehn … elf … zwölf …«

Oh, Mist. Sie hatte vergessen, Michelles Tür abzuschließen.

»Dreizehn … vierzehn … fünfzehn …«

Hannah kam Kelseys Rekord ganz schön nahe. Zu nahe. Kelsey blickte auf Hannahs konzentriertes, kopfüber hängendes Gesicht. »Hast du genug, Hannah T.?«

Hannah antwortete, indem sie weiter Bier schluckte.

»Achtzehn … neunzehn … zwanzig …« Schulter an Schulter drängte sich das rotgesichtige Partyvolk um das Bierfass und wurde immer lauter. Kelsey zwang sich mitzujubeln. Sie plante bereits ihre Abdankungsrede. *Es ist also so weit. Ich muss das Bierfass-Handstand-Zepter weiterreichen …*

Aber genau bei dreiundzwanzig Sekunden hob das jüngere Mädchen einen Finger. So zeigte man, dass man sich beim Bierfass-Handstand geschlagen gab. Hannahs dünne Beine wurden auf den Boden hinuntergelassen. Kelsey gönnte sich einen feierlichen Schluck und heimste ein paar High-Fives ein.

»Ärger dich nicht, Hannah«, tröstete Kelseys Co-Kapitänin Gillian. »Kels Rekord ist höher als ihre Collegetest-Punktzahl.«

»Halt die Klappe«, sagte Kelsey. »Gut gemacht, Hannah T.«

Hannah machte eine kunstvolle, beschwipste Verbeugung und nahm ein Glas Wasser entgegen, das Gillian ihr geholt hatte.

Ingrid legte ihren langen Arm um Kelsey Hals und sagte mit dem furchtbaren französischen Akzent, den sie immer annahm, wenn sie betrunken war. »Meinö Liebö, isch sehe da eine très attraktive Kerl vom College in der Eckö. Isch glaubö, der geört zu dir.«

Kelsey suchte den schummrigen Raum nach Davis' dunklem, gescheiteltem Haarschopf ab und entdeckte ihn zwischen ein paar Baseballspielern und dem Herausgeber des Jahrbuchs.

Sie erkannte seine tiefe Baritonstimme. »Und ich so, gib mir den Hammer. Du hattest wohl noch nie in deinem Leben einen Hammer in der Hand …«

Kelsey schob sich in seine Richtung. Michelles Tür mit dem Sicherheitsleck konnte warten.

Sie waren sowieso alle hier unten. Sogar Michelles Freunde standen zusammengedrängt in einer Ecke und sahen aus wie Anthropologiestudenten, die unter ihren asymmetrischen Haarschnitten hervor eine fremde Spezies beobachten.

Aber weder Michelle noch ihr Freund waren dabei. *Freund*

war vielleicht zu viel gesagt. Eher *Objekt-temporärer-und-obsessiver-Begierde*. Kelsey hatte sogar angeboten, Michelle und Wen-auch-Immer nach dem Spiel mitzunehmen, aber sie war nicht darauf eingegangen. Wegen ihm hatte Michelle nicht einmal auf die Facebook-Einladung zu der Party bei ihnen zu Hause reagiert.

Davis fing Kelseys Blick auf und lächelte. »Und dann bin ich da mit einem kostenlosen Regal rausgelaufen. Hallo.«

Er beugte sich zu Kelsey, alle anderen Gespräche waren jetzt beendet. »Hallo Hübscher«, antwortete Kelsey. Sie nahm sein Gesicht in die Hände und küsste ihn. Seine Haut roch, als hätte er es schon krachen lassen. »Wann bist du gekommen?«

Davis hob sie hoch und nahm sie Huckepack. »Gerade eben. Bei all den Verbindungspartys hieß es, wenn du kein Mädel dabei hast, darfst du nicht rein. So.«

»Glück für mich!«

»Glück für dich!« Davis lief einfach los, sodass sie versehentlich mit den Füßen gegen eine oder zwei Cheerleaderinnen stieß.

»Wo bringst du mich hin?«

»Ins Bier-Land!« rief Davis.

Hannah T. stand schwankend neben dem Bierfass und schlürfte Wasser. Ihr Blick wanderte von Kelsey auf Davis' Rücken zu ihren Armen um seine kräftige Brust und wieder zurück zu Kelsey. »Wer ist das?«

Kelsey lachte und sagte mit Late-Night-Radiomoderatoren-Stimme: »Mein Lover.«

Hannah T. zuckte die Achseln und verzog einen Mundwinkel zu einem ungläubigen Lächeln. »Warum hast du so ungefähr das beste Leben der Welt?«

»Hat sie im Angebot gekauft.«

»Erzähl den Leuten bitte nicht, dass ich auf Sonderangebote stehe.« Kelsey rutschte von seinem Rücken, zwinkerte Hannah zu und reichte Davis ihren leeren Becher. »Schenkst du mir nach, bitte? Ich betreibe so lange Schadensbegrenzung.«

Die Zimmer der Schwestern waren erst vor Kurzem an das Haus der Maxfields angebaut worden, nachdem Michelle Kelsey mit vierzehn bei einem Streit um die Fernbedienung die Rippe geprellt hatte. Als ihre Eltern sicher waren, dass Melody eine Professur auf Lebenszeit bekommen und Robs zweites Restaurant sich halten würde, rissen sie die Rückwand des oberen Stockwerks heraus und bauten den Mädchen benachbarte Zimmer mit Schlössern an den Türen und einem Balkon. Kelsey nutzte ihre Seite, um sich zu bräunen, Michelle um ihre fotorealistischen Gemälde der Nachbarschaft zu trocknen. Perfekte Abbilder, bis auf die Farben. Alles in Neon, verkehrt herum oder leicht verschwommen. Kelsey verstand das nicht, aber ihr gefiel es.

In Michelles Zimmer würde sie die Tür von innen abschließen müssen, zur Balkontür rausgehen und durch ein paar kleine Bäume steigen, die als »Zaun« zwischen den beiden Seiten dienten.

Aber als sie zu Michelles Tür kam, war diese bereits abgeschlossen. »Hey!« Kelsey hämmerte gegen das noch immer rohe Holz. Keine Antwort. Etwas regte sich. Gelächter. Es klang, als würde jemand Michelles Zimmer vorübergehend als Hotelzimmer benutzen. Kelsey hämmerte noch mal gegen die Tür. »Hallo! Hier ist Kelsey.« Noch mehr Gelächter. Die Tür blieb weiterhin geschlossen.

»Hey!«, rief Kelsey noch einmal. Sie rüttelte am Türknopf. Aussichtlos. Blieb nur eine Möglichkeit. Sie durchquerte ihr eigenes dunkles Zimmer, stieg über einen Haufen achtlos hingeworfener Leggings und Sport-BHs und öffnete die Fliegengittertür zu ihrer Seite des Balkons.

Auf Michelles Seite fiel Licht auf die Balkonplanken. Kelsey schlüpfte zwischen den Bäumen hindurch und sah durchs Fenster ihre Schwester ausgestreckt auf dem Bett liegen. Ein Kerl mit sandfarbenem Haar saß auf ihrem Schreibtischstuhl und hatte den Kopf über ein Buch gebeugt.

Er las laut vor.

Kelsey riss die Fliegengittertür auf. »Oh«, sagte sie. »Interessant.«

Michelle drehte den Kopf und strich sich das Haar aus den Augen. »Oh«, echote sie. »Hey.«

Michelles neuer Freund schlug das Buch zu und lächelte Kelsey an. »Wow, ihr zwei seht echt haargenau gleich aus.«

»Ja«, sagte Kelsey und blickte dabei immer noch Michelle an. Wahrscheinlich war es besser, wenn sie sich sein Gesicht nicht aus der Nähe anschaute; sie würde es sowieso wieder vergessen müssen. »Kommst du bitte kurz mit raus?«

»Ooo-kaaa-y.« Michelle sprach und bewegte sich gewollt langsam, nur um Kelsey zu ärgern.

Als Michelle draußen war, warf Kelsey die Tür mit einem Knall zu.

»Bleibt er über Nacht?«

»Ja, muss er. Er ist auf dem Weg nach Fort Riley, um von dort auszurücken. Nicht zu fassen, oder?«

»Was weiß ich! Warum hast du nicht auf meine Nachrichten geantwortet?«

»Ich war beschäftigt.«

»Du hättest wenigstens runterkommen können und Hallo sagen. Ein paar von deinen komischen Freunden sind auch da …«

»Hi!« Michelle winkte mit beiden Händen. Ihre dunklen Augen leuchteten voller gekünstelter Begeisterung.

Irgendwas war anders an ihrer Schwester. Sie hatte Wimperntusche aufgelegt. Kelseys Wimperntusche. »Bist du jetzt fertig?«

»Sei nicht so zickig.«

»Bin ich nicht. Danke. Tut mir leid. Was immer du hören willst. Ich hab Peter seit zwei Monaten nicht gesehen und er ist auf halbem Weg ans andere Ende der Welt.«

»Na und? Du findest schon einen anderen, was weiß ich, einen Studenten von der Filmakademie oder so.«

Oder einen Brasilianer aus dem Fußballteam des Colleges, dachte Kelsey. *Oder einen Theaterwissenschaftler, der aussieht wie eine dunkelhaarige Version von Woody Allen oder einen Verkäufer aus einem Plattenladen, der ein Kassengestell mit gelb getönten Gläsern trägt.*

Kelsey hatte sie alle kommen und gehen gesehen. Sie hatte gelernt, Michelle höflich zuzuhören, wenn sie sich beim Abendessen, das ihr Vater gekocht hatte, darüber ausließ, dass es »Liebe auf den ersten Blick« gewesen sei. Oder dabei zuzusehen, wie sie nach der Schule zu ihnen ins Auto stieg, sich auf Motorräder schwang oder auf Fahrradlenker kletterte. Und schließlich auf die stillen Zeichen dafür zu achten, dass ihre Schwester das Interesse verloren hatte – abschweifende Blicke, wechselndes Überschlagen der Beine. Am Ende stand sie immer mit Michelle zusammen auf dem Balkon und verfasste ihr einen Text zum Schlussmachen, denn Michelle war furchtbar schlecht darin, etwas Geringeres als einen Roman zu schreiben. Und dann ging alles wieder von vorne los. Aber bei diesem Typ hatte es nichts davon gegeben. Kelsey warf durch den Türspalt einen kurzen Blick auf ihn: Seine durchtrainierten, bleichen Arme ruhten auf seinen Knien, während er in einem Andy-Warhol-Bildband blätterte.

Michelle seufzte. »Peter ist anders. Ist dir überhaupt nicht aufgefallen, oder?«

Gillian kam die Treppe herauf und zerrte an Kelseys Arm. »Zeit wieder runterzukommen. Wer ist das?« Sie lugte durch den Türspalt in Michelles Zimmer.

»Weiß nicht«, schnaubte Kelsey. »Ist ziemlich schwer, den Überblick zu behalten.«

Michelle verpasste ihr prompt eine Kopfnuss. Kelsey rieb sich empört den Hinterkopf und Michelle ging zurück in ihr Zimmer. »Ein Soldat also? Hol dir nicht die Syphilis«, zischte Kelsey ihr hinterher.

Dann wandte sie sich um und ging mit Gillian zurück zur Party.

»Er ist süß«, sagte Gillian.

»Wenn du meinst.«

Michelle hatte sie einander nicht einmal vorgestellt.

Auf der Treppe hielt Kelsey inne und begutachtete die Menge, die sich um das Bier scharte, die vereinzelten Pärchen, die mit hochgereckten Armen zur Musik wippten. Ingrid machte einen Handstand gegen die Wand. Davis war umringt von Mädchen in UGG-Boots. Er fing ihren Blick auf und winkte sie zu sich.

Kelsey ging noch eine Stufe hinunter. »Hey!«, rief sie.

Köpfe drehten sich und blickten auf ihre hoch erhobenen, braun gebrannten Arme und ihre Beine in den engen Jeans. Die Augen der Welt waren auf sie gerichtet. Na ja, die Augen ihrer Welt zumindest.

»Wer will sehen, wie ich meinen eigenen Rekord breche?«

KAPITEL 2

Die Party hatte sich in den frühen Morgenstunden aufgelöst. Zurück blieben eine pochende Stille im ganzen Haus und mit roten Plastikbechern gesprenkelte Zimmer. Kelsey wachte neben Davis auf, der mit offenem Mund schnarchte wie eine Vespa beim Beschleunigen, und erinnerte sich verschwommen, wie sie Bier aus einem Stiefel getrunken hatte. Sie schob ihren Freund beiseite und tapste über ihre am Boden verstreuten Klamotten. Es roch nach gebratenem Speck.

Sich die Augen reibend bahnte sie sich einen Weg zur Küche, um Michelle zu ermahnen, den Speck nicht – wie immer – anbrennen zu lassen.

»Speck«, war alles, was sie herausbrachte.

»Für dich«, sagte eine Stimme. »Hoffe, das ist okay.«

Kelsey hob ruckartig den Kopf.

Peter stand am Herd und aß eine Schale Cornflakes. Der geheimnisvolle Peter. Oben ohne. Er war irgendwie ganz schön bleich. Aber nicht unansehnlich bleich. Kelsey merkte, wie sie sich reflexartig mit den Fingern durch die strubbeligen Haare fuhr. Sie ließ es sein und öffnete den Kühlschrank.

»Wart mal.« In seiner Stimme schwang Zärtlichkeit. »Ich dachte, du wärst unter der Dusche.«

Kelsey richtete sich auf. Oh Gott. Nicht er auch noch. Es passierte immer wieder: auf den Schulkorridoren, an Thanksgiving mit Verwandten, im *La Prima Tazza*, wenn Michelles Barista-Freunde ihr heiße Schokolade machten, die Kelsey hasste.

Als sie ihn hinter sich spürte, nur wenige Zentimeter entfernt, drehte sie sich mit einem gezwungenen Lächeln um. »Ich bin Kelsey«, sagte sie und legte ihm abwehrend eine Hand auf die Brust.

Peters Augen verengten sich, er fasste sich mit der Hand an die Lippen und setzte sich an den Tisch. Mit vollem Mund schaute er zu ihr auf. »Du wirst es mir nicht glauben, aber eine Millisekunde, bevor du deinen Namen gesagt hast, hab ich's bemerkt.«

»Du hast recht. Das glaub ich dir nicht.«

»Dann lass uns so tun, als wäre es nicht passiert. – Oh, hi«, sagte er und neigte den Kopf. »Hab dich gar nicht gesehen. Ich bin Peter.«

»Ja, tja. Als Michelle noch gruselige Meerjungfrauen-Haare bis hier hatte, war es einfacher, uns auseinanderzuhalten. Dann hat sie meinen Haarschnitt kopiert.«

Sie betrachtete ihn über den Orangensaftkarton hinweg. Es fiel ihr sehr schwer, die Augen von seinem nackten Oberkörper abzuwenden, auf dem sich die Muskeln abzeichneten, aber nicht übermäßig, eher so, als wären sie sorgfältig gezeichnet und dann verwischt worden. So wie auf einer von Michelles Skizzen.

Er ging zurück zum Herd und warf ihr einen flüchtigen Blick zu. »Hübsches Shirt.«

Kelsey schaute auf ihre BH-lose Brust hinunter. Dort stand: Meine Mom war in einem T-Shirt-Laden, und alles, was ich bekommen habe, war dieses T-Shirt. Michelle hatte es im Secondhandladen gefunden. Sie verschränkte die Arme. »Danke.«

Er nahm eine Gabel und stocherte damit in der Pfanne herum.

»Was meinst du?«

Sie stellte sich neben ihn. Von dem Geruch drehte sich ihr der Magen um und gleichzeitig wurde ihr bewusst, wie furchtbar leer er war. »Kann man wenden.«

Als Peter sich bewegte, sah Kelsey, dass auf seinem Unterarm die einfachen schwarzen Umrisse einer Taube tätowiert waren. Das Symbol für Frieden. Wie ironisch.

»Du bist also auf dem Weg nach Übersee.«

»Richtig.« Er schaute sie an, seine Augen waren dunkelblau. »Erst nach Maine und von dort aus nehmen wir ein Flugzeug der Luftwaffe nach Afghanistan. Ich bin nicht aufgeregt.« Seine Augen sahen irgendwie traurig aus. »Ehrlich gesagt habe ich höllische Angst.«

»Wo in Afghanistan?«

»Das sagen sie uns nicht. Michelle hat's dir sicher erklärt.«

»Nicht wirklich«, antwortete Kelsey ausweichend. »Du wohnst nicht hier, oder?«

Peter riss ein Stück Küchenrolle ab. »Weiter im Westen. Nahe der Grenze zu Colorado. Ich hatte nach dem Infanterie-Training ein bisschen Zeit, meine Familie zu sehen, und da hab ich mir gedacht … Wo sind die Teller?«

»Im Schrank über dir.«

»… ich hab mir gedacht, ich komm vorbei. Du wusstest überhaupt nichts von alldem?«

»Wir hatten viel zu tun.« Kelsey beschloss, Michelles Hang, einsame Seelen anzuziehen wie ein Fliegenfänger, oder die hochgezogenen Augenbrauen ihrer Eltern, wenn sie wieder einen anderen mit nach Hause brachte, nicht zu erwähnen. Ihr war jetzt klar, warum Michelle nicht über Peter gesprochen hatte.

Während Peter Kelsey erzählte, wie sie sich kennengelernt hatten, verteilte er den Bacon auf Küchentüchern, so sorgsam, als würde er ein Baby in seine Wiege legen. Sie waren sich bei einem Konzert der *Avett Brothers* über den Weg gelaufen.

»Die mit den Banjos?«, fragte Kelsey.

Peter schnaubte verächtlich. »Es sind nicht nur Banjos.«

»Wenn du meinst.«

Peter war zu dem Konzert in die Stadt gekommen und dann einfach ein paar Tage geblieben. »Ich hab Michelle erzählt, ich hätte hier was zu erledigen, hatte ich aber nicht wirklich. Sie hat's irgendwann kapiert, als ich ihr erzählte, ich müsste ins Naturkundemuseum. Als ob ich mich für Dinosaurier interessieren würde. Haha.«

Kelsey erinnerte sich auf einmal, wie Michelle in letzter Zeit nach dem Telefonieren mit einem kleinen Lächeln auf den Lippen das Telefon noch eine ganze Weile nach dem Auflegen angestarrt hatte. Michelle hatte nie gerne telefoniert. Nicht mit Oma, nicht mit irgendwem. Wahrscheinlich hatte sie mit ihm gesprochen.

»Wie lange habt ihr zwei euch, du weiß schon …«

»Getroffen? Drei Monate. Aber nicht oft genug. Ich arbeite viel. Ich war bei der Grundausbildung. Wir sprechen miteinander, wenn wir können.«

Peter verstummte und schüttelte den Kopf.

»Na ja«, sagte Kelsey, »sie scheint verrückt nach dir zu sein, also vergiss sie nicht …«

»Könnte ich gar nicht. Ich liebe sie.«

Sie wich einen Schritt zurück. Peter erstarrte, den Teller in der Hand. Es war ihnen wohl beiden gleichzeitig klar geworden: Er meinte es. Sie merkte es an der Art und Weise, wie er dastand, Luft holte, die Augen stur geradeaus. Kelsey dachte an den schlafenden Davis im Obergeschoss. Er hatte ein Jahr gebraucht, um Kelsey zu sagen, dass er sie liebte. Aber Peter meinte es, genau jetzt in diesem Moment.

»Das freut mich«, sagte sie.

Er entspannte sich und grinste den Teller mit Bacon an.

»Ich, äh …«, begann Kelsey, »schau mal, ob die Dusche frei ist.«

»War schön, dich kennenzulernen«, rief er ihr nach.

Kelsey winkte und ging langsam die Treppe hinauf.

Sie hörte Michelle durch die Badezimmertür vor sich hin summen. »If I'm butter, if I'm butter«, sang sie. »If I'm butter, then he's a hot knife …«

Das Wasser wurde abgestellt. Sie traf nie die hohen Töne.

Kelsey schlüpfte hinein.

»Mitch.«

Michelles Stimme drang durch den Vorhang. »Nur weil wir früher zusammen gebadet haben, heißt das nicht, dass du meine Privatsphäre verletzen kannst.«

»Ich hab gerade mit Peter geredet.«

Michelles Kopf tauchte auf, sie dampfte und roch nach Kokos-Shampoo.

»Jetzt hab ich deine Aufmerksamkeit.« Kelsey reichte ihr ein verwaschenes Strandhandtuch, das sie vor Jahren von einer Reise nach Puerto Rico mitgebracht hatten.

»Worüber habt ihr geredet?«

Kelsey überlegte. »Nichts«, sagte sie. Normalerweise war sie es, die die Augen verdrehte, aber jetzt passte das nicht. »Ich mag ihn.«

»Ich mag ihn nicht nur. Ich …« Michelle stieg aus der Dusche und wickelte sich in das Handtuch. »Ich weiß auch nicht, Kels.« Sie wusste nicht weiter und grinste. »Er ist klug. Sogar klüger als ich. Er will nach dem Militär an eine gute Uni gehen. Vielleicht kommt er auch an die *Wesleyan*.«

»Bestimmt«, sagte Kelsey.

Michelle hatte sich schon früh für die Zulassung beworben, und sie waren sich sicher, dass sie genommen werden würde. Kelsey hatte ihrer Schwester immer gesagt, dass sie zu viel Hirn für Hausaufgaben verschwendete und nicht genug darauf, sich nicht ständig von irgendwelchen Straßenmusikern um den Finger wickeln zu lassen. Kelseys *akademische Bemühungen* hingegen hatten sich darauf beschränkt, sich mit dem willensschwachen Geografielehrer anzufreunden, um die glatte Drei abzusahnen, die sie brauchte, um beim Cheerleader-Team des staatlichen Colleges vorzutanzen.

Michelle zog beim Blick in den Spiegel die Augenbrauen hoch, während sie sich das Gesicht eincremte. »Oha, das sind ja ganz neue Töne.«

»Ich will nicht schon wieder eine Kopfnuss kassieren.«

»Aber mal ehrlich.« Michelle schaute ihr dabei so intensiv in die Augen, wie Kelsey es niemals fertigbringen würde. »Was denkst du?«

»Ich denke …« Kelsey seufzte. »Ich denke, dass er dir guttut.«

Michelle führte in ihrem Handtuch einen kleinen Siegestanz auf.

»Also«, sagte Kelsey, als Michelle die Badezimmertür öffnete. Kelsey schaute sich um, bevor sie flüsterte: »Und wie ist er so, du weißt schon?«

»Was?«

Kelsey machte einen dieser Moves, wie man sie manchmal in leicht anzüglichen Musikvideos sieht.

Michelle reckte das Kinn in die Höhe und entschwand in Richtung ihres Zimmers. An der Tür drehte sie sich um.

»Was geht dich das an?«

»Ach komm!«

»Wir warten.«

»Worauf? Dass er zurückkommt?«

Von unten rief Peter: »Bist du fertig?«

Michelle schaute Kelsey an, als erwarte sie eine verbale Kopfnuss.

Kelsey hatte auch etwas ganz Gutes in petto, irgendwas von wegen, dass Michelle ihn nicht angemessen in den Krieg verabschiedete.

Aber dann dachte sie daran, dass Peter in der Küche stand, Michelle liebte und es auch so meinte. Also hob sie die Hände zum Peace-Zeichen und Michelle formte mit den Lippen ein *Danke*. Letzte Nacht war vergessen.

»Fünf Minuten!«, rief Michelle und verschwand hinter ihrer Tür.

»Ich verpasse meinen Flug!«

Kelsey schaute über das Geländer zu Peter, der jetzt seine Tarnkleidung trug. »Wow, du haust echt ab, oder? Direkt zum Flughafen?«

Peter rieb sich nervös den Kopf. »Wir müssen das Frühstück wohl mitnehmen.«

Kurz überlegte Kelsey, ob sie hinuntergehen und ihn umarmen sollte. Er sah so allein aus da unten. Ängstlich.

Sie legt so viel Zuversicht in ihre Stimme, wie sie konnte. »Viel Glück, Peter.«

Er lächelte sie dankbar an und ging Richtung Haustür.

In ihrem Zimmer legte sich Kelsey zurück neben Davis und zog ihn an sich. Er roch nach Schlaf. Sie hoffte für ihre Schwester, dass die Sache mit Peter funktionieren würde.

Michelle verdient es, glücklich zu sein, dachte Kelsey. Sie verdient es wirklich.

KAPITEL 3

Es war sechs Uhr abends und das Haus war wieder makellos, verdächtig makellos vermutlich. Davis war weg und Kelseys Eltern zurück. Leises Geklapper war zu hören, als ihr Vater die Teller für das Abendessen hinstellte und ihre Mutter den Schreibtisch frei räumte für einen Stapel Aufsätze ihrer Studenten und riesige Bände über Verfassungsrecht. Kelsey rückte unauffällig die Buddha-Statuen einen Zentimeter nach links. Sie blickte kurz darauf und rückte sie dann wieder zurück.

»Puten-Burger!« brüllte ihr Dad. »Puten-Burger oder gar nichts!«

»Für mich kein Brötchen bitte«, rief ihre Mutter zurück und wippte auf dem großen Ball herum, den sie statt eines Schreibtischstuhls benutzte.

Kelsey checkte ihr Handy.

Ich (12:03): Wie war der Abschied?

Immer noch keine Nachricht von Michelle. Man brauchte höchstens dreißig Minuten zum Flughafen, fünfundvierzig, wenn man im Verkehr feststeckte. Aber es war Samstag. Und sie war vor sieben Stunden losgefahren.

Ich (14:16): ??
Ich (14:30): Sag nicht, dass er den Flieger verpasst hat …

Sie hängt sicher deprimiert in einem Café rum, hatte Kelsey zuerst gedacht. Dann waren noch zwei Stunden vergangen. Kelsey checkte alle fünfzehn Minuten die Einfahrt und hielt Ausschau nach dem 92er Volvo, den sie sich teilten. Vielleicht hatte das Auto eine Panne, aber dann hätte sie angerufen. Auch wenn ihr Akku leer war, hätte sie einen Weg gefunden, sich zu melden.

Ich (15:52): Ruf bitte an, wenn du kannst, Mom und Dad sind auf dem Weg.

Vielleicht hatte Michelle ihr Handy verloren, dachte Kelsey, aber das erklärte nicht, warum sie nicht nach Hause kam.

Kelsey ging noch mal alles durch, um sich zu beruhigen und gegen die aufkommende Panik anzukämpfen: Falls – nein – sobald Michelle ohne ihr Handy nach Hause kam, musste sie eine PowerPoint Präsentation vorbereiten, um ihren Bedarf für ein neues Handy darzulegen. Immer wenn die Mädchen etwas Teures haben wollten, einen Computer oder ein Handy oder einen Drei-Tages-Camping-Pass für ein Musikfestival, mussten sie die Notwendigkeit zunächst in einer Kosten-Nutzen-Präsentation in der Büroecke ihrer Mutter darlegen. Kelseys Präsentation mit animierter Schrift und einem Showdown, der mit John Mayers *Waiting on the World to Change* unterlegt war, als sie in der zehnten Klasse eine teure Handtasche haben wollte, hatte die Messlatte hier ziemlich hoch gelegt.

Ich (16:17): Im Ernst, Mitch. Wo bist du?

Kelsey hatte Hannahs Kotze (oder die von irgendjemand anderem) aus dem Spülbecken im Untergeschoss weggeputzt, weshalb ihr Cardigan und ihre Leggings stanken. Sie und Davis hatten das Bierfass in den Kofferraum seines Jeeps gerollt und zurückgebracht. Und schließlich hatte sie die kostbaren Buddhas aus Jade wieder zurück auf ihre Plätze gestellt. Immer noch keine Michelle.

Ich (17:23): Nicht lustig.

Kelsey machte einen Schritt zurück, um ihr Werk zu begutachten. Die Buddhas waren ein Relikt der Reise nach Kambodscha, die ihre Eltern vor ihrer Hochzeit unternommen hatten. Damals, als solche Reisen noch ungewöhnlich und günstig und fernab vom Massentourismus waren, wie ihre Mutter immer betonte.

»Kelsey? Burger?«, schrie ihr Vater.

»Ich hör dich auch, wenn du normal sprichst, Dad.«

»Burger?«, wiederholte er. »Burger? Burger?«

Kelsey verdrehte die Augen. »Ja! Aber ohne Schnittlauch und den Mist.«

»Und einen für Mitch oder was?«

»Ähm …«, Kelsey zögerte. Michelle hätte schon vor Stunden zurück sein sollen. Sie sollte direkt vom Flughafen nach Hause kommen. Sie wollte Kelsey putzen helfen. Viel wichtiger, sie sollte hier sein und ihre gottverdammte Geschichte selbst erzählen. Ihre Eltern wussten nichts von Peter. Was sollte Kelsey jetzt machen? Ihnen sagen, dass Michelle wahrscheinlich irgendwo liebeskranke Porträts eines Soldaten malte? Kelsey wurde wieder nervös. »Ich glaube, sie ist in der Bibliothek oder so. Obendrein ist sie immer noch Vegetarierin, Dad.«

»Wann gibt sie das endlich auf?«, hörte Kelsey ihren Vater murmeln. So ging das mit Unterbrechungen seit ein paar Monaten. Das familiäre Interesse an Fleisch war für Kelseys Vater eine Sache der persönlichen Ehre. Schließlich hießen seine Restaurants *Burger Paradies* und *Burger Palast*.

Kelsey wandte sich wieder den Nachrichten zu, die sie ihrer Schwester geschrieben hatte.

Ich (18:05): Hab ihnen gesagt, dass du lernst. Du schuldest mir was.

»Ha ha!« Kelseys Mom lachte. Michelle sagte immer, das Lachen ihrer Mutter klinge wie der Lockruf eines tropischen Vogels. Sie las gerade den Aufsatz eines ihrer Studenten. »Hört euch das mal an: *In einem Zentralstaat verleiht die Verfassung einer zentralen Verwaltung Legislatur und Rechtswesen die höchste Macht, obwohl oft eine Delegation der Macht oder Befehlsgewalt an lokale oder kommunale Behörden stattfindet.*«

Kelsey schaute ihre Mutter an, ihr dunkles, grau meliertes Haar, das in dicken Wellen auf ihre Schultern fiel. »Sehr witzig, Mom«, sagte Kelsey. »Wir lachen uns alle tot.«

»Der war gut M«, rief ihr Dad aus der Küche. »Wir wissen nicht, warum das witzig ist, aber solange du dich freust.« Ihre Mom hörte schon gar nicht mehr zu, sondern strich jetzt mit einem dicken Rotstift energisch in dem Aufsatz herum.

»Es ist angerichtet!« brüllte Kelseys Dad. »Puten-Burger ohne Brötchen an Rosenkohl.«

»Der ist für mich.« Ihre Mom stand auf und steckte sich den Stift hinters Ohr. Als die Mädchen noch jünger waren und ihr Dad mit seinen Restaurants noch am Anfang stand, hatten sie bei jedem Abendessen so getan, als wären sie im

Burger Paradies. Michelle malte Speisekarten mit Buntstiften und Kelsey lief in ihrem Prinzessinnenkleid herum und nahm die Bestellungen auf.

Kelseys Mom blieb vor dem Kaminsims neben ihr stehen.

»Hast du die Buddha-Statuen verrückt?«

»Was?« Kelseys Herz schlug ein bisschen schneller. »Ja. Ich hab Staub gewischt.«

»So, so.« Ihre Mutter gab ihr einen Klaps auf den Rücken.

Sie saßen zu dritt um die Küchentheke und kauten. Ihre Mutter spießte einen Rosenkohl mit der Gabel auf.

»Michelle ist weg zum Lernen hast du gesagt?«

Kelsey hustete. Statt zu antworten, nahm sie einen Schluck Wasser.

»Rob, kannst du sie anrufen?«

Kelseys Dad wischte sich die Hände an der Jeans ab und fischte sein Handy aus der Tasche. Ihr Dad sah immer irgendwie unnatürlich aus mit dem Handy an seinem bärtigen Gesicht. Gedämpftes Tuten war zu hören.

»Sie haben die Mailbox von Michelle Maxfield erreicht.« Er legte auf. »Hmm.«

»Hmm«, echote ihre Mutter. »Woran arbeitet sie?«

»Woher soll ich das wissen?«, schnauzte Kelsey.

Ihre Mutter machte große Augen. »Ich weiß nicht, Schatz, ich frage nur.« Ihre Eltern schauten sich an. Langsam wurden sie misstrauisch.

Es gab zwei mögliche Szenarien: Entweder würde Michelle jede Minute zur Tür reinplatzen oder sie würde erst viel später nach Hause kommen, wahrscheinlich in Begleitung eines neuen rastalockigen Freundes, der nach Freiheit und Abenteuer müffelte. Nein, Moment. Kelsey hielt den Atem an und schaute ihre Eltern nicht an.

Es gab eine dritte Möglichkeit: Michelle würde gar nicht nach Hause kommen. Sie würde aus Kanada oder sonst wo anrufen, wohin sie mit Peter durchgebrannt war. In irgendeine Hütte oder Kommune.

Oh, Gott, dachte Kelsey. Michelles Geheimnistuerei in der letzten Zeit. Peters versonnenes Lächeln zum Abschied. Was, wenn sie das Auto genommen haben und zusammen abgehauen sind?

Während ihre Eltern vor sich hinplapperten, ihren Ausflug auf das Weingut von Anfang bis Ende noch mal durchkauten und ihre Termine für die Woche besprachen, wurde Kelsey allmählich schlecht.

Nein. Sie musste sich echt mal locker machen. Sie war schließlich nicht Michelles Babysitter. Michelle würde bestimmt bald kommen. Aber Kelsey wurde das Gefühl nicht los, dass etwas nicht stimmte. Irgendetwas stimmte ganz und gar nicht. Während ihre Eltern abgelenkt waren, versuchte sie es nochmal auf Michelles Handy. Nichts.

Ich (18:37): ANTWORTE MIR
Ich (18:39): BITTE

»Kelsey«, unterbrach ihre Mom sie. »Kein Handy bei Tisch.«

»Ich versuche Michelle zu erreichen.« Kelsey schluckte. Ihr Mund war ganz trocken.

»Ich dachte, sie lernt«, sagte ihre Mutter mit ausdruckslosem Gesicht. Sie schaute Kelsey an und zog die Augenbrauen hoch. Sie wusste es. Sie wusste es immer.

Kelseys Vater trommelte mit den Fingern auf der Theke herum, ein schlechtes Zeichen. »Geht's schon wieder um einen von ihren Typen? Bestimmt, oder?«

»Sie lenkt sich ab«, murmelte ihre Mutter und schüttelte den Kopf. »Sie muss sich immer ablenken.«

»Ich weiß nicht, wo sie ist«, sagte Kelsey. Obwohl es die Wahrheit war, fühlte sie sich dadurch nicht besser. Wenn es so ernst war, wie es sich anfühlte, sollte sie ihren Eltern vielleicht die ganze Geschichte erzählen. Michelle war seit acht Stunden weg. Es war ernst, oder?

Kelsey Mutter verfiel in ihren Kreuzverhör-Tonfall. »Was hat sie heute Morgen gesagt?«

Aber was, wenn sie sich nur ein bisschen herumtrieb?

Und dann würde sie sofort über Peter ausgequetscht werden, sobald sie nach Hause kam. Michelle würde Kelsey nie wieder vertrauen, gerade weil sie sich heute Morgen so gut vertragen hatten, so gut, wie schon lange nicht mehr.

»Na ja, sie hat gesagt …«

Es klingelte an der Tür. Kelsey verstummte. Ihre Eltern drehten den Kopf. Nur UPS und die Zeugen Jehovas benutzten die Klingel.

Ihre Mutter öffnete die Fliegengittertür. Vor ihr stand ein Polizist und hatte die Arme vor der Brust verschränkt. Geräusche von draußen drangen ins Haus, Autos, die über die gepflasterte Straße fuhren, das Brummen von Insekten.

»Kann ich Ihnen helfen, Officer?«

»Wohnt Michelle Maxfield hier?«

Ihre Mutter brauchte eine Sekunde, um zu antworten, ihr Körper wirkte so klein in der Tür neben dem Polizisten. »Ja«, sagte sie.

Kelseys Dad griff nach der Hand seiner Tochter.

»Sie setzen sich vielleicht besser. Es hat einen Unfall gegeben.«

KAPITEL 4

Am Tag von Michelles Beerdigung war die Straße vor dem Haus der Maxfields voller Autos. Leute gingen ein und aus, standen auf der Veranda und starrten ins Leere, sahen den Eichenblättern zu, die in den Vorgarten fielen. Im Hausflur stapelten sich die Jacken.

Drinnen schob Kelsey sich durch die Menge, an der Hand ihre sechsjährige Cousine Tabatha. Kelseys Klassenkameraden und Freunde, Michelles Freunde, ihre Verwandten – alle verstummten, wenn sie vorbeiging.

Mehr Leben als diese Trauerfeiermischung aus Gemurmel und leiser Musik hatte seit einer Woche nicht im Haus geherrscht. Sie, ihre Mutter und ihr Vater hatten abwechselnd geschlafen, drei bis vier Stunden am Stück, einander still umarmt, wenn sie sich auf dem Flur begegneten, und waren dann wieder schlafen gegangen.

Kelsey hatte keinem ihrer Freunde in die Augen geschaut. Sie hatte auch mit kaum jemandem gesprochen an diesem Tag, nur mit Tabatha aus irgendeinem Grund. Sie war nur hier, weil ihre Eltern sie darum gebeten hatten.

Tabbie trug glänzende Schnallenschuhe und ein schwarzes Samtkleid. Sie verstand nicht wirklich, was los war, nur dass

Michelle weg war und sie traurig sein sollte. Kelsey sah, wie sie versuchte, einen übertrieben finsteren Blick aufzusetzen und ihre Wangen dabei vor lauter Anstrengung rot anliefen.

Kelsey blieb vor dem Kamin stehen, ihr Kopf eingerahmt von je einem Buddha, das Haar wie meistens zu einem straffen Dutt hochgebunden. Sie hatte ihr Kleid gegen eine schwarze Jeans und einen grauen Pullover eingetauscht.

»Hört mal«, sagte Kelsey und hielt dabei noch immer ihre Cousine an der Hand. »Ich soll euch sagen, dass es in der Küche Essen und Getränke gibt.« Alle schauten sie an und warteten. »Danke«, fügte sie hinzu. Ein paar Leute, vor allem Mitschüler, die Michelle gar nicht richtig gekannt hatten, wanderten Richtung Küche.

Kelsey war noch nie auf einer Beerdigung gewesen. Bisher hatte sie so was nur in Filmen gesehen. Sie dachte, alle würden in Tränen aufgelöst sein. Aber tatsächlich weinten nur ein paar Leute – die Babys, die nicht wussten, warum, nicht mitgerechnet. Sie gehörte nicht dazu. Sie dachte, es würde einen Sarg geben, der langsam in die Erde hinabgelassen wurde, und alles würde grau und regnerisch sein. Stattdessen hatten sie alle draußen vor dem Bestattungsunternehmen gestanden, an diesem klaren, kalten Tag, mit Michelles verbrannten Überresten in einer vergoldeten Büchse wie in einer Junkfood-Mitnahmebox.

Sie dachte, sie würde einen Augenblick mit dem Leichnam haben, sich zu Michelles wächsernem Gesicht hinunterbeugen, das für immer hinauf zur Decke schaute.

Stattdessen beschlossen ihre Eltern, ihre Schwester nicht noch einmal anzusehen, nachdem sie in der Gerichtsmedizin identifiziert worden war. Sie hatte äußerlich wohl nur ein paar Schnittverletzungen gehabt. Als sie mit dem Volvo auf dem Rückweg vom Flughafen von der Straße abgekommen war, hatte sie vorwiegend innere Verletzungen davongetragen.

Kelsey dachte, sie sollte weinen und wehklagen und die Fäuste ballen, wie ihre Mutter, als würde es sie zerreißen.

Aber sie konnte nicht. Nicht einmal, wenn sie wollte. Kelsey konnte nichts fühlen.

Sie setzte sich, zog Tabbie auf ihren Schoß und legte die Arme um den samtigen Körper des kleinen Mädchens.

Kelsey hörte wie jemand – wahrscheinlich eine Lehrerin oder eine Tante – sagte: »Was für ein schönes Foto sie für die Gedenkfeier ausgewählt haben.«

Es war das Schulfoto vom letzten Jahr. Michelle hatte das Bild gehasst. Ihr Meerjungfrauen-Haar hatte die Träger ihres Tanktops verdeckt und alle hatten sich über sie lustig gemacht, weil es aussah, als wäre sie nackt. Aber es gab nicht besonders viele Fotos zur Auswahl. Auf den meisten, die ihre Eltern im Haus hatten, waren Kelsey und Michelle zusammen abgebildet.

Wie sie einander anschauten beim Seifenblasenpusten im Garten.

Wie sie Weihnachten ihre Geschenke hochhielten.

Wie sie das gleiche scheußliche Kleid zu ihrem ersten Schulball in der Mittelstufe trugen, damals, als sie es noch toll fanden, sich gleich anzuziehen.

Und eines, das sie gemacht hatten, als sie fünfzehn waren, Michelle mit dunkelrot gefärbten und Kelsey mit blondierten Haaren: Sie standen in Rocker-Pose auf der im Sommer neu gebauten Veranda und streckten die Zunge raus.

Abzüge dieser Bilder lagen auf einer weißen Tischdecke verteilt, daneben ein Stift und ein Notizbuch, in das die Leute ihre Gedanken schreiben konnten. *Michelle,* lautete eine Botschaft in der verrückten Handschrift ihres Kunstlehrers, *dein Geist und dein immenses Talent suchen ihresgleichen.*

Michele, eine andere, ihr Name falsch in einer furchtbaren Sauklaue geschrieben, *du warst mir die liebste umherwandernde Seele.*

Kelsey erkannte die fließende Handschrift ihrer Oma. *Du bist jetzt bei den Engeln.*

»Ganz schöner Bullshit, oder?« Davis setzte sich neben sie. Er trug eine Bundfaltenhose und roch nach Minze. Kelsey hielt Tabbie die Ohren zu.

»Ja, wahrscheinlich«, sagte sie.

»Du musst nicht hier sein, wenn es dir zu viel ist«, sagte Davis.

Er rückte näher und legte den Arm um sie.

»Doch, muss ich«, entgegnete sie.

»Du kannst machen, was immer du willst.« *Was immer du willst.* Als hätte sie Geburtstag oder so. Er beugte sich zu ihr, um sie auf den Mund zu küssen, aber sie drehte sich weg.

»Hey«, sagte eine Stimme über ihr. Die Stimme senkte sich am Ende, wie fast immer in letzter Zeit, wenn jemand mit ihr sprach. Gillian und Ingrid standen vor ihnen. Die Wimperntusche unter Gillians mandelförmigen Augen war verschmiert und Ingrids blonde Haare sahen strähnig aus.

»Ich hab dir die Hausaufgaben mitgebracht«, sagte Gillian. »Es ist nur Geschichte und Mathe. Mr. Schulz hat gesagt, du sollst dir keine Gedanken wegen Geografie machen.«

Ingrid schniefte, sie presste die Zähne zusammen. »Scheiß drauf. Scheiß auf die Schule, Kels. Komm wieder, wann immer du willst. Wir warten auf dich.« Ihre Stimme zitterte. »Wir fangen keine neuen Tänze an, bis du wieder da bist. Wir choreografieren nichts, weil du bist unsere Kapitänin und wir werden nicht …«

»Ingrid«, sagte Kelsey. »Ist schon okay.«

Gillian legte Ingrid die Hand auf den Rücken und beide lächelten mit geschlossenen Lippen auf sie herunter. Sie ermunterten sie, jederzeit anzurufen.

»So«, sagte Davis heiter. »Was jetzt? Magst du ein bisschen ungenießbares Essen?«

»Nein, danke.«

Wahrscheinlich das erste Mal in seinem Leben, vermutete Kelsey, war ihr Dad nicht in der Stimmung zu kochen. Ihrer Mutter war das auch ziemlich egal. Eine ihrer Tanten hatte geschmacksneutrale Cracker und kalten Aufschnitt gekauft.

Kelsey entdeckte zwei von Michelles Exfreunden, die sich miteinander unterhielten, der Filmstudent und der Brasilianer. Sie fühlte sich, als würde ihr übel, aber sie hatte nicht die Kraft, sich zu übergeben.

»Ich hab eine Idee«, sagte Davis aufmunternd.

Eine Zeitmaschine war Kelseys erster Gedanke. *Ein Zaubertrank. Ein Radierer.* Nichts ergab einen Sinn.

»Lass uns wegfahren.« Er lächelte sie wissend an. »Weg von all dem hier. Nach St. Louis vielleicht.«

Kelsey hatte noch nicht einmal die Energie, von der Couch aufzustehen, geschweige denn einen Road Trip zu machen. Sie verspürte den seltsamen Drang, Davis zu bitten, ihr ins Gesicht zu schlagen. Sie wollte, dass er sie aufweckte, sie schüttelte, damit alles aus ihr herausfloss und verschwand.

Sie dachte an den Morgen, bevor alles anders wurde. Sie sah Peter vor sich. Kelsey hatte bis jetzt nicht einen Moment an Peter gedacht, obwohl sie das wahrscheinlich längst hätte tun sollen.

Wusste Peter von Michelle? Sie konnte sich nicht vorstellen, dass jemand ihm in Afghanistan davon erzählt hatte. Seine Familie hatte Michelle wahrscheinlich noch nicht einmal kennengelernt.

Aber die beiden hatten sich geliebt. Er sollte es wissen und Kelsey würde es ihm sagen.

Kelsey zog Tabbie enger an sich und wippte mit den Knien.

»Kann ich jetzt gehen?« Tabbie versuchte mit ihren kleinen dicken Fingern, Kelseys Hände auseinanderzubiegen.

»Nein«, hörte Kelsey sich sagen. »Bitte bleib da.«

Aber Tabbie wand sich und schlüpfte unter ihren Armen hindurch. Plötzlich war ihre Wärme weg und Kelsey war allein.

KAPITEL 5

Zwei Wochen später hatte Kelsey noch immer nicht geweint. Oder gesprochen. Oder besonders viel gegessen. Ein Teil von ihr wollte weinen, aber es schien ihr, als würden bei jeder Bewegung Hände um ihre inneren Organe liegen und zudrücken. Warum tat es weh, am Leben zu sein? Der Trauerbegleiter der Maxfields hatte Kelsey gesagt, ihre Trauer müsse sich an Stelle von Tränen anderweitig physikalisch bemerkbar machen.

Kelsey nahm an, ihre Eltern hatten deswegen das Haus freiwillig einer Selbsthilfegruppe zur Verfügung gestellt, um es ihr präsenter werden zu lassen. Trauernde Eltern, Witwen, Witwer und Paare saßen stundenlang auf Klappstühlen in ihrem Wohnzimmer, tranken Kaffee und nickten einander mit verschwollenen Augen zu.

»Kommst du heut Abend zur Trauergruppe?«, fragte ihre Mutter immer.

»Heute nicht«, antwortete sie dann. Oder überhaupt irgendwann.

Kelsey hörte die Teilnehmer im Erdgeschoß sprechen, wann immer sie ihr Zimmer verließ.

»… als wäre da ein Loch neben mir im Bett, in die Matratze gegraben. Und ich will einfach nur in dieses Loch fallen.«

»Ich denke andauernd, ich würde ihn in der Stadt sehen. Ich schwör's. Ich hab keine übersinnlichen Kräfte oder so.«

»… und ich habe gesagt, Gott, ich weiß, dass es einen Grund gibt.«

Ihre schwachen Stimmen ließen sie klingen, als wären sie selbst Tote. Und was noch schlimmer war: die Stimmen ihrer Eltern dazwischen, wie sie über Michelle sprachen, als sei sie die Schutzheilige aller Töchter. Als hätten sie alles Lustige und Alberne an Michelle vergessen. Wie damals, als sie all ihr Geburtstagsgeld für ein neues Elfen-Kostüm für das Mittelalterfest ausgegeben hatte. Aber darum ging es bei Selbsthilfegruppen nicht. Dank des Spruchs, den sie alle vor jedem Treffen aufsagten, wusste Kelsey genau, worum es bei Selbsthilfegruppen ging.

»Lerne wieder zu leben und zu lieben«, riefen sie im Chor, bevor sie sich setzten. Wie ein Haufen Zombies.

Kelsey musste da raus. Aber sie würde nicht wieder zur Schule gehen. Noch nicht jedenfalls. Sie griff sich ihre Schuhe und den Autoschlüssel.

Als sie durch den Hausflur schlich, entdeckte sie eine Postkarte zwischen der ungeöffneten Post.

Bin am Flughafen in Maine, stand dort. *Abflug ist morgen. Hab ein Hummer-Sandwich gegessen. Kann im Dunkeln das Herbstlaub nicht sehen. Alles Liebe, Peter.*

Kelsey fuhr mit dem Subaru fünf Stundenkilometer unter der erlaubten Höchstgeschwindigkeit. Wie immer trug sie eine Sonnenbrille, weil schon die geringste Menge Licht in ihren schlaflosen Augen schmerzte. Sie grölte die Lieder im Radio mit, und wenn sie den Text nicht konnte, grölte sie einfach nur. Dann parkte sie, hielt die Luft an und wartete darauf, dass, was immer sie fühlte, vorbeiging.

Auf dem Schild vor ihr stand *Rekrutierungsbüro*. Es war eine winzige Ladenfront in einem Einkaufszentrum, neben einem Schnellrestaurant und die einzige Spur von Militär, die Kelsey in der Stadt finden konnte.

Drinnen stand ein einzelner Stuhl vor einem ordentlichen, leeren Schreibtisch mit einer Klingel darauf. In der Ecke lehnte eine amerikanische Flagge. Die Wände waren mit Postern von kräftigen Männern zugekleistert, die sich gegenseitig über Mauern halfen und denen die Entschlossenheit ins Gesicht geschrieben stand.

Kelsey streckte die Hand nach der Klingel aus und läutete.

Niemand kam und auch im anderen Raum regte sich nichts.

Sie läutete noch einmal.

»Was kann ich für dich tun, junge Dame?« Eine Frau mit einem blonden Bob und einem offiziell aussehenden Pullunder tauchte hinter dem Schreibtisch auf. Kelsey zuckte zusammen.

»Hi.« Es war merkwürdig, ihre eigene Stimme zu hören.

»Würde es dir was ausmachen, die Sonnenbrille abzunehmen, bitte?«

Selbst sitzend sah die Frau noch groß aus.

Kelsey verschränkte die Arme. »Lieber nicht.«

Die Frau zog die Augenbrauen zusammen. »Also gut.«

Sie starrte Kelsey an und wartete. »Meine Schwester ist gestorben«, sagte Kelsey. Wow, da war es. Es war einfach so herausgekommen. Bisher hatte Kelsey es nie laut ausgesprochen.

Die Frau zeigte auf den Stuhl. »Setz dich.«

Kelsey folgte der Aufforderung sofort. Am liebsten hätte sie den Kopf auf den Tisch gelegt. Nur für einen Moment. Aber sie blieb aufrecht sitzen.

»War sie im Einsatz?«

»Wer?«

»Deine Schwester.«

»Oh, nein. Nein.«

Die Frau faltete die Hände. »Ich verstehe nicht.«

Kelsey hatte das Ganze nicht wirklich zu Ende gedacht und ihr Schlafmangel war auch keine Hilfe. Die Augen der Frau waren immer noch starr auf Kelsey gerichtet, und sie hatte das Gefühl, nicht mehr sprechen zu können. Nicht zu wissen, was sie sagen sollte. Sie zwang sich fortzufahren.

»Also, meine Schwester hatte einen Freund beim Militär, Peter, und er weiß nicht, dass sie … dass sie tot ist. Er ist irgendwo in Afghanistan, und ich finde, jemand sollte es ihm sagen.«

Die Frau sprach langsam und betonte jedes Wort. »Und deshalb kommst du ins Rekrutierungsbüro?«

Kelsey sah, wie die Frau versuchte, ihre Augen hinter der Sonnenbrille zu finden.

»Wie soll ich ihn sonst erreichen? Ich kenne seine Eltern nicht und keinen seiner Freunde. Und ich dachte, Sie könnten ihn ausfindig machen und ihm einen Brief schicken oder so. Er heißt Peter.«

Ein Lächeln zuckte um den Mund der Frau. »Das sagtest du bereits.«

Kelsey seufzte. »Können Sie ihn ausfindig machen?«

Die Frau wandte sich ihrem Computer zu. »Wenn er sich hier in der Gegend verpflichtet hat, habe ich vielleicht einen Eintrag seiner Adresse, aber die kann ich dir nicht geben.«

»Was ist mit …«, begann Kelsey.

»Und seinen Standort in Afghanistan auch nicht. Aber vielleicht kann ich mit jemandem sprechen, der dann seine Eltern kontaktiert. Wie ist sein Nachname?«

Kelseys Mund, den sie geöffnet hatte, um zu antworten, schloss sich wieder. Sie wusste ihn nicht. Die Person, die Peters Nachnamen kannte, war nur noch zerfallender Staub und Moleküle in einer Blechdose.

Sie konnte nur den Kopf schütteln.

»Du weißt ihn nicht«, sagte die Frau. Sie meinte es nicht böse. Es war einfach die Wahrheit.

»Nö.«

Die Frau nahm die Hände von der Tastatur und ließ sie einen Moment in der Luft schweben, weil sie nicht wusste, was sie sagen sollte.

Kelsey stellte sich vor, wie sie aus Sicht der Frau aussah: ein missmutiger Teenager in Jogginghosen, der sich weigerte, die Sonnenbrille abzunehmen, und sie bat, die gesamte Militär-Datenbank nach einem Kerl namens Peter zu durchsuchen.

Der Frau entfuhr ein Lachen, aber sie machte sich nicht über Kelsey lustig. Kelsey merkte es daran, wie sie die Augen beim Lachen zusammenkniff. Es war einfach nur lustig, das war alles.

»Ziemlich lächerlich, oder?« Kelsey stand auf. »Das Ganze ist einfach absolut lächerlich.«

Die Frau erhob sich ebenfalls. »Wenn ich könnte, würde ich dir helfen.«

Kelsey drehte sich um. »Dann geh ich jetzt.«

»Einen Moment.« Kelsey blieb in der Tür stehen. »Iss was, ja? Du siehst aus, als könntest du was zu essen vertragen.«

Kelsey nickte. Etwas kam ihr die Kehle hoch und sie musste es runterschlucken.

Auf dem Weg nach Hause trat sie das Gaspedal durch und hatte das Radio bis zum Anschlag aufgedreht, ohne die Musik wirklich zu hören. Durch die braune Tönung ihrer Sonnenbrille sah alles aus wie in einem alten Film.

Als sie zur Tür hereinkam, stand ihr Vater gerade in der

Mitte der Runde trauernder Erwachsener. Sie hielten sich an den Händen wie ein Haufen Vorschulkinder. Tränen liefen ihrem Vater über das Gesicht und in seinen Bart. Obwohl es im Raum vollkommen ruhig war, hatte niemand bemerkt, dass sie hereingekommen war. Oder dass sie überhaupt weg gewesen war.

Kelseys Augen brannten.

Sie rannte so schnell wie möglich die Treppen hinauf, konnte aber nicht mehr verhindern, dass sie die Stimme ihres Vaters hörte. »Es ist ein Teil von einem Gedicht, das ich mir gemerkt habe. Es hilft mir. Wenn ihr möchtet, sprecht mir nach. Okay. *Wie die Dunkelheit Stärke birgt …*«

Und dann im Chor. »*Wie die Dunkelheit Stärke birgt.*«

Michelles Zimmer blieb dunkel, auch tagsüber.

»*Liegt Feigheit im Festhalten.*«

»*Liegt Feigheit im Festhalten.*«

Er fuhr fort: »*Das Rauschen einer Pappel.*«

Und diese Fremden wiederholten: »*Das Rauschen einer Pappel …*«

Kelsey stieß die Tür zu ihrem Zimmer auf. Noch immer hörte sie ihre Stimmen. Pappeln säumten die Straße, in der sie wohnten, säumten den Highway, auf dem ihre Schwester von der Straße abgekommen war, säumten jede Straße in der Gegend.

»*Eine Hand, um ihren Kragen zu glätten …* »

Sie schob die Tür zu ihrem Balkon auf. Ihrem und Michelles Balkon. Mit dem Fuß trat sie nach den eingetopften Bäumen, die als Barriere gedacht waren, und verfluchte sie.

»*Tapferkeit im Abschied …* »

Auf Michelles Seite sackte sie zusammen, legte die Wange auf die Holzlatten, die immer noch mit Umrissen von Bildern gesprenkelt waren, und presste die Handflächen gegen den Boden, wo sie beide vor Kurzem noch gestanden hatten.

Inzwischen konnte Kelsey weinen. Ihr Schluchzen ließ jeden Muskel ihres Körpers beben. Japsend atmete sie ein und mit jedem Ausatmen stieß sie den Namen ihrer Schwester hervor.

Sie sprach ihn nicht laut aus, sondern entließ ihn in die Luft, und auf einmal wurde ihr klar, dass Michelle ihren Namen jedes Mal, wenn sie ihn aussprach, ein weiteres Mal nicht hören konnte. Jedes Mal, wenn Kelsey ihn aussprach, ging ein bisschen mehr von Michelle verloren und würde niemals zurückkommen.

KAPITEL 6

Die Basketballsaison hatte begonnen. Kelsey hatte das Programm der Lions-Cheerleader für die Pause in der Halbzeit ein bisschen verändern müssen, um es an das Spielfeld mit Holzboden anzupassen. Sie tanzten zum Mix eines bekannten Indie-Songs mit seinem Hip-Hop-Gegenstück: viele Tempowechsel und unterschiedliche Stimmungen. Sexy, aber innovativ. Dichte Formationen mit dezenten Bewegungen, alle synchron. Zehn Minuten vor Ende des Trainings hatten sie das Timing des Cancan-Teils am Schluss noch immer nicht auf die Reihe gekriegt. Kelsey und Gillian liefen schwer atmend vor ihrem Team auf und ab und ihre roten Trainingshosen trieften vor Schweiß. Ingrid, die offenbar nie in Form kam, war fast lila im Gesicht.

»Ich bin nicht sauer auf euch, Leute«, verkündete Kelsey. »Einfach nur total konzentriert. Ich verspreche euch, wenn wir's noch einmal machen, ist es am Freitag perfekt.«

»Und es muss perfekt sein«, fügte Gillian hinzu und zog ihren glatten schwarzen Pferdeschwanz fest.

»Das könnte die Nummer sein, die wir für Wettkämpfe nehmen, Ladies. Okay, Ruben?« Kelsey hob die Hand in Richtung eines zottelhaarigen Elftklässlers, der für die Musik zuständig war. »Noch ein Mal. Spul bis Minute 2:57.«

Kelsey blieb vor Hannah T. stehen. »Hannah, versuch deinen Teil einen Takt schneller. Okay?«

»Aber bringt das nicht alle raus?«

»Versuch's«

Kelsey nahm ihren Platz in der Mitte ein, den Kopf gebeugt, die Hände ausgestreckt. Dieser Abschnitt des Programms erforderte absolute Konzentration. Sie würde mit einem Rückwärtssalto in den Spagat beginnen und sich von da aus direkt zwischen den anderen einreihen.

Die Musik ertönte, und Kelsey verlor sich in der Bewegung, so wie sie es liebte.

Sechs Wochen waren vergangen, seit sie in die Schule zurückgekehrt war. Endlich berührten die Leute sie nicht mehr wie zufällig am Arm und hielten Ausschau nach feuchten Augen oder suchten nach Anzeichen für Selbstmordgefährdung.

Der Rückwärtssalto war ordentlich, auch wenn etwas mehr Sprungkraft nicht geschadet hätte.

Es hatte sie mehrere Wochenenden bei zuckerfreien Energydrinks gekostet, den versäumten Schulstoff nachzuholen, aber Davis hatte ihr geholfen, sinnlose Biologie-Arbeitsblätter auszufüllen und Spanisch-Aufsätze *per copy and paste* in einem Übersetzungsprogramm zusammenzuschreiben.

Der Spagat war makellos.

Das Vortanzen für das Collegeteam fand zwar erst im Mai statt, aber Kelsey hatte sich die Anforderungen eingeprägt: vierfache Pirouetten, Fouetté-Drehungen, Sprünge, Spagatsprünge (rechts, links, mittig), Drehsprünge, Kicks, Schlachtrufe. Die Jazz-Kombination wurde zwei Wochen vorher hochgeladen und konnte dann online gelernt werden. Außerdem würde man ihr beim Vortanzen eine kurze Hip-Hop-Choreografie beibringen.

Kelsey drückte sich nach oben in den Stand und als die Welle aus Beinen sie erreichte, warf sie das Bein gestreckt in die Luft, lächelnd und mit hoch erhobenem Kopf, wie sie es gelernt hatte.

Am Ende der Reihe erwischte Hannah T. diesmal ihren Einsatz. Eine gleichzeitige Verbeugung von allen und dann der Abschluss: die Arme nach oben gestreckt, miteinander verschränkt zu einer perfekten Diagonalen. Sie hatten es geschafft.

Die Mädchen brachen in triumphierendes Geschrei aus und klatschten sich gegenseitig ab. Am Freitag war das erste Heimspiel der Saison. Sie waren so was von bereit.

Kelsey zeigte ihren Mädels den hochgereckten Daumen, sagte ihnen, um welche Uhrzeit sie in der Umkleide erscheinen sollten und ging dann direkt zur Tribüne, um ihre Sachen zu holen.

Sie wollte nicht trödeln. Beim Trödeln kamen Erinnerungen und die mochte sie nicht. Sie musste einfach ständig in Bewegung bleiben.

Gillian und Ingrid holten sie ein.

»Was machst du jetzt, Kels?«, fragte Ingrid und pikte sie unbeholfen in den nackten Bauch.

»Oh, mein Gott«, Gillian starrte auf ihr Handy. »Schaut euch mal diesen Kerl an, der mich auf Facebook hinzugefügt hat. Der ist so süß. Komm, wir stalken ihn.«

Ingrid griff nach ihrer Sporttasche. »Lasst uns Frozen Yoghurt holen und Gillians Freund stalken.«

»Er ist nicht mein Freund«, entgegnete Gillian.

»FroYo, Kels?«

»Ich kann nicht«, sagte Kelsey automatisch.

»Warum nicht?« Gillian runzelte die Stirn.

»Ich muss …« Aber Kelsey hatte eigentlich nicht wirklich etwas vor. Die Hausaufgaben hatte sie hastig während einer Freistunde erledigt und für die Abschlussprüfungen würde sie wahrscheinlich auch nicht besonders viel lernen. »Ich hab zu tun.«

Ingrid nahm Kelseys Handgelenk. »Können wir einfach mal für dich da sein? Ausnahmsweise? Wie früher.«

Gillian fing Ingrids Blick auf und schüttelte den Kopf, als wollte sie sagen: *Lass sie in Ruhe.* »Schreib uns, wenn dir danach ist, okay?«

Kelsey entspannte sich und ihr gelang ein aufrichtiges Lächeln. »Klar, auf jeden Fall.« Sie zog den Reißverschluss ihrer Daunenjacke zu und winkte ihren Teamkolleginnen zum Abschied. Bald. *Nur nicht jetzt,* dachte sie.

Als sie zu Hause ankam, waren alle Lichter aus, bis auf eine Lampe im Büro ihrer Mutter.

Sie pfefferte ihre Stiefel in die Ecke.

»Kelsey?« Die Stimme ihrer Mutter war so dünn geworden, als würde sie jeden Moment brechen.

»Jap, ich bin's.«

»Warum kommst du so spät?«

»Tanztraining ging länger.«

»Komm her.«

Ihre Mutter war bereits im Schlafanzug, trug die Brille auf der Nasenspitze und brütete bei einem Glas Rotwein über Abschlussarbeiten.

»Hast du schon gegessen?«

»Ich nehm mir noch was.«

Ihre Mutter lehnte den Kopf zurück und musterte sie über ihre Brille hinweg. »Du siehst unnatürlich braun aus, dafür, dass Winter ist.«

Kelsey sagte nichts. Seit sie sechzehn war, hatte sie ihr Taschengeld ins Sonnenstudio getragen. Es gehörte zu ihr und zu der Person, die sie sein wollte. Und alle Cheerleaderinnen waren gebräunt. Oder jedenfalls die meisten. Ihre Mutter wusste das.

»Könntest du ein paar Sachen rauskramen?« *Rauskramen.* Ihr wurde flau im Magen. Das war das Codewort der Familie für das Betreten von Michelles Zimmer. Sie hatten Dinge *rausgekramt* wie Büchereibücher mit überfälliger Ausleihfrist. Oder ihre schönsten Drucke und Bilder, weil die Schule sie ausstellen wollte.

Ihre Mutter reichte ihr eine Liste: *Omas Halskette, E-Mail-Passwort, Facebook löschen.*

»Ich würde es ja selbst machen, aber mit Facebook kenn ich mich nicht aus.«

Kelsey biss die Zähne zusammen. Sie hatte es diese Woche so gut geschafft, alles von sich fernzuhalten. Sie war in Bewegung geblieben. »Geht klar.«

Ihre Mutter seufzte. »Ich hab dich lieb, Kels.«

»Ich weiß. Ich dich auch.«

An der Tür zu Michelles Zimmer knipste Kelsey das Licht an. Das Zimmer verlor langsam seinen Geruch. Es hatte noch tagelang nach Kokoslotion und Ölfarbe und sogar nach getragenen Turnschuhen gerochen, aber nun verflog der Geruch. Die Kakteen am Fuß ihres Betts waren mangels Pflege braun geworden. Staub sammelte sich auf dem gerahmten Druck der *Campbell*-Suppendose an der Wand. Omas Halskette – eine Goldkette mit einem Smaragd-Anhänger – war leicht zu finden, weil Kelsey sie schon einmal ausgeliehen hatte. Sie lag auf Michelles Kommode neben ihren Holzringen und dem Nagellack.

Das E-Mail-Passwort war schwieriger. Nachdem Kelsey Michelles Laptop hochgefahren hatte, suchte sie auf dem Schreibtisch nach einem kleinen Stück Papier oder einem Dokument auf dem Desktop, wo alle Passwörter aufgelistet waren, aber sie hatte kein Glück.

Sie probierte alle Kombinationen von *Passwort* und ihrem Geburtsdatum. Dann *Warhol*, weil Michelle von diesem Künstler besessen gewesen war. Nichts.

Was Facebook anging, entdeckte Kelsey erleichtert, dass sie sich nicht einloggen musste, um den Account zu löschen. Anscheinend konnte man einfach eine Mail an das Unternehmen schreiben.

»Lieber Mark Zuckerberg«, schrieb sie. »Bitte löschen Sie die Facebook-Seite meiner Schwester. Die Leute posten dummes Zeug auf ihre Pinnwand, tun so, als wären sie traurig, aber labern nur Scheiße. Außerdem wird sie das niemals sehen, weil sie tot ist. Ich danke Ihnen, Kelsey Maxfield.« Dann hängte sie noch einen Link zu Michelles Todesanzeige in der Tageszeitung an.

Kelsey hatte jetzt keine Schwierigkeiten mehr zu weinen. Meistens weinte sie in ihrem Zimmer. Manchmal entfloh sie den Schulkorridoren und weinte auf der Mädchentoilette, wenn sie die Tränen kommen spürte. Und sie weinte jetzt, als sie auf *Senden* klickte. Sie hielt sich nicht zurück. Es war das Einzige, wobei sie nicht denken, sich nicht erinnern und nicht so tun musste, als würde alles wieder gut werden.

Wenn Kelsey weinte, musste sie nichts anderes tun.

Auf einmal ertönte ein merkwürdiges Geräusch. Eine Art melodischer Piepton drang wieder und wieder aus dem Computer. Ein grünes Telefon-Symbol erschien. *Peter* stand dort.

Peter? Peter. Der geheimnisvolle Peter. Bevor sie wusste, was sie tat, wischte sie sich über die Nase und drückte auf *annehmen*. Der Bildschirm füllte sich flackernd mit einem verschwommenen Bild, das sich stabilisierte und Peters Gesicht zeigte. Er war braun gebrannt, lachte strahlend, lehnte sich offenbar erleichtert in seinem Stuhl zurück und beugte sich dann vor, um den Bildschirm zu berühren, wahrscheinlich dort, wo er sie sah. Schon seit Langem hatte Kelsey niemanden mehr so glücklich gesehen. Seine Lippen formten Wörter, aber der Ton dazu fehlte.

»Was?«, fragte Kelsey. »Ich kann dich nicht hören!«

Schließlich kamen die Worte an, gedämpft, als würden sie durch Wasser geleitet. »Ich versuche schon seit zwei Tagen dich zu errei…!«

Hinter ihm war ein grünes Zelt zu sehen, durch das Sonnenstrahlen fielen. Er rief aus Afghanistan an. Er rief Michelle an.

Peter sprach weiter. Was bei ihr ankam, war »Kann nicht sagen, wo ich bin, aber wir hab … uns gerade niedergel… nachdem wir durch all diese kleinen Dörfer gegangen sind. Ist die Verbind…«

»Die Verbindung ist ziemlich schlecht«, sagte Kelsey laut und deutlich.

»Hör mal, Peter …«

Peter hatte sie nicht gehört, er strahlte immer noch, seine Bewegungen waren abgehackt. Dann drang seine Stimme wieder zu ihr durch. »Ich hab dich vermisst … Wo warst d… Was hast du gem…?«

Sie versuchte es noch einmal. »Hier ist Kelsey!«

Aber er legte nur die Hand ans Ohr und schüttelte den kurz geschorenen, sandfarbenen Kopf.

Kelsey bemerkte einen dunklen Schatten auf der Bank hinter ihm. Eine Waffe. Die Munition trug er um die Brust wie eine Schönheitskönigin ihre Schärpe.

Kelsey blieben die Worte im Hals stecken. Sogar Tausende von Kilometer entfernt an einem Bildschirm merkte Peter, dass etwas nicht stimmte. Er runzelte besorgt die Stirn. »Geht's dir gu…«

Sie schüttelte den Kopf und lächelte ihn aufmunternd an, hörte dann aber abrupt wieder damit auf. Ihr Herz raste. Er hatte wirklich keine Ahnung, dass Michelle tot war. Er hielt sie für Michelle. Peter schaute ihre tote Schwester an.

Seine Mundwinkel verzogen sich zu einem Lächeln und auch seine traurigen Augen lächelten.

»Ich weiß nicht, ob du mich hör…, aber es rettet meinen kompletten Mon…, dich zu sehen.« Er schaute sich um und dann zurück zu ihr. »Es ist … schlimm hier drau… Das hier …« Er hob die Hände, als würde er ein Bild von ihr hochhalten. »Das wir… mir heute Nac… beim Einschlafen helfen.«

Er legte die Fingerspitzen an die Lippen und berührte dann den Bildschirm und sein Bild erstarrte.

»Peter?« Kelsey bewegte den Cursor über sein Gesicht.

Aber es blieb nur dieses Bild, dann ertönte ein *Plopp*, als würde ein Stein ins Wasser fallen. Peter verschwand und auf dem Bildschirm stand *Anruf beendet.*

Kelsey klickte auf das wasserblaue Skype-Symbol, um die Kontakte zu öffnen. Peter war Michelles einziger Kontakt und jetzt war er offline.

Kelsey spielte das Gespräch noch einmal in ihrem Kopf ab. Hatte er nicht die Trauerbekundungen auf Michelles Pinnwand gesehen?

Kelsey erinnerte sich vage, dass Michelle ihr selbstgefällig erzählt hatte, ihr neuer Freund sei nicht auf Facebook, weil er soziale Netzwerke für Zeitverschwendung halte. Das musste Peter gewesen sein.

»Oh mein Gott«, sagte Kelsey zu Michelles stillem Zimmer. *Was zur Hölle hab ich da gerade angerichtet?*

KAPITEL 7

Am darauffolgenden Samstag hatte ein milder Winter Einzug gehalten. Der Campus des College war hell erleuchtet, von jedem Laternenpfahl hingen Lichterketten, die goldene Kreise auf den Kalkstein der gewaltigen Hörsaalgebäude warfen.

Als sie zu viert Richtung Sporthalle stapften, fiel Kelsey auf, dass Davis und sein Vater genau den gleichen Gang hatten. Lange Beine, schwache Knie von jahrelangem Fußballspielen, die Hände in den Hosentaschen, lässig. Kerle in Baskettballtrikots des College' mit Bierdosen in der Hand, die sie in Papiertüten gesteckt hatten, trotteten an ihnen vorbei, und Mädchen in engen Kapuzenpullovern und Leggings torkelten ihnen auf dem gefährlich steilen Gehweg entgegen.

Der Strom von Menschen riss nicht ab. Sie schrien über den Campus, klatschten sich ab oder stießen die Fäuste gegeneinander, egal ob sie einander kannten oder nicht, wie Kirchgänger in einer Art blindem, göttlichem Licht. Es war ansteckend.

Davis drehte sich zu Kelsey und seiner Mutter um, die nebeneinander gingen, knöpfte das Sakko zu, das er immer trug, wenn er mit seinen Eltern unterwegs war, und zeigte auf ein riesiges Studentenverbindungshaus aus Backstein mit weißen Säulen.

»Das ist die Verbindung der Hirnis!« Er ging rückwärts wie ein Touristenführer.

Kelsey wickelte ihren Mantel fester um sich gegen die Kälte und lächelte in sich hinein. Davis war in seinem Element.

»Und was ist dann Delta Sig?«, fragte Davis' Mutter, Anna, und hob die manikürten Hände. »Die Verbindung der gut aussehenden, intelligenten Gentlemen?«

Davis verdrehte die Augen. Wenn es nach seinen Eltern ging, waren Verbindungen dazu da, Anwälte, Vorstandsvorsitzende und Politiker hervorzubringen. Wenn er erst einmal eingetreten war, wäre seine Zukunft besiegelt. Davis' Vater George war einer der großzügigsten Ehemaligen des Colleges. So großzügig, dass er lebenslang Karten für die besten Plätze bei allen Basketballspielen bekam.

»Delta Sig ist so was wie die Anti-Verbindung.« Davis drehte sich um.

»Die haben so eine Art paradoxes Aufnahmeritual mit uns abgezogen. Zwei Wochen lang waren sie einfach nur supernett zu uns. Am Anfang war's cool, aber dann wird einem klar, dass es irgendwie traumatisierend ist, jeden Tag Cupcakes zum Frühstück zu essen.«

George schaute Kelsey über die Schulter hinweg an und klopfte seinem Sohn auf den Rücken. »Was für ein hartes Leben mein Junge hat.«

Kelsey unterdrückte ein Kichern. Seine Eltern wussten nicht, dass die Delta-Sigma-Verbindung nur ein *Platz zum Pennen* war, bis Davis etwas anderes gefunden hatte. Er ging zu ein paar Verbindungsveranstaltungen, oft genug, um nicht rausgeschmissen zu werden, verbrachte aber den Großteil seiner Abende in der Stadt und versuchte sich dort bei Open Mike-Veranstaltungen als Comedian, mit witzigen Sprüchen, die er auf Notizzettel geschrieben hatte. Kelsey wusste, wie viel Spaß es ihm machte, Leute zum Lachen zu bringen. Er zitierte gerne Comedians, die er im Fernsehen gesehen hatte, oder spielte lustige Szenen aus Animationsserien nach. Aber jetzt war es ihm ernst. Er hatte Kelsey erzählt, er wolle nun seinen wahren Traum verfolgen: Stand-up-Comedian zu werden. Michelle hatte es nie gut gefunden, dass er in einer Verbindung war. Sie wäre stolz auf ihn gewesen.

Oh, da war er schon wieder. Der unvermeidliche Gedanke. Michelle. Ein kleiner Riss in der Wunde, die sie immer und immer wieder neu nähte.

»Freust du dich auf das Spiel?« Anna legte im Gehen den Arm um Kelsey und drückte sie kurz, sodass ihre Armreifen klimperten. Seit der Beerdigung hatte Anna ihr jede Woche eine Postkarte geschickt. Keine kitschige Grußkarte, sondern nur ein viereckiges Stück dickes, weißes Tonpapier. Manchmal stand nur *Denk an dich* darauf. Manchmal ein Zitat, wie auf der letzten: *Der Tod beendet das Leben, nicht die Beziehung.* Es war seltsam, aber Kelsey gefiel es irgendwie, dass ihr Beistand in kleinen Dosen kam, im Gegensatz zu ihren Eltern, deren neuer Gruppen-Slogan lautete: *Lasst uns gesunden.*

Kelsey holte tief Luft, um das Loch in ihrem Bauch mit Luft zu füllen. Sie blickte kurz hoch zu den zwei Männern, die jetzt über die Startaufstellung diskutieren. Mit leiser Stimme sagte sie: »Ist es schlimm, dass ich mich mehr auf die Halbzeitpause freue?«

Anna warf ihr silbernes Haar nach hinten und lachte. »Kein bisschen. Schließlich ist das deine Zukunft!«

Immer wenn Kelsey die Sporthalle betrat, machte sie sich Sorgen, die schiere Energie der Menschen darin könnte das fünfzig Jahre alte Gebäude zum Einsturz bringen. Die Wände, die Metallsitze, das Holz des Spielfelds – alles vibrierte buchstäblich. Sobald sie Teil der purpurfarben und blau geschmückten Menge war, fühlte sich Kelsey, als wäre sie high. Ob sie wollte oder nicht, die Stimmung an diesem Ort ging ihr unter die Haut.

Bis zur Halbzeit lag das College gegen ihre Gegner zweiundzwanzig Punkte in Führung. In jeder anderen Halle im Land würden die Fans wahrscheinlich rumsitzen, verstohlen ihre Handys checken und Pläne für nach dem Spiel schmieden. Aber nicht hier. Ein Sieg war ein Sieg war ein Sieg, ob in der allerletzten Minute oder als leichtes Spiel von Anfang an. Hier blieb man bis zum Ende stehen.

»Und nun, Applaus für die … *Rock Chalk Dancers*!«

Kelsey drehte den Kopf, ihr wurde warm, als die Lautstärke anstieg. Die Studenten schrien und pfiffen. Die Schritte der Cheerleader waren so perfekt aufeinander abgestimmt wie ihre dunkelblauen, mit Pailletten besetzten Sport-BHs. Alle Mädchen, egal welche Hautfarbe oder Größe, hatten lockere, schulterlange Locken, einschüchternde Bauchmuskeln und trugen hellroten Lippenstift.

Die Choreografie spiegelte den schmetternden Bass im Hintergrund wider, geschmeidige Körper, Körperwellen und lockende Hände. Außerdem war sie fehlerlos. Wie eine Maschine.

Davis sah den Tänzerinnen mit leicht geöffnetem Mund zu. Nicht einmal Anna konnte die Augen von ihnen lassen.

Sie sahen eindeutig heiß aus. Sogar noch heißer, weil sie liebten, was sie taten. Kelsey wusste genau, wie sie sich fühlten.

Der Tanz endete, die Mädchen standen breitbeinig da, die Hände in die Hüften gestemmt. Während die Menge jubelte, legte Davis die Lippen an Kelseys Ohr, sein Atem kitzelte sie im Nacken.

»Ich kann's kaum erwarten, dass meine Freundin das macht.«

Kelsey durchfuhr eine Woge von Stolz, während sie dem perfekten Abgang der Mädchen zurück in die Umkleidekabine zusah.

Da nur noch zwei Minuten zu spielen waren, wurden nun die heimischen Spieler von der Bank eingewechselt. Die taufrischen Ersatzjungs erhöhten die 30-Punkte-Führung noch einmal.

In den letzten Sekunden stimmten die Fans ihr durchdringendes, heiteres Kampfgeschrei an. Kelsey, Davis, Anna und George drängelten sich nach draußen. Der Gesang hörte sich eher nach gregorianischem Chor als nach Schlachtgesang an. Michelle hatte immer zu Kelsey gesagt, es klinge, als gehörten sie alle zu einer Sekte.

»Schon, aber es ist eine lustige Sekte!«, hatte Kelsey geantwortet, und sie hatten sich kaputtgelacht.

Kelsey schob die Erinnerung von sich. Draußen war es kälter geworden. Davis zog sie an sich, während sie den Hügel hinunter zurück zum Auto gingen.

»Hast du deine Bewerbung schon eingereicht, Kelsey?«, rief Anna ihr zu. Sie stützte sich auf George.

»Noch nicht. Mir fehlt noch das Bewerbungsschreiben.«

Bewerbungsschluss war Ende Januar. Kelsey schob die Bewerbung so lange wie möglich vor sich her. Sie wünschte, es gäbe ein Programm für Bewerbungsschreiben. Nach dem Motto: Hier sind meine Fähigkeiten, bitte übersetzen in das, was ihr hören wollt.

»Ich weiß, deine Eltern haben viel zu tun, also wenn du möchtest, kann ich mal einen Blick darauf werfen.«

Kelseys Eltern schauten sich nie ihre Aufsätze für die Schule an. Ihre Mom war zu streng und ihr Vater zu nachsichtig. Das war Michelles Job gewesen. *Schreib so, wie du reden würdest,* hatte sie immer gesagt. Und meistens hatte das auch funktioniert.

Kelsey rang sich zu einem dankbaren Lächeln durch. »Danke. Das wäre nett.«

»Weißt du schon, was du studieren willst?«

Kelsey fiel es auf einmal schwer zu atmen. Ohne Vorwarnung fing ihr Herz an, schneller zu schlagen. Während sie den Campus überquerten, wurde Kelsey schlagartig bewusst, was sie im nächsten Jahr erwartete. Dieser Ort war ihre Zukunft, und sie hatte immer gedacht, es würde ganz leicht und angenehm werden, genau so, wie sie es sich vorgestellt hatte. Aber so würde es nicht sein. Nicht nur, weil Michelle nicht mehr da war – sie wäre sowieso weg gewesen, am anderen Ende des Landes –, sondern auch, weil Kelsey jetzt anders war. Sie war nicht mehr sie selbst. Egal, wie sehr sie sich bemühte. Der nächste Abschnitt ihres Lebens schien unmöglich. Er war unmöglich.

Sie blieb stehen, sodass Davis' Vater beinahe in sie hineinlief.

»Alles okay?«, fragte Davis.

Sie nickte und ging weiter. Manchmal tat sie insgeheim so, als wäre Michelle nur im Urlaub. Oder beschäftigt. Oder würde schlafen.

Sie holte noch einmal tief Luft und blickte in Annas freundliche Augen. »Ich weiß nicht genau, was ich studieren möchte. Im Moment weiß ich eigentlich gar nichts.«

»Natürlich«, sagte Anna schnell und berührte ihren Arm.

Sie gingen einen Moment lang schweigend weiter. Dann klatschte Davis in die Hände. »Ich hab genug von diesem Gespräch. Ich glaube, es wird Zeit, dass Kelsey und ich uns verabschieden.«

»Verabschieden, so, so«, sagte Anna.

»*Verabschiedet* euch nicht zu sehr.« Georg knuffte seinen Sohn mit dem Ellbogen. Als sie am Ende des Blocks waren, nahm Davis sie in die Arme und küsste sie auf den Kopf. »Eltern nerven«, flüsterte er.

»Alles nervt.«

»Sag so was nicht.« Davis nahm ihre Hand und zog sie mit sich.

Bitte lass mich das einfach sagen, dachte Kelsey. *Lass es mich einfach sagen.*

Das Hochgefühl vom Spiel war verschwunden und alles wieder schwer wie Blei. Die Zeit ergab keinen Sinn. Sie sollte vorwärts gehen, aber die Hälfte von ihr bewegte sich immer wieder zurück zu diesem dunklen Punkt vor zwei Monaten. Kelsey wollte sich nicht noch weiter davon entfernen.

Sie ließ Davis' Hand los und setzte sich auf den Bordstein.

Sie wollte die Zeit zurückdrehen. Einfach die Zeit zurückdrehen.

KAPITEL 8

Kelsey kam am frühen Morgen von Davis nach Hause zurück. Es war noch dunkel und ihre Gedanken waren träge und kalt. Schon in der Tür streifte sie Schuhe und Mantel ab und machte sich schlaftrunken auf den Weg nach oben. Sie bemühte sich erst gar nicht, ihre Schritte zu dämpfen. Wenn ihre Eltern nicht tief und fest schliefen, dann befanden sie sich zumindest in einer Art Halbschlaf.

Sie ging geradewegs zum Waschbecken, spritzte sich heißes Wasser ins Gesicht und auf die Hände und wusch sich mit einem Klecks Make-up-Entferner die Schminke aus dem Gesicht, den Eyeliner und die Wimperntusche von den Augen und das Lipgloss von den Lippen.

Im Flur auf dem Weg zu ihrem Schlafzimmer hielt sie inne und lauschte. Ein heiterer Piepton drang durch einen Türspalt aus Michelles Zimmer. Kelsey linste hinein.

Michelles Laptop, den Kelsey bei ihrem letzten Besuch nicht zugeklappt hatte, war zum Leben erwacht, und der Bildschirm tauchte den Schreibtisch in blaues Licht. *Michelle.* Es war ein verrückter Gedanke, zu schnell und zu seltsam, um wahr zu sein, als wäre sie wieder ein Kind und würde an Gespenster glauben.

Ohne das Licht anzuschalten, setzte Kelsey sich auf Michelles Stuhl, fand mit dem Cursor das grüne Telefonsymbol und klickte auf *Annehmen*.

Diesmal erschien Peter deutlich auf dem Bildschirm, keine Störungen. Aber er sah müde aus. Mit hohlen Wangen.

»Michelle«, sagte er und atmete dabei ein und aus, als würde er in ein heißes Bad sinken. »Michelle.«

»Hi«, antwortete sie und ein Lächeln erschien auf seinem Gesicht.

Kelsey brachte die Worte nicht heraus. Was sollte sie zuerst sagen? *Michelle ist gestorben.* Oder sollte sie mit *Ich bin Kelsey* anfangen und von da weitermachen? Jedenfalls sollte sie es behutsam angehen.

»Warum warst du gestern Nacht nicht online? Hast du meine Mail nicht bekommen?«

Kelsey öffnete den Mund. *Ich war nicht online, weil* … Nein. *Michelle war nicht online weil* … Nein, das ging auch nicht. Ihre Gedanken waren völlig durcheinander.

»Tut mir leid«, sagte sie.

»Das kannst du mir nicht antun. Ich hatte Angst, du würdest dich mit jemand anderem treffen oder so.« Peter schaute sich in dem grünen Zelt um und beugte sich zu seinem Bildschirm. »Ich hasse es hier«, sagte er leise.

Kelsey bemerkte die dunklen Ringe unter seinen Augen. Sie passten nicht zu der entspannten Art, wie er sprach. Die Menschen aus dem Westen, wo er herkam, sprachen oft leise und ein bisschen gemächlich. Lustig, dass er das noch tat, selbst wenn er mit den Nerven am Ende war. Sie würde ihm einfach noch eine Minute geben. Nur ein oder zwei Minuten, um sich zu entspannen. »Wie schlimm ist es?«, fragte sie.

»Es ist heiß. Natürlich ist es heiß.« Er schüttelte den Kopf und lächelte sie entschuldigend an. »Wir schleppen unsere Ausrüstung immer mit uns herum. Zwanzig Kilo oder so zusätzliches Gewicht, die ganze Zeit.«

»Aber du bist nicht unmittelbar in Gefahr, oder?«

Peter rubbelte sich mit der Hand über die Haare und sah weg.

»Das weiß man nie.« Als er sie wieder ansah, zuckten seine Arme, als wollte er sie umarmen. »Es gab ein paar Mal Alarm, aber meistens ist es ruhig. Fast immer eigentlich.«

Peter schaute zu Boden, und als er wieder hochblickte, lächelte er so breit er konnte, um die Angst, die in seinen Augen aufgeflackert war, zu verstecken. Kelsey kannte dieses Spiel. Sie spielte es jeden Tag.

»Eigentlich ist es langweilig. Total langweilig. Ich zeichne jeden Tag. Und ich schreibe dir Briefe.«

»Du schreibst mir … du schreibst Briefe?« Kelsey hatte seit Längerem nichts für Michelle in der Post gesehen. Nur College-Zusagen, die ihre Mutter umgehend in den Müll geworfen hatte.

Peter zuckte mit den Achseln. »Abgeschickt hab ich nur einen. Aber ich schreibe dir jeden Tag.«

Kelsey begann etwas zu erwidern. *Peter, da ist etwas, das du wissen solltest.* Das war es. Das würde sie sagen.

Aber dann fuhr er fort: »Ich schreibe dir auch in meinem Kopf, wenn wir durch die Hügel streifen und in den Dörfern herumfahren. Ich spreche mit allen zu Hause in meinem Kopf. Ist das verrückt?«

»Das ist nicht verrückt«, sagte Kelsey leise. Sie machte das auch manchmal mit Michelle.

Peters Schultern entspannten sich. Ein glücklicher, versonnener Ausdruck trat in seine Augen. Er kommunizierte nicht wie die anderen Jungs, die sie kannte. Er spielte keine Spielchen oder war unaufmerksam. Er dachte lange nach, und während er nachdachte, war sein Gesicht ein offenes Buch.

»Ich nehme mir immer vor aufzuschreiben, was ich sagen will, aber dann vergesse ich es«, sagte er. »Ich erinnere mich, dass ich meinem Dad davon erzählen wollte, wie die Männer in den Friseurläden herumsitzen und den Fernseher anbrüllen, wenn sie dem pakistanischen Cricket-Team zuschauen. Das würde ihm bestimmt gefallen. Das muss ich mir merken.«

Die Erwähnung seines Vaters versetzte sie zurück in die Realität. Er würde irgendwie von Michelles Tod erfahren, oder nicht? »Skypst du mit deiner Familie?«

»Klar, andauernd.«

»Wissen …«, Kelsey hielt inne. »Wissen sie von mir?«

»Sie wissen, dass ich eine Freundin habe, aber sie bohren nicht nach. Haben gesagt, ich solle mich nicht ablenken lassen.« Er lachte in sich hinein.

Dann wurde er still und schaute sie an. Kelsey war ebenfalls still.

Sie waren beide verloren.

Schließlich ergriff er das Wort. »Ich schreibe allerdings vor allem dir. Ich überlege mir verschiedene Dinge, die ich meinem Dad erzählen würde, meiner Mom, meiner Schwester. Aber dir erzähle ich alles. Viele Kerle hier sind wirklich …« Er sah sich wieder im Zelt um und dämpfte die Stimme. »Viele Kerle sind echt schweigsam, weißt du. Ich muss auch nicht die ganze Zeit reden, aber wenigstens irgendwas sagen.«

Dann zog Peter die Augenbrauen zusammen. »Es sterben Menschen. Niemand, den ich kenne, aber wir müssen …« Kelsey sah, wie Peters Kiefer arbeiteten, damit er es nicht aussprechen musste. Es hing in der Luft und drang tief in sie beide hinein. Kelsey ahnte, wie der Satz endete: Menschen töten.

»Eh.« Ein Geräusch entfuhr ihm und er schüttelte den Kopf. »Ich darf nicht darüber reden, aber, wie auch immer.«

Sie wusste nicht, was sie sagen sollte.

»Erzähl mir, was bei dir so los was. Lenk mich ab.«

Kelsey fühlte sich, als hätte sie einen Schlag in die Magengrube bekommen. »Das kommt mir irgendwie nicht so wichtig vor …«

»Es ist sehr wichtig«, unterbrach Peter sie. Kelsey merkte ihm an, dass er entschlossen war, sich voll und ganz ihr zu widmen, um zu vergessen.

»Wie liefen die Abschlussprüfungen?«

Kelseys wollte instinktiv *schrecklich* antworten, wie immer. Aber das wäre *ihre* Antwort gewesen und Peter sprach nicht mit ihr. Er sprach mit Michelle. *Ich lasse ihn in dem Glauben. Nur noch ein kleines bisschen länger, bis der richtige Zeitpunkt gekommen ist.*

»Super, denk ich! Die, äh, Fragen für den Aufsatz in Kunstgeschichte waren spannend.«

»Ich bin mir sicher, du hast es gerockt.« Peters Gesicht hellte sich auf. »Hast du dir den Song angehört, von dem ich dir erzählt habe? *The Cicadas*?«

Kelsey würde sagen: *Äh, nein.* Kelsey hörte nur Songs, zu denen man Tänze choreografieren konnte. Einschließlich Musicals, worüber Michelle sich erbarmungslos lustig gemacht hatte. *The Cicadas* klang nach einer Indie-Band. Michelle würde wahrscheinlich sagen: »Jaa! Der … Gitarrenteil war klasse.«

»Und? Besser als *Weast*, oder? Aber hat trotzdem diesen Sixties-Sound.«

Sie machte weiter. »Keine Chance. Die Sixties werd ich niemals aufgeben.«

Peter lachte. »Es ist so schön, nicht über Versorgungslaster zu reden, dass ich diesmal nicht dagegenhalte.«

Es war so leicht. All das war so oft aus Michelles Mund gekommen, dass es unmöglich war, es zu vergessen. Kelsey verspürte ein seltsames, kurzes Gefühl der Erleichterung. Als säße Michelle neben ihr und würde ihr einflüstern, was sie antworten sollte.

»Kann ich noch was sagen?«, fragte Peter.

»Klar«, sagte Kelsey. Langsam kroch das Schuldgefühl wieder in ihr hoch. Sie hätte das nicht sagen dürfen. Sie hätte ihn stoppen müssen.

»Du siehst wunderschön aus. Ich weiß, du hasst es, wenn ich das sage, aber es stimmt.«

Kelsey schloss die Augen. Sie konnte ihm nicht ins Gesicht schauen. Sie wollte sich nicht vorstellen, wie es in sich zusammenfallen würde, wenn er die Wahrheit erführe.

»Schau dich an«, hörte sie ihn sanft sagen. »Ich weiß nicht, was ich ohne dich machen würde.«

Vielleicht könnte Kelsey einfach die Augen geschlossen lassen, wenn sie es ihm sagte. *Peter,* würde sie zu der Dunkelheit sagen, *ich hab dich angelogen.* Aber er kam ihr schon jetzt so verletzlich vor, wenn er ihr seine Ängste und Zweifel offenbarte. Sie wusste nicht, was sie tun sollte.

Als Kelsey die Augen öffnete, stürzte hinter Peter eine Gestalt ins Zelt und schrie ihn an, sich zu bewegen. Prasselnde Geräusche wie von Feuerwerk ertönten aus der Ferne.

»Okay.« Er drehte sich wieder zu ihr. »Ich muss gehen.«

»Was ist los?«, fragte Kelsey. Aber sie wusste es. Ein Angriff.

»Ich muss gehen. Schreib mir zurück.«

»Peter, Ich muss ...«

»Sag, dass du mir zurückschreibst.«

Er schaute sie direkt an, sein verängstigter Blick durchbohrte sie, flehte sie an. Sie würde als Michelle schreiben müssen, andererseits wusste sie nicht, ob er den Brief jemals erhalten würde. Sie wusste nicht einmal, ob er die nächste halbe Stunde überstehen würde.

»Ich schreibe dir zurück.«

Er schluckte, betrachtete sie eine letzte Sekunde und lächelte. Mehr Rufe erschallten hinter ihm und das Poltern eines Motors. Der Anruf endete.

Einen Moment wusste Kelsey nicht, wo sie war. Panik ergriff sie. Sie rieb sich mit den Handflächen über das Gesicht. Ihr identisches Gesicht. Michelles Wangen. Michelles Augen. Michelles Nase. Was sollte sie tun? Michelle würde ihn beschützen, wenigstens so lange, bis sie einen Weg gefunden hatte, ihn behutsam zu enttäuschen. Das hier war keine Situation, die man durch Schlussmachen per SMS löste. Michelle hatte ihn geliebt. Peter hatte ein Lächeln, das sein ganzes Gesicht verwandelte, seine Augen, selbst die Luft um ihn herum. Kelsey hatte zwar keine Ahnung wie, aber das würde sie ihm nicht wegnehmen. Nicht jetzt.

Sie saß allein im Zimmer ihrer Schwester, umgeben vom Geräusch des absoluten Nichts', das anders war als Stille. Es war ein Geräusch, als wäre man von einer Plane bedeckt, als würde man fallen, ohne aufzukommen, als steckte man sehr tief irgendwo drin, so tief, dass man keinen Ausweg sah.

KAPITEL 9

Kelsey erwachte mit dem Blick zur Zimmerdecke, ohne Bettdecke, und fühlte sich, als hätte ein Pferd sie getreten. Sie konnte es kaum fassen. Aber sie wusste, dass es wahr war und gleichzeitig so unglaublich falsch. Peter sah Michelle, wenn er Kelsey ansah. Er glaubte, er hätte mit Michelle gesprochen. Aber Michelle war nirgends.

Ein Geräusch an der Tür ließ sie zusammenfahren.

Ihr Vater streckte den Kopf herein, den Bart zuerst. »Markttag«, sagte er ein bisschen heiser.

»Was?« Seit dem Sommer hatten sie ihren monatlichen Ausflug zum Bauernmarkt in der Stadt nicht mehr gemacht, wo sie seltsam geformtes Obst und Gemüse kauften, das ihre Mutter schnippelte und zu Salat verarbeitete, oder auch wertlosen Plunder, den die Mädchen sammelten und dann wieder bei Garagenflohmärkten verschenkten, Fleisch, das ihr Vater für Spezialburger verwendete.

»Markttag«, wiederholte ihr Vater lauter, wie er es neuerdings immer tat, statt zu erklären, was er gerade gesagt hatte. Er schloss die Tür.

Als sie noch klein waren, war sein Grizzlybär-Körper ihr Klettergerüst. Er hatte sich mit gegrätschten Beinen mitten im Wohnzimmer hingestellt, die Knie gebeugt und die Hände in die Hüften gestemmt. Sie und Michelle hatten ihre Füße auf seine Knie gestellt und sich als Bergsteiger ein Wettrennen geliefert, wer zuerst seine Schultern erreichte.

Sie hatten so getan, als würden sie ins Bett gehen, aber gewartet, bis er spät in der Nacht von der Arbeit im Restaurant nach Hause kam, sich in die Küche geschlichen und ihn überrascht, indem sie hinter der Küchentheke hervorsprangen.

»Wer sind diese Mädchen?«, hatte er immer gesagt und ganz schockiert getan.

»Michelle! Kelsey!«, hatten sie dann geschrien.

»Wer?« Er hatte die Augen aufgerissen und sich bemüht, ernst zu bleiben.

Es hatte Spaß gemacht, ihm die Geschichte zu erzählen, wer sie waren und was sie ihm bedeuteten. »Ich bin Kelsey und das ist Michelle! Ich bin deine Tochter, du Dummerchen! Du hast mich lieb und so! Weißt du noch?«

Und der Moment, wenn es ihm wieder einfiel, endete – obwohl sie wussten, dass er kam – immer in überschwänglichen Umarmungen und Küssen, als würde er sich nach langer Zeit wieder an sie erinnern. Als wären acht Stunden ohne jemanden, den man liebt, eine schrecklich lange Zeit.

Und das war es ja auch, als sie noch ein Kind war.

Aber wenn ihr Vater und sie sich jetzt gegenseitig trösten wollten, zwängten sie nur Worte in eine dicke Schicht aus Schweigen. Wahrscheinlich weil sie einander an Michelle erinnerten, vermutete Kelsey.

Besonders Kelsey weckte die Erinnerung. Bei allen. Sie hatte keine Wahl. Auf den Schulkorridoren, auf der Straße, im Supermarkt.

Die Augen der anderen weiteten sich und sie sogen die Luft

ein. Sie kniffen mitleidsvoll ihre Münder zusammen und sahen weg, als brächten sie es nicht fertig, sie anzuschauen. *Versucht mal, jeden Morgen in den Spiegel zu schauen,* wollte Kelsey ihnen sagen. Sie war es gewohnt, mit Michelle verwechselt zu werden, aber normalerweise hatte Michelle die Leute zum Lächeln gebracht und nicht zum Zusammenzucken. Der Einzige, der beim Gedanken an Michelle noch immer lächelte, war Peter. Vielleicht war das der Grund, warum sie tat, was sie tat.

Bei dem Gedanken an Peter atmete Kelsey hörbar aus.

Sie setzte sich auf, stellte sich auf die Matratze und schüttelte Arme und Beine aus. Sie räumte die auf dem Boden verstreute Schmutzwäsche beiseite, um einen Sonnengruß zu machen, dann ein paar Mal Spagat, und als Zugabe wackelte sie ein bisschen mit dem Po in Richtung Spiegel. Sie legte ihre goldenen Ohrstecker an. Schlüpfte in einen Cardigan und enge dunkle Jeans. Glättete sich die Haare und legte Rouge und Wimperntusche auf, bis sie unverwechselbar war. Sie streckte und beugte die Zehen. Fertig.

Sie war Kelsey. Sie streckte die Arme über den Kopf und atmete tief in den Bauch. Keine Erklärung nötig. Sie überließ ihrem Körper das Reden.

Ihre Eltern hielten am Eingang des städtischen Markts an und ließen sie aussteigen, um dann das Auto zu parken. Gelächter, Fetzen fremder Sprachen und der Geruch nach Zimt und Kiefer schlugen ihr entgegen. Bald war Weihnachten.

Michelle und sie hatten sich immer einen richtigen Baum gewünscht und ihre Mutter hatte sich jedes Mal geweigert und Ausreden gesucht. »Aus Respekt vor euren jüdischen Großeltern«, hatte sie gesagt, oder: »Solche Geschenke, wie ihr sie von uns bekommt, passen nicht unter einen Baum.« Es stimmte.

Sie waren an Weihnachten immer weggefahren, und wenn überhaupt hatten sie einen winzigen Kunstbaum aufgestellt, der Weihnachtslieder sang, bis die Batterien leer waren.

Nachdem Kelsey sich einen Becher heißen Apfelwein geholt hatte, hielt sie nach dem wirren Haarschopf ihres Vaters Ausschau, der aus der Menge hervorragte. Sie schob sich vorbei an jungen Pärchen mit enormen Brillen und kleinen, stämmigen Frauen mit Einkaufswagen, die in Richtung Metzgerstand wanderten.

Michelles Geist war überall, schlängelte sich in ihrem schlotterigen karierten Mantel durch eine Reihe von Menschen. Ihre Schwester hatte bei diesen Ausflügen zum Markt immer schlechte Laune. Kelsey konnte grinsen und die Stunden der Tradition wegen ertragen, ihren Eltern zuliebe, die glücklich vor sich hin summten, aber ihre Schwester hielt das nicht aus. Jetzt wäre ungefähr der Moment, an dem sie anfangen würde herumzujammern und um Geld für den Secondhand-Laden oder den Autoschlüssel zu bitten. Und Kelsey vermisste sogar das. Langsam kam sie dahinter, dass man nicht nur die Dinge vermisste, die man an dem Verstorbenen gemocht hatte. Man spürte ihr ganzes Gewicht, das an einem riss.

Sie fand sich inmitten eines provisorischen Wäldchens aus Weihnachtsbäumen wieder, die schief in ihren Betontöpfen standen. Als sie letztes Jahr ihren Vater um einen Weihnachtsbaum gebeten hatten, nahm er sie mit hinaus in die Garage, zeigte auf eine Axt und forderte sie auf, hinunter zum Fluss zu gehen und selbst einen zu schlagen.

Kelsey verspürte den Anflug eines Lächelns bei der Erinnerung daran, wie Michelle die Axt genommen, voller Begeisterung geschwungen und sich dabei beinahe das Bein abgetrennt hatte. Sie spürte ihre Schwester neben sich lachen, sah ihren Atem in der Luft, während sie sie anstachelte: *Kauf einen! Kauf einen! Mom und Dad werden es verstehen!*

Sie wandte sich an den Verkäufer, einen schlaksigen Kerl in einem Uni-Pullover, viel jünger und größer als sie. »Wie viel kostet der?« Sie zeigte auf eine mickrige Kiefer, die etwa so groß war wie sie.

»Im Angebot für zwanzig«, antwortet er.

»Wenn du mir hilfst, ihn zu meinen Eltern zu tragen, bezahlen sie ihn.«

»Auf gar keinen Fall.«

Kelsey sah ihn einen langen Augenblick an und trat näher. *Bitte* hauchte sie und schenkte ihm ein breites Lächeln.

Mit dem mageren Baum zwischen sich durchquerten Kelsey und der Junge die Menge und hinterließen dabei eine Spur aus Nadeln. Sie stellte sich vor, wie sie und ihre Eltern im Wohnzimmer um den erleuchteten Baum herum saßen, mit schmalziger alter Weihnachtsmusik im Hintergrund. Und sie spürte, wie ihr warm wurde.

»Das ist das erste Mal, dass unsere Familie einen echten Baum hat«, rief Kelsey zu dem Jungen nach hinten, während sie das Auto suchte.

»Cool«, sagte er schwer atmend.

»Wie heißt du?«

»Kevin.«

»Kevin, dieser Baum ist was Besondere. Sozusagen eine Hommage. An meine Schwester.«

Kevin sagte nichts. Er war zu beschäftigt damit, sein Ende des Baums über eine Motorhaube zu hieven. Ihren Eltern und Freunden gegenüber brachte sie kaum ein Wort heraus, aber Leute wie Kevin empfanden zunächst einmal nicht das geringste bisschen Trauer um Michelle. Im Gegensatz zu ihr sahen sie Michelle nur in dem, was sie erzählte: aus weiter Ferne, nur als eine Kontur.

»Wir sind jeden Monat hergekommen. Sie nahm immer Zwiebeln und Tomaten von den Ständen und fragte auf Französisch nach dem Preis, nur um zu üben. Niemand verstand sie. Es war peinlich.«

Kevin blieb immer noch gleichgültig. Sie fuhr fort.

»Als wir acht waren, haben wir uns zu einem Konzert in diesen Pavillon geschlichen. Hat nicht mal Spaß gemacht. War nur ein Cello. Aber wir waren total stolz.«

Als sie die Straße überquerten, rief Kelsey zu ihm nach hinten: »Einmal hab ich sie dabei erwischt, wie sie ihren Barbies die schlüpfrigen Stellen aus den Liebesromanen meiner Mom vorlas.«

Damit erntete sie einen Lacher. Oder jedenfalls klang es wie ein Lachen. Nachdem sie zehn Minuten durch die Straßen in der Umgebung geirrt waren, setzte Kevin das Ende seines Baums ab und machte ein Geräusch, das wohl Verzweiflung ausdrücken sollte, sich aber eher wie ein Mixer anhörte, der den Geist aufgab. Keine Spur von dem Subaru.

Kelsey zog ihr Handy heraus.

Ihre Mutter nahm ab.

»Mom?« Kelsey setzte ein Lächeln auf.

»Wo bist du?«

»Zwischen der fünften und der Walnut Street. Also, Mom …«

»Wir kommen dich holen.«

Stille. Ihre Mutter hatte aufgelegt. Kevin machte eine Blase mit seinem Kaugummi und ließ sie platzen. Als der Subaru neben ihnen anhielt, nahm sie ihm den Baum ab und lehnte ihn an ihre Schulter. Das Fenster ihrer Mutter ging herunter und offenbarte ihre versteinerte Miene, mit der sie den Baum anstarrte.

»Nein, Kelsey.«

Etwas zwischen einem Lachen und einem Husten entfuhr Kelsey.

»Aber …«

Ihre Mutter nickte mit dem Kopf in Richtung Rücksitz. »Wir fahren nach Hause.«

Kelsey warf die Hände nach oben. »Wir sind gerade erst gekommen!«

Ihre Mutter seufzte. Kelsey fiel auf, dass sie das erste Mal seit Wochen Lippenstift trug. Auch sie wollte zur Normalität zurückkehren. »Wir haben es nicht mal bis zum Markt geschafft. Dein Vater fühlt sich nicht gut.«

Kelsey schaute ihren Dad durch die Windschutzscheibe an und rieb sich die kalten Hände. »Tut mir leid«, rief sie ihm zu. »Vielleicht muntert dich das auf.«

Ihr Vater lehnte sich über den Sitz zum Fenster, seine Stimme brach. »Das ist sehr lieb von dir. Aber es ist nicht so einfach. Dein alter Dad ist gerade nicht so gut beieinander, Schätzchen.«

»Das ist was wirklich Schönes, was Schönes, das ich für uns alle machen will. Ich würde wirklich sehr, sehr gern einen Weihnachtsbaum aufstellen. Das macht man so.« Kelsey plapperte herum, was sie eigentlich hasste.

»Es tut mir leid, Kelsey«, sagte ihre Mutter. Aber sie sah nicht aus, als täte es ihr leid. Sie schaute sie nicht einmal an. Kelsey blieb, wo sie war.

»Steig bitte ein. Wir kommen später zurück und holen ihn.«

Enttäuschung erfasste sie, verschärft durch die ungewöhnliche Hoffnung, die sie noch vor einer Sekunde verspürt hatte.

Und das schlechte Gewissen, weil sie Peter angelogen hatte, weil sie sich selbst angelogen hatte, lastete schwer auf ihr, erdrückte sie fast.

Sie fing den Blick ihrer Mutter auf.

»Michelle hätte einen Weihnachtsbaum gewollt.«

Das hätte sie nicht sagen sollen. Ihre Mutter umklammert das Lenkrad fester. Kevin stand ruhig da, blickte zwischen ihnen hin und her und wusste nicht, was er machen sollte.

Die Stimme von Kelseys Mom klang zittrig. »Stell den verdammten Baum ab, Kelsey. Ich liebe dich, aber ich habe kein Seil, um einen Baum auf unser Auto zu binden, ich habe keinen Ständer, um ihn reinzustellen, und ich habe keinen funktionierenden Staubsauger, um danach sauber zu machen, und ich bin müde. Ich habe nicht … bitte stell den verdammten Baum ab.«

»Einfach hier?«

Kevins Kaugummiblase platzte und durchbrach die Stille. Eine Familie mit Kinderwagen ging vorbei und starrte herüber.

Die Stimme ihres Vaters drang aus dem Auto. »Wir müssen nach Hause.«

»Ich nehm ihn wieder zurück«, sagte Kevin leise.

Aber Kelsey ließ den Baum aufs Pflaster fallen und stieß ihn mit dem Fuß gegen den Bordstein. Kevin hob ihn auf, warf ihr einen kurzen Blick zu und trug ihn davon.

Sie setzte sich auf den Rücksitz. Alle schwiegen und ihr Vater schaltete das Radio ein. *Part of you pours out of me, in these lines from time to time…* hörte Kelsey eine Frauenstimme singen, aber als sie auf den Highway fuhren, drehte ihre Mutter die Lautstärke herunter, sodass man kaum noch etwas hörte, ein Jammern, das im Gebrumm der Räder auf der Straße unterging.

KAPITEL 10

Zwanzig Minuten später standen sie in der Einfahrt ihres Hauses. Kelsey lief schnell ihren Eltern voraus hinein und schloss die Tür hinter sich.

Sie wollte eigentlich gleich nach oben gehen, doch ein Streifen Farbe ließ sie innehalten. Die Post vom Vortag lag auf einem Stapel Rechnungen und darauf ein Umschlag mit offiziell aussehender Frankierung. Und auf dem Umschlag stand in ordentlicher Handschrift mit Großbuchstaben:

MICHELLE MAXFIELD
1316 VERMONT STREET
LAWRENCE, KS 66044

Peters Brief. Kelsey schnappte ihn und rannte zwei Stufen auf einmal nehmend die Treppe hinauf. In ihrem Zimmer hielt sie inne. Das war falsch. Aber es war nicht dieselbe Art von falsch, die sie vorhin gespürt hatte. Es war das *falsch*, das sie verspürt hatte, als Kevin wegging und der Baum in seinen Armen immer kleiner wurde, das *falsch*, das Michelles glücklichen Geist von ihr trennte. Sobald sie den Brief an sich genommen hatte, war das Schuldgefühl verschwunden.

Michelle würde ihn öffnen wollen, aber sie kann nicht, dachte Kelsey als sie den Finger in den Umschlag schob. *Also mache ich es für sie.*

Liebe Michelle, *14. Dezember*

ich schreibe das an einen Tannenbaum gelehnt. Wir sind vor ein paar Tagen aus der Wüste in die Provinz Kunar gekommen, überall zerklüftete Berge, grüne Täler und Wiesen mit Rindern. Wir fahren mit riesigen Lastern auf schmalen Wegen über die Gipfel und Felsformationen. Wie auf einer langsamen Achterbahn. Es ist so schön, dass ich aufpassen muss, nicht abgelenkt zu werden. Ich war noch nie so hoch oben. Die meisten aus meiner Kompanie waren schon ein- oder zweimal in dieser Gegend. Sam und ich besorgen im Dorf Kautabak und im Gegenzug zeigen sie uns die besten Beobachtungsposten zwischen den Felsen. Man nimmt Kautabak, um wach zu bleiben und die Zeit rumzukriegen. Fast alle Soldaten hier kauen Tabak, egal ob sie vor der Tour schon gekaut haben oder nicht. Außer mir natürlich. Ich bin der Jüngste. Sie nennen mich Petey.

Sam ist aus Iowa. Sie nennen ihn Gockel, wegen seiner roten Haare. Er ist klein, züchtet Beagle und liebt Death Metal. Wir machen Witze darüber, wie dumm die Kühe sind, und dass der Dolmetscher Alex (Alex ist nicht sein wirklicher Name, aber so nennt er sich, wenn er Englisch spricht) mehr amerikanisches Fernsehen gesehen hat als ich.

Sam sagt, ich soll endlich mal aufhören, von dir zu reden. Er schaut mir gerade über die Schulter und sagt, wenn ich den Abschnitt darüber, dass er klein ist, nicht durchstreiche, tritt er mich. Pech gehabt, Sam.

Ich muss zugeben, dass ich nicht erwartet habe, dich so sehr zu vermissen. Ich vermisse es, dich neben mir zu haben, aber wir hatten ohnehin nicht allzu viel Zeit im selben Raum, daher vermisse ich es vor allem, mit dir zu reden. In dieser kurzen Zeit habe ich dir Dinge erzählt, die ich keinem anderen Menschen verraten habe. Keine Geheimnisse, einfach nur einiges davon, wie ich die Welt sehe, von dem ich nicht dachte, dass es laut ausgesprochen werden könnte.

Also, damit meine ich, dass du all diese Dinge über mich aufbewahrst, diese Dinge, die ich ausgegraben habe, und du bewahrst sie in deinen wunderschönen Händen und deinem Köpfchen auf, so weit weg von mir. Und ich habe deine verborgenen Dinge bei mir. Ich verwahre sie sicher, versprochen. Sie sind immer noch hier unter all der Panzerkleidung. Ich erinnere mich an alles.

Diese Woche hat einer die Krise gekriegt. Sein Name ist Joel, und er hat lauter Leberflecke am Hinterkopf, er war nicht auf der Highschool und er liebt Disneyfilme. Jemand hat eine Flasche Wodka in die Finger bekommen. Die haben wir rumgehen lassen und bei ihm war die Wirkung am größten. Er lachte ein bisschen zu laut über nichts und dann ist er weggegangen und niemand wusste wohin, bis wir Geschrei aus dem Sanitätszelt hörten. Er weinte, trat gegen Bahren und Regale und schrie, dass er nach Hause wolle. Der Feldwebel ließ ihn natürlich nicht. Jetzt spricht er mit niemandem ein Wort.

Die Soldaten fragen sich manchmal gegenseitig, was ihre Gründe sind, zu kämpfen, damit wir nicht wie Joel enden, verstehst du? Und dann, wenn wir Gründe gefunden haben, sollen wir sie ruhen lassen und nicht auspacken, während wir unsere Gewehre reinigen oder auf Einsätzen sind. Aber manchmal wache ich mitten in der Nacht auf – die Nächte sind so dunkel hier, noch dunkler als Nächte auf dem Land in Kansas –

und muss mich am Bett festhalten, weil ich das Gefühl habe, zu fallen. Obwohl ich eigentlich Gründe dafür haben sollte, hier zu sein, hab ich keine Ahnung, wo ich bin, wer ich bin oder was zur Hölle ich gerade tue.

Das passiert mir inzwischen auch tagsüber, was noch schlimmer ist. Ich wache auf, während ich meine Stiefel putze oder so, und alles fühlt sich falsch an und sieht falsch aus und dreht sich und schmerzt, als ob mir übel wäre.

Aber dann spüre ich die Dinge von dir, die du mir verraten hast, und ich sehe dich vor mir, in der letzten Nacht bevor ich gegangen bin, wie du im Lampenschein auf dem Bett saßt, und ich spüre, wie du mich behütest. Du weißt es vielleicht nicht, aber wohin du auch gehst, ein Teil von mir ist immer bei dir. Ich nehme Haltung an und weiß, dass du irgendwo glücklich bist oder wenigstens irgendwo irgendwas bist, nicht hier, und ich weiß, dass ein Teil von mir bei dir sicher ist und immer sein wird und ich bkomme Luft und kann weitermachen, ohne durchzudrehen.

Schreib mir zurück. Es muss nicht so verrückt sein, wie das, was ich gerade versuchte habe zu erklären. Ich wollte dir von alltäglichen Sachen erzählen, wie dem Ziegenfleisch und den kleinen Kindern, die um Schokolade bitten, aber es kam nichts. Ich lese gerade Die unerträgliche Leichtigkeit des Seins. Was liest du gerade? Schick mir ein Buch, wenn du magst. Erzähl mir, woran du gerade arbeitest. Schreib mir zurück. Selbst wenn wir den Stützpunkt wechseln, wird mir dein Brief weitergeleitet.

Ich denke an dich,
Peter

Am Ende des Briefs liefen Kelsey Tränen die Wangen hinunter, sammelten sich in ihrem Mund und durchweichten den Kragen ihres Pullovers.

Michelles Zimmer war noch immer voll ihrer Sachen, aber gleichzeitig hoffnungslos leer. Hier wurde nicht mehr gelesen oder gemalt. Hier gab es nichts.

Sie fragte sich, was mit dem Teil von Peter passiert war, den Michelle sicher verwahren sollte. Wo war dieser Teil nun, da ihr Körper fort war? Wer würde ihn zusammenhalten?

Kelsey merkte, dass sie aufgehört hatte zu atmen. Wenn kein Brief zurückkam, würde Peter wissen, dass etwas nicht stimmte. Er würde werden wie sie und auseinanderbrechen. Aber Peter würde nicht nur die Schule schleifen lassen oder seine Freunde ignorieren oder völlig einwandfreie Weihnachtsbäume auf den Gehweg werfen. Peter war in den Bergen von Afghanistan. Wenn er sich so schwach fühlte wie sie, würde er sich eines Tages mitten in einer Schießerei wiederfinden.

Bevor sie ihr Tun anzweifeln konnte, schlüpfte sie in Michelles Zimmer. Hoffentlich hatte ihre Mutter das Briefpapier nicht weggeworfen, das sie vor ein paar Jahren beide zum Geburtstag bekommen hatten – einen Satz mit Kelseys Initialen, einen mit Michelles. Falls sie Peter bereits Briefe geschrieben hatte, dann auf dem festen, cremefarbenen Papier.

In der obersten Schublade fand Kelsey den Stapel. Sie setzte sich an den Schreibtisch ihrer Schwester, wischte sich mit dem Handrücken über das mit Make-up verschmierte Gesicht und begann, eine Antwort zu verfassen. Sie verbrachte damit den Rest des Nachmittags.

Sie grub nach dem Teil von Michelle, den sie, Kelsey, verwahrt hatte. Sie durchsuchte ihre Erinnerungen und Michelles Bücher und starrte auf ihre Bilder.

Sie ahmte die ausladenden Schlaufen und unvollendeten Auf- und Abschwünge der Handschrift ihrer Schwester nach. Sie saß da und suchte nach Worten, die sie wieder zum Leben erwecken würden.

Mitch an Peter (erster Versuch):

Lieber Peter, *20. Dezember*

es tut mir leid, dass ich es so lange nicht geschafft habe, dir zu schreiben. Ich habe gerade deinen ersten Brief erhalten. Was die Mail angeht, na ja, ich hatte Computerverbot. Ich habe immer noch Hausarrest. Frag nicht, warum. Meine Eltern ticken nicht ganz richtig. Ich kann es kaum erwarten, hier rauszukommen und aufs College zu gehen.

Ansonsten ist das Leben ruhig hier. Ich gebe mir die größte Mühe, kein Fleisch zu essen. Ich mache Spaziergänge zum Fluss und zeichne ihn und dann benutze ich Textmarker als Farben. Die Abschlussprüfungen waren leicht für mich. Meine Schwester ist wahrscheinlich sauer auf mich, weil ich ihr schon wieder gesagt hab, dass sie was Besseres verdient hat als ihren Freund, auch wenn sie schon seit drei Jahren zusammen sind.

Außerdem wollte ich sagen …
Ich will dir nur sagen, dass …

Ich vermisse dich jeden Tag. Mach dir keine Sorgen, ich treffe mich nicht mit jemand anderem. Ich bewundere deinen Mut. Es ist sicher schwer, von allem und jedem, den man kennt, weg zu sein. Dieser Einsatz macht dich zu einem guten Menschen und deine Freunde dort ebenso.

Glaub mir, ich weiß, wie es sich anfühlt, daran zu zweifeln, wo man ist und warum man überhaupt da ist. Nicht so sehr wie du, aber ein bisschen, und ich verspreche, dass alles ...

Ich weiß nicht, was ich da schreibe ...

Merken: ... hochtrabende Ausdrücke verwenden
... ein Buch auftreiben, das sie lesen würde
... das ist doch verrückt ...

KAPITEL 11

Die engen Campusstraßen füllten sich mit sorgfältig frisierten Paaren, die sich vor ihren Backsteinvillen trafen und in Grüppchen zur Party auf der Spitze des Hügels wanderten. Dort oben waren die Studentenverbindungen angesiedelt. Kelsey stand am Panoramafenster des Delta Sigma-Hauses und sah ihren zukünftigen Kommilitoninnen zu, wie sie in Stöckelschuhen und mit blauen und purpurfarbenen Perlen behängt den weitläufigen Rasen betraten und mit Drinks in der Hand auf die weißen Säulen zugingen.

Auf dem Flachbildschirm in der Mensa, wo das heutige Spiel übertragen wurde, waren gerade zwei Sportreporter zu sehen. Jungen und Mädchen, die zu Beginn des Tages ausgesehen hatten, als wären sie dem Cover eines Modekatalogs entsprungen, hatten sich in eine Schar rotgesichtiger, wilder Krieger verwandelt, die Krawatten um die Köpfe gebunden hatten und mit aufgeknöpften Hemden Obszönitäten brüllten, wenn die Kamera Studenten des gegnerischen Teams zeigte.

Davis war einer von ihnen. Die Jungs hatten die Arme um ihn gelegt und die Mädchen küssten ihn auf die Wange. Sein Plan, nur übergangweise in der Verbindung zu bleiben, war anscheinend von der Tatsache verdrängt worden, dass er tatsächlich Gefallen an der Verbindung gefunden hatte. Er konnte nicht anders, Kelsey wusste das. Das Einzige, was Davis noch mehr Spaß machte, als Leute zum Lachen zu bringen, war Leute auf Partys zum Lachen zu bringen, und davon gab es offenbar jeden zweiten Tag eine.

Als ein Pfiff ertönte und der Sprecher schrie, stellten sich die Collegestudenten in einer Reihe auf, eine Mischung aus blauen und purpurfarbenen T-Shirts mit griechischen Buchstaben.

»Lawrence und Columbia, zwei nette kleine Unitätsstädte, nur ein paar Autostunden voneinander entfernt. Klingt friedlich, oder? Verdammt, ich hab gehört, wie jemand diese Gegend Hinterland genannt hat. Aber, Junge, Junge, wenn ihr heute Abend hier wärt, würdet ihr das nie glauben. Hier brennt die Luft. Purpur und Blau, Schwarz und Gold prallen aufeinander. Der Lärm ist ohrenbetäubend. Die Kansas Jayhakws und die Missouri Tigers treffen aufeinander. Das ist kein Basketball mehr. Das ist Krieg.«

Krieg. Kelsey dachte an Peter. Das war eine so kleine, alberne Version von *Krieg.* Sie nahm einen großen Schluck ihrer Rum-Cola.

Kelsey trug ein Mannschaftstrikot, das sie mit einem Gürtel zu einem Kleid gemacht hatte. Sie stimmte in den Schlachtgesang ein und klatschte an den richtigen Stellen.

Ein Mädchen ganz in Blau, das schwarze Haar zu vielen kleinen Zöpfchen geflochten und zusammengebunden, stellte ihren Drink neben Kelseys. Erst auf den zweiten Blick bemerkte Kelsey die Worte, die auf ihrer Jacke prangten.

»Entschuldigung«, Kelsey hob die Stimme, um den Lärm zu übertönen. Das Mädchen drehte sich um. Sie hatte braune Augen und glänzende Lippen.

»Bist du eine von den Cheerleaderinnen?« Es war einleuchtend, dass ein paar von ihnen mitfeierten; nicht alle reisten mit der Truppe.

Obwohl sie kleiner war als Kelsey, schaffte sie es, größer zu wirken. Perfekte Körperhaltung. »Bin ich.«

Kelsey streckte die Hand aus. »Ich bin Kelsey. Ich tanze im Frühjahr vor.«

Das Mädchen neigte den Kopf. »Ach ja? Und was hast du dann da in deiner Hand?«

Kelsey schaute auf ihre Rum-Cola hinunter und spürte, wie ihr Gesicht heiß wurde. »Ich trinke nicht … ich bin nur hier, um das Spiel anzuschauen. Mein Freund ist …«

Die Studenten stimmten in den Fan-Gesang ein, der aus dem Fernseher drang und mit jeder Strophe lauter wurde.

Das Mädchen kam näher und schrie ihr ins Ohr. »Hab ich gefragt, wer dein Freund ist?«

»Nein, aber …« Kelsey blieb der Mund offen stehen, unfähig Worte zu formen. Das Gesicht des Mädchens verzog sich zu einem Lächeln, dann lachte sie lauthals.

»Ich verarsch dich nur.«

»Oh.« Kelsey schlug das Herz immer noch bis zum Hals, obwohl sie nicht ganz sicher war, warum. Sie erlaubte sich ein Lächeln und stimmte in eine weitere Runde Schlachtgesang ein. Sie und das Mädchen unterbrachen ihr Gespräch und schrien pflichtbewusst: »Los geht's Hawks!«

»Ich bin Nicki.« Sie griff nach Kelseys Hand und schüttelte sie.

»Hey!« Nicki gestikulierte in Richtung ein paar anderer Mädchen in blauen Jacken. Eine Rothaarige und eine Blonde kamen mit Drinks in der Hand auf sie zu und schwängerten die umliegende Luft mit unterschiedlichen Parfüms. Ihre Jeans spannten über den festen Oberschenkeln und unter den bauchfreien Shirts blitzen ihre unteren Bauchmuskeln hervor. *Und ich dachte, ich wäre in Form,* dachte Kelsey.

Nicki zeigte nacheinander auf sie. »Das ist Missy, verstauchter Knöchel, und das ist Jen, gezerrter hinterer Oberschenkel. Leute, das ist Kelsey. Cheers!«

Die Mädchen hoben ihre roten Becher. Kelsey spürte die Blicke der umstehenden Partygänger und trank hastig ihren Drink aus.

Nicki nickte in ihre Richtung. »Kelsey will vortanzen.«

Die Rothaarige, Missy, stieß einen Jauchzer aus. »Alle Achtung! Bist du gut vorbereitet?«

Bevor Kelsey antworten konnte, neigte sich Jen, die Blonde, zu ihr und berührte ihren Dutt. »Egal was du tust, lass dir auf jeden Fall die Haare machen.«

»Definitiv«, sagte Missy. »Ich hab sie mir letztes Jahr föhnen und legen lassen. Vom Schweiß komplett ruiniert nach der ersten Nummer. War's aber trotzdem wert. Die Mädchen mit einem einfachen Pferdeschwanz hätten gar nicht erst kommen müssen. Während ihrer Tänze haben die Kapitäninnen quasi kaum von ihren Klemmbrettern aufgeschaut.«

Kelsey spürte, wie der scharfe Rum in ihren Magen wanderte, und fand ihre Stimme wieder. »Was muss ich noch wissen?«

Von allen Seiten prasselten Stimmen auf sie ein.

»Es ist echt heftig.«

»Du kannst dich nicht nur auf dein Aussehen verlassen.«

»Aber es spielt eine große Rolle.«

»Wir sind die Ablenkung, weißt du? Wir sind der Augenschmaus.«

»Wenn du einen anständigen Spagat kannst, wird das schon laufen.«

»Dein Aussehen passt schon mal.«

»Du musst nur ein bisschen mehr lächeln.«

»Ja, lächle mal!«

Kelsey lächelte.

Nicki kniff sie ins Kinn. »Na also.«

Missy und Jen legten von beiden Seiten einen Arm um sie. Sie lächelten breit und echt, und Kelsey gab sich Mühe, es ihnen gleich zu tun.

Bald gesellten sich weitere Cheerleaderinnen zu den Mädchen und ließen es sich nicht nehmen, auf den Billardtisch zu klettern und dort während der Werbung Pompon-Nummern vorzuführen.

Nach einer Weile begann Kelsey zu schwitzen. Sie kam nicht mit bei all den Namen, die sie schrien, den Orten, die sie nicht kannte, den Insiderwitzen.

Als der Schlachtgesang wieder losging, verzog sie sich. Sie fand Davis inmitten einem Meer aus Verbindungsstudentinnen.

»Das ist mein Baby«, sang er ein selbst gedichtetes Lied. »Mein kleines Mä-ä-ä-ädchen.«

Sie glättete seinen Kragen, als er auf sie zu schwankte, unsicher, ob er sich tatsächlich vor und zurück bewegte oder ob sie das nur meinte. »Hi«, erwiderte Kelsey mit schwerer Zunge. Er beugte sich näher zu ihrem Ohr. »Hast du Spaß?«

»Du schon. Das ist mal sicher.«

»Ich liebe diese Kerle.« Er brüllte es noch mal in Richtung seiner Jungs.

»Und ich liebe dich.«

Er küsste sie, warm und feucht, und umschlang sie mit den Armen.

»Ich liebe dich auch.« Zu sehen, wie er elektrisiert und mit roten Wangen zwischen all diesen Leuten herumhüpfte, wie ein kleiner Junge, machte sie glücklich. Kelsey war heiß und schwindelig. Sie brauchte Luft und Ruhe.

Sie erwischte sich dabei, wie sie »Ich bin müde, Baby« in sein T-Shirt sagte.

Er schob sie von sich weg und hielt sie an den Schultern fest. »Aber wir sind am Gewinnen!«

»Ich weiß!«

»Und alle sind hier!«

»Ich weiß«, fuhr sie fort und endlich hielt Davis inne und sah ihr in die Augen.

Er legte den Arm um sie. »Ich fahr dich nach Hause.«

»Ha!« entfuhr es Kelsey. »Auf keinen Fall. Du hast getrunken.«

»Ich kann dich huckepack nehmen! Oder vielleicht ein Taxi rufen? Gibt es in hier überhaupt Taxis?«

Kelsey lachte, weil er so verwirrt war.

Nachdem sie ihn überzeugt hatte, dass sie durch die gut beleuchteten, vertrauten Straßen einfach zu Fuß gehen konnte und nach einem langen Abschied mit vielen Küssen, zog Kelsey den Reißverschluss ihres Mantels zu und ging den Hügel in die Stadt hinunter. Die Straßenlaternen pulsierten in ihrer beschwipsten Wahrnehmung und die Kälte legte sich auf die nicht bedeckten Stellen ihrer Haut. Bald war sie auf der Hauptstraße, schlängelte sich zwischen den Feiernden hindurch und hörte im Vorbeigehen Jubelrufe aus den Bars. Sie verspürte einen Anflug von Neid und fragte sich, ob sie hätte bleiben sollen. Als sie ihre Finger und ihre Zehen nicht mehr spürte, schlüpfte sie ins La Prima Tazza. Michelle hatte in diesem Café praktisch gewohnt, besonders während der Abschlussprüfungen.

Es war schummrig hier und ein bisschen schäbig, ein rotbrauner Tresen und auf jedem Tisch eine andere Lampe. Bis auf zwei Mittelschüler in einer Ecke, die ein Fantasy-Kartenspiel spielten, und dem Barista, einem mageren Kerl im Collegealter, war es leer. Als Kelsey sich näherte, fiel ihr auf, wie groß und leuchtend die Augen des Barista im Vergleich zu seinem Gesicht waren. Er sang beim Arbeiten einen Indie-Song aus dem Radio mit. Sein T-Shirt mit der aufgedruckten *Campbell*-Suppendose war ihm zu klein.

»Wir verkaufen kein Bier«, rief er gelangweilt hinter einer Reihe von Sirup-Flaschen hervor und spülte eine Tasse.

Das Café wurde wahrscheinlich öfter irrtümlich für eine Bar gehalten, weil es lange geöffnet hatte. »Gut«, sagte Kelsey. »Ich will nämlich das Gegenteil von Bier.«

»Oh.« Er hörte auf, sauber zu machen, und blickte hoch. Seine Augen weiteten sich bei ihrem Anblick. »Halt«, hörte sie ihn sagen. Kelsey traf seinen Blick. Er biss sich nachdenklich auf die Lippe. »Heilige Scheiße.«

»Was?«

»Moment.«

Er glitt hinter dem Tresen hervor und umarmte sie. Kelsey hielt still in seinen mageren Armen, die sie eng umschlossen hielten. Dann ging er zurück auf seinen Platz und schmetterte die Hände auf den Tresen. »Du siehst genauso aus wie Michelle.«

»Jaa …«, begann Kelsey.

Er hob eine Hand und schüttelte ungläubig den Kopf. »Nein. Das ist abgefahren. Es gibt Zwillinge und es gibt *Zwillinge.*«

Kelsey nickte. »Wir waren Zwillinge«, war alles, was ihr einfiel.

Er seufzte. »Tut mir leid. Ich werde dramatisch. Hatte einen langen Tag. Espresso?«

»Immer her damit«, sagte Kelsey und rieb ihre tauben Hände aneinander.

Während er Kaffee in den Siebträger presste, flackerten seine Augen immer wieder in ihre Richtung. Als würde er irgendetwas suchen. Mit einer schwungvollen Bewegung stellte er eine winzige Tasse auf den Tresen.

Kelsey kramte in ihrer Tasche nach dem Geldbeutel. Sie nahm einen Fünfer heraus, um für das Getränk zu bezahlen, aber er schob ihn weg. Sie sah zu ihm auf, er blinzelte mit seinen großen Augen.

»Schätzchen, bitte«, sagte er. »Dein Geld hat hier nichts zu suchen.«

»Danke«, sagte sie und spürte innerlich den Anflug des ersten echten Lachens an diesem Abend. Sie kicherte und nahm einen Schluck von ihrem Espresso. »Du bist … *echt* dramatisch.«

»Na und?« Er lehnte sich über den Tresen und betrachtete sie. »Was nützt es, zu leben, wenn niemand einem Beachtung schenkt?«

»Nach dem Motto: *Wenn im Wald ein Baum umfällt und niemand ist da, der es hört, ist er dann wirklich umgefallen?*«

»Genau. Ich bin übrigens Ian.«

»Kelsey. Du kanntest Mitch also?«

»Ja. Sie kam spät nachts zum Zeichnen hierher. Manchmal sind wir zusammen auf Partys gegangen.«

Kelsey durchforstete ihr Gedächtnis, aber sie erinnerte sich nicht an ihn als einen von Michelles Freunden. »Es wundert mich, dass sie dich nie mit nach Hause gebracht hat, damit du uns kennenlernst.«

»Nicht zusammen zusammen.« Er lächelte ironisch. »Michelle ist nicht wirklich mein Typ.«

Es schien, als seien Mädchen allgemein nicht sein Typ. Kelsey schnalzte mit der Zunge und zielte mit dem Finger auf ihn. »Gecheckt.«

»Ich hätte dir einfach sagen sollen, dass ich auch tanze – wie du.«

»Woher wusstest du, dass ich tanze?«

Er runzelte die Stirn. »Michelle hat ständig von dir geredet. Glaubst du, ich würde einfach so eine Fremde umarmen, nur weil sie aussieht wie eine Freundin von mir?«

Kelsey verspürte den Anflug eines Lächelns. »Nein, aber weißt du, wer so was machen würde?«

»Michelle«, sagten sie gleichzeitig.

Sie lachten und saßen dann schweigend da und erinnerten sich.

Schließlich begann er zu sprechen. »Sie hat gesagt, dass eure Eltern so taten, als würden sie akzeptieren, was ihr tut, aber heimlich befürchteten, ihr würdet zu hungernden Künstlerinnen heranwachsen.«

Kelsey fiel die Kinnlade herunter. »Das hat Michelle gesagt? Witzig, weil … ich bin keine Künstlerin. Michelle war die Künstlerin.«

Ian machte *pff* und tat so, als wäre er beleidigt.

»Willst du damit sagen, Tänzer wären keine Künstler?«

»Nein, nein, das hab ich damit nicht gemeint. Nur, ich mache nicht so modernen Tanz. Nichts mit Gefühlen ausdrücken oder so.«

Er starrte sie noch immer mit seinen allwissenden Augen an. Sie hob die Hände. »Ich bin kein leidendes Genie! Ich will zu den College-Cheerleadern mitsamt Frisur und Tanzkluft und Fans. Ich wackle einfach gern mit dem Arsch.«

Ian warf den Kopf zurück und lachte. »Hey, ich auch. Ich

auch. Aber verkauf dich nicht unter Wert. Du musst nicht leiden, um eine Künstlerin zu sein. Ich bin glücklich. Michelle war glücklich.«

Kelsey hielt inne und dachte nach. »Ich glaube aber, sie wollte ein Genie sein. Sie wollte originell sein. Mir ist das alles egal. Ich mag es, Teil von etwas Größerem als ich selbst zu sein, etwas, das jeder versteht.« Sie zeigte auf das Logo auf ihrem Trikot. »Wie das hier.«

Als Antwort zeigte Ian nur auf die Suppendose auf seinem T-Shirt.

Kelsey erkannte sie wieder von dem Poster aus Michelles Zimmer.

»Warhol, stimmt's? Jaa, war ihr Lieblingskünstler.«

Er wandte sich von ihr ab dem Spülbecken und wieder seiner Arbeit zu.

»Willst du wissen, warum Michelle dich eine Künstlerin nannte? Dann schlag Andy Warhol nach.«

Kelsey hatte nicht gewusst, dass Michelle überhaupt über sie sprach, wenn sie nicht dabei war. Sie hatte nicht gewusst, dass Michelle befürchtete, ihre Eltern könnten ihren Weg missbilligen. Sie hatte mit keinem von Michelles Freunden ein Gespräch gehabt, das über *Ich bin der andere Zwilling* oder *Michelle ist oben* hinausgegangen war.

Kelsey legte die Hände um die winzige Tasse und genoss die Wärme. »Herrgott, es gibt so viel, das ich nicht von ihr weiß.«

Ian zuckte mit den Achseln. »Vielleicht ist es dir nie in den Sinn gekommen zu fragen, weil du nicht musstest.«

»Jaa. Wenn jemand direkt neben dir lebt, neben dir isst und genauso aussieht wie du, glaubst du, diese Person zu kennen.«

Tust du aber nicht. Du hast sie nicht gekannt, nicht wirklich, sagte sich Kelsey. Das machte sie unerwartet traurig, trauriger als der dumpfe Schmerz des Verlustes. Und sehnsüchtig danach, mehr zu wissen.

Sie trank aus und zog den Reißverschluss ihres Mantels zu.

»Bis bald, Kelsey.« Ian reckte sich über den Tresen, um sie noch einmal zu umarmen und flüsterte ihr ins Ohr: »Und bitte trag nie wieder ein Basketballtrikot als Kleid.«

Mitch an Peter unter Verwendung hochtrabender Ausdrücke, die Mitch benutzen würde (zweiter Versuch):

Liebster Peter, *7. Januar*

ich entschuldige mich für die verspätetet Erwiderung deines Briefes. Ich war anderweitig beschäftigt, mit meinen Studien, die, wie du weißt, von äußerster Wichtigkeit sind. Erlaube mir, dir ein Bild davon zu geben. Ich betrete gegen fünfzehn Uhr dreißig mein Zuhause und setze mich zwecks meiner Studien an einen Rollschreibtisch, den ich bei einer nahe gelegenen Haushaltsauflösung in der Tennessee Street entdeckt habe. Meine Schwester sagt, der Schreibtisch ist in Wirklichkeit nicht antik, sondern ist nur eine billige Kopie.

???
… unbedingt ein Buch auftreiben, das sie lesen würde
… Jane Eyre?
… das ist total verrückt
… Teile ihres Tagebuchs abschreiben …

KAPITEL 12

Beim nächsten Anruf von Peter würde Kelsey vorbereitet sein. Sie hatte Anfang der Woche eine Skype-Nachricht von ihm bekommen, dass er sich in zwei Tagen melden würde, irgendwann an diesem Abend.

Während des Unterrichts träumte sie davon, was sie sagen würde. Als sie nach dem Tanztraining nach Hause kam, wo es von Trauernden nur so wimmelte, musste sie erst Gillian und Ingrid loswerden, die mit ihren Rucksäcken im Eingang standen und Kelsey über die Schulter spähten.

»Das wollt ihr nicht sehen.« Sie deutete auf die Runde.

»Ist das die Gruppe, von der du uns erzählt hast?«, fragte Gillian. Sie verzog den Mund und zuckte mit den Achseln. »Schätze mal, die müssen tun, was sie eben tun.«

»Schön, dass sie auch Snacks haben«, verkündete Ingrid.

Wie sie aus dem Wohnzimmer hörten, lautete das Mantra: Wir müssen den Schmerz annehmen und ihn für unsere Reise nutzen. Diesen Monat war eine Frau namens Patti Gruppenleiterin, die ihren Sohn an den Krebs verloren hatte. Die Verpflegung bestand aus Ginger Ale und Bananenbrot.

Die Art und Weise, wie Patti die Becher mit Limo austeilte, erinnerte Kelsey an eine katholische Messe, die sie einmal gesehen hatte. All das Gerede über die Seele und den Geist und wie sie alle, ihre Eltern eingeschlossen, dankbar den Kopf neigten, als sie ihr Brot bekamen.

Als die Gruppenmitglieder mit ihren persönlichen Schicksalen anfingen, verzogen ihre Freundinnen sich endlich.

Kelsey ging nach oben und nahm Michelles Laptop mit in ihr Zimmer.

Dann machte sie einen Handstand gegen die Tür. Sie konnte ihr Spiegelbild in den Balkontüren sehen, nackter Bauch unter einer schwarzen Leggings, die Haare berührten den Boden. Heute hatte sie sich die Haare nicht geglättet und auch keine Wimperntusche aufgelegt. Ihre Tür war in einem hellen Rosa gestrichen, die Wände türkis, die Lampen auf beiden Seiten ihres Bettes bündelten das Licht in orange getönte Dreiecke. Ihr Zimmer sollte tropisch aussehen, aber aus diesem Winkel sah es aus wie die Retroversion eines Raumschiffs.

Als der Piepton von Michelles Computer ertönte, richtete Kelsey sich auf und ließ das Blut aus ihrem Gesicht zurück hinunter in ihren Körper rauschen. Peter. Kelsey rückte mit dem Laptop an eine weniger auffällige Stelle, fuhr sich mit den Fingern durch das gewellte Haar und drückte auf *annehmen*. Ihre Hände zitterten.

Peters Wangen waren gebräunt und sein Haar war heller. Unter seinen großen blauen Augen lagen immer noch deutlich sichtbare, dunkle Ringe.

»Ich hab deinen Brief bekommen«, begann Kelsey, bevor er etwas sagen konnte. Er schlug hoffnungsvoll die Augen auf. »Hast du mir zurückgeschrieben?«

Sie nickte als Antwort.

Er lächelte und sah ganz entspannt aus, wie er da saß in seiner Uniform. Na ja, vielleicht nicht entspannt. Als sein Lächeln verblasste, huschten seine Augen nervös hin und her.

Kelsey sah sich das Gelände hinter ihm genauer an, um herauszufinden, ob er noch am selben Ort war. »Bist du immer noch in …«, begann sie.

»Weißt du was? Meine Eltern haben mir ein Geschenk geschickt«, fuhr er fort.

»Was?«

Kelsey sah, wie er unter sich griff und eine Akustikgitarre mit schwarzem Korpus und einem blau gemusterten Gurt hervorzog.

»Schön«, sagte sie leise. Sie wusste nichts über Gitarren, aber jeder konnte sehen, dass das ein wunderschönes Instrument war. Das Geräusch, das ertönte, als Peter darauf klopfte, hatte viele Facetten.

»Ich übe gerade ein paar Cicada-Coverversionen.«

»Ach, ja?« Kelsey versuchte, ihre Stimme anerkennend zu heben. Er spielte ein paar Akkorde und sah sie dabei an. »*The Sworn Secret*«, sagte er. »Die englische Version, nicht die portugiesische.«

Kelsey nickte ermutigend.

Und dann begann er langsam zu singen, stolperte über die Silben, während er die Akkorde suchte. »Things I never told you / Listen and believe / They said it was never gonna work out / As long as we don't tell them, just you and me.«

Seine Stimme war zitterig, aber klar und im Einklang mit der Gitarre.

Er scheute sich nicht, die Töne zu halten.

Als er fertig war, reckte Kelsey verlegen die Daumen in die Höhe.

Ihr Mund war zu einem dümmlichen Lächeln erstarrt, also

versuchte sie, ihn ein bisschen zu verstecken, indem sie sich den Ärmel vors Gesicht hielt.

»Danke. Ich hatte jede Menge Zeit zum Üben«, sagte Peter. »Also, was soll ich spielen?«

»Äh …«, Kelseys Mund wurde trocken. Ihr fiel absolut nichts ein. Irgendwas Altes. Was Klassisches. »Äh. Elvis?«

Peter sah verdutzt, aber erfreut aus. »Elvis? Echt?«

Kelsey zuckte mit den Achseln. »Klar!« Vielleicht hätte Michelle um etwas Sanfteres und Ernsteres gebeten, etwas mit einem schwer auszusprechenden Namen von ganz oben aus dem Regal im hintersten Winkel eines Plattenladens. Vor dem Plattenladen in der Stadt standen ständig Leute mit Gitarren. Michelle hatte ihre Eltern immer dazu gebracht, anzuhalten, damit sie ihnen zuhören konnte. Sie ratterte Songtitel herunter wie aus einem Katalog, bis die Musiker einen kannten, und lauschte ihnen dann bis zum Ende. Dann klatschte sie, egal, wie schlecht sie gespielt hatten, als wäre sie auf einem Konzert, und bat ihre Eltern um einen Dollar, den sie in den Instrumentenkoffer werfen konnte. Kelsey hätte auch zuhören können, aber sie ging immer möglichst weit den Gehweg hinunter, ohne es zu würdigen, wie sie sich bemühten.

Kelsey versuchte Michelle zu erklären, dass die Typen einfach in ihre Wohnheime zurückgehen und die Kohle für Bier ausgeben würden, aber sie scherte sich nicht darum.

Kelsey dachte immer, ihr gefalle einfach die Aufmerksamkeit. Aber als Peter spielte, verstand sie auf einmal, wie elektrisierend es war, wenn jemand direkt vor einem ein Instrument spielte.

Peter spielte Ausschnitte von *Hound Dog* und *Jailhouse Rock*. Er senkte die Stimme und gab tief aus der Kehle seine beste

Elvis-Imitation. Als sie beide anfingen zu lachen, musste er aufhören.

Kelsey dachte an Michelle und besann sich darauf zu klatschen.

Als sie wieder still waren, hörte Kelsey das Rumpeln eines Lastwagens und Geschrei. Es klang, als würden zwei Männer in eine heftige Auseinandersetzung geraten.

»Wie läuft's bei dir so?«, fragte sie zaghaft.

Peter verzog das Gesicht. »Ich will dir damit nicht die Zeit stehlen. Okay?«

»Natürlich«, sagte Kelsey.

»Erzähl mir von zu Hause. Was hast du gestern Abend gemacht?« Er stellte seine Gitarre zur Seite und beugte sich näher zum Bildschirm. »Übrigens, ich hab meiner Schwester von uns erzählt. Sie will wissen, warum sie dich nicht auf Facebook findet.«

»Weil …«, Kelsey leckte sich über die Lippen, um Zeit zu gewinnen. »Weil ich meinen Account gelöscht hab. Du hast mich inspiriert, schätz ich mal.«

Peter hob die Hände. »Was soll ich sagen? Es ist einfach Zeitverschwendung.«

»Ja, ist es wirklich. Und Hausaufgaben«, sagte Kelsey als Antwort auf seine Frage. »Das hab ich gestern Abend gemacht.«

»Und den Abend davor?«

»Hausaufgaben«, sagte sie lächelnd. »Und wir haben in Dads Restaurant gegessen.«

»Und davor?«

»War ich auf einer Party.« Kelsey schluckte, ihr war bewusst, dass sie als sie selbst antworte, und sie wusste nicht, ob das richtig oder falsch war. Aber Michelle war auch auf Partys gegangen.

»Ach ja? Hat's Spaß gemacht?«

Ein lauter Knall ertönte in der Ferne. Peter zuckte leicht zusammen und umklammerte etwas auf seinem Schoß. Ein Gewehr. Er drehte den Kopf und lauschte. Sie warteten.

»Ein Auspuff«, sagte er schließlich. »Also, hat's Spaß gemacht?«

Kelsey widerstand dem Drang loszuheulen. Ihre Hände zitterten wieder. »Ich bin früh gegangen.«

Peter atmete schwer. Er nickte, damit sie fortfuhr.

Sie setzte ein Lächeln auf. »Ich hab einen Spaziergang gemacht.«

»Und was dann?« Sie horchten beide auf einen weiteren Knall, Kelsey wusste es. Aber sie trieben sich gegenseitig weiter, munterten sich auf.

Sie entspannte ihre Stimme. »Es war eiskalt. Das Spiel war noch in vollem Gange, deshalb waren die Straßen ziemlich leer. Ich hab Ian im La Prima Tazza besucht. Wir haben über Warhol geredet.«

Peter ließ ein Lächeln aufblitzen und zog die Augenbrauen hoch. »Dein Lieblingsthema.«

Kelsey hatte Michelles Andy-Warhol-Buch durchgeschaut, aber sie verstand immer noch nicht, warum die bunten Drucke irgendwas mit ihr zu tun hatten. Zum Beispiel das Standbild aus einem Film von einem Mädchen, das einen Hamburger aß. Das war's. Sie zuckte mit den Achseln.

»Was soll ich sagen?«

»Apropos, hast du die Skulptur gesehen, von der ich dir erzählt habe? Die mitten in den Bergen?«

»Erinnre mich noch mal«, sagte Kelsey und seine Augen wirkten jetzt lebendiger.

»Es ist einfach nur ein Stahlring. Rot angemalt. Aber er dient sozusagen als Bilderrahmen für die Landschaft. Egal wie nah dran oder weit weg du davon bist, der Teil der Berge, den du fokussierst, ist immer durch den Ring festgelegt.«

»Was, wenn man beschließt, irgendwo außerhalb des Rings hinzuschauen?«, fragte Kelsey.

»Dann wirst du trotzdem noch von dem Ring beeinflusst. Verstehst du? Weil du absichtlich wegschaust, aber egal, ob du dich gegen den Ring wehrst oder ihn akzeptierst, hast du ihn trotzdem im Kopf.«

»Das also ist Moderne Kunst.« Kelsey versuchte zu klingen, als wäre sie von sich selbst überzeugt. »Eine Störung, die man nicht ignorieren kann.«

»Eine Störung!« Er war nachdenklich. »Das ist gut, Michelle.«

Der Name ihrer Schwester, laut ausgesprochen, schien im Raum widerzuhallen, und dann war da noch die Art, wie er sie ansah. Sie bekam eine Gänsehaut. Es war seltsam, wie leicht ihr dieses Gespräch mit Peter fiel, ein Gespräch, das unmöglich erschienen wäre, wenn sie nicht die ganze Michelle dabei im Kopf gehabt hätte. Kelsey rutschte auf dem Boden hin und her, ohne den Blick von seinen Augen abzuwenden.

Peters Stimme erklang, leise und sanft, weniger aufgeregt als zuvor. »Wir müssen vielleicht aus dem Gebiet abrücken.«

»Wann?«

»Ich weiß nicht genau. Kommt drauf an. Allerdings krieg ich dann deine Briefe vielleicht nicht sofort.«

»Ach, mach dir deswegen keine Sorgen. Kümmre dich lieber darum, dass du in Sicherheit bist.«

Peter schüttelte den Kopf. »Nein, die werden sie mir schon zukommen lassen. Müssen sie. Aber egal, was passiert, hör nicht auf, mir zu schreiben. Wenn der erste nicht ankommt, dann wenigstens der zweite. Und ich weiß nie, wann ich Zugang zu einem Computer habe.«

»Okay.« Kelsey schluckte, wohlwissend, worauf sie sich da einließ. Sie würde die Handschrift ihrer Schwester wieder nachahmen müssen. Und Michelles E-Mail-Passwort hatte sie auch noch nicht herausbekommen. Natürlich würde das alles keine Rolle spielen, wenn sie ihm einfach die Wahrheit sagte.

»Alles, was du mir von zu Hause erzählst, ist wie Nahrung für mich. Verstehst du? Als wäre jede Erinnerung etwas zu essen…« Er macht mit der Hand eine schöpfende Bewegung. »Das gibt mir Kraft.«

Trotz ihrer angespannten Nerven lächelte Kelsey. »Soll ich dich noch etwas füttern?«

»Ja, füttre mich.« Er öffnete den Mund.

Sie lachte. »Worauf hast du Lust?«

»Wie wär's mit den Bergen? Oh, ich hab eine Idee. Du könntest sie malen! Mal sie!«

Kelsey räusperte sich wieder. »Nee«, sagte sie schließlich. »Das dauert zu lang. Ich werde dir stattdessen davon erzählen.«

Das konnte sie. Ihre Familie war schon eine Million Mal durch die Berge gefahren, die weiträumig ihre Heimatstadt umgaben.

Michelle hatte immer auf dem Rücksitz neben ihr gesessen und aus dem Fenster geschaut. Die Aussicht auf die Berge gehörte nach Ansicht ihrer Eltern zu den wenigen Dingen, die sie davon abhielten, sich gegenseitig zu hauen.

Kelsey machte es sich auf dem Teppich gemütlich und stützte das Kinn in die Hände.

Peter lehnte sich in seinem Stuhl zurück und schloss die Augen.

»Also, du bist auf der Straße«, fing Kelsey an, »Richtung

Westen und es gibt nichts – nur den wolkenverhangenen Himmel, Zäune und Prärie. Bis du plötzlich diesen Knick in den flachen Linien siehst. Beinahe eine Sinnestäuschung. Dann siehst du noch einen Knick und noch einen und der Boden bewegt sich wie das Meer. Und die Hügel gehen ineinander über. Das Gras hat eine Farbe, die du noch nie gesehen hast und nie wieder sehen wirst. Es ist orange, golden, weiß, grün, braun …«

»Mmmmm«, machte Peter mit geschlossenen Augen.

Plötzlich erfüllte eine Männerstimme die Lautsprecher. »Auf geht's, Petey!«

Peter griff wieder nach seinem Gewehr und wandte sich von Kelsey ab dem Mann zu, der gerade hereingekommen war. Er verließ einen Moment den Bildschirm und sie konnte nur Teile ihrer Sätze hören. *Angriff* hörte sie. *Haben was gefunden.*

Peter kam zurück ins Bild, an seiner Seite ein stämmiger Mann, etwas älter als er, mit roten Haaren.

Peter lächelte angespannt. »Das ist Gockel.«

»Sam«, sagte der Kerl und fasste sich an die Brust.

»Nett, dich kennenzulernen«, sagte Kelsey.

»Angenehm, gnädige Frau.«

»Es tut mir leid, aber wir müssen gehen«, sagte Peter.

Im Hintergrund hörte Kelsey etwas, das sie als islamischen Gebetsruf wiedererkannte.

Ein anderer Soldat rief unverständliche, wütende Worte.

Peter schaute sie an und sie sah, wie seine Augen sich hin und her bewegten, um sich ihr Gesicht einzuprägen. Für alle Fälle. Sein Mund war ein dünner Strich.

»Bald?«, fragte er.

»Bald«, entgegnete sie.

Er holte tief Luft und lächelte. Dann führte er die Hand

an die Lippen und legte sie auf den Bildschirm, damit endete der Anruf.

Kelsey klappte den Laptop zu, drehte sich auf den Rücken und starrte an die Decke.

Aus dem Wohnzimmer hörte sie jemanden aus der Selbsthilfegruppe weinen. Animalische, herzzerreißende Töne. Sie wusste, wie die Frau sich fühlte. Aber es gab keinen Grund, diese Töne noch einmal in die Welt zu bringen und noch eine Wunde zu öffnen.

Nun da sie durch die Gespräche mit Peter Michelle herbeigezaubert hatte, fühlte sich ihr eigener Schmerz kleiner an. Ihre Schwester war zurück bei ihr im Zimmer, stieg über sie drüber und wühlte in ihren Schubladen, um sich einen Schal zu leihen.

Ist das okay?, fragte sie lautlos, während Michelle um sie herumflatterte. Aber Erinnerungen antworten nicht.

Solange Peter Michelle sah, war sie nicht fort. Solange Kelsey Michelles Tod für sich behielt, würde Peter diese Art von Schmerz nicht erfahren müssen.

KAPITEL 13

Die Wintersonne, die am nächsten Morgen durch die Fenster der Schule schien, tauchte alle auf den Korridoren in ein bernsteinfarbenes Licht. Kelsey und ihr Team hatten sich aufgestellt und warteten auf ein Zeichen. Als sie die Schlachtrufe aus dem Foyer der Sporthalle hörten, rannten sie los. Kelsey füllte ihre Lungen mit Luft und stieß sie wieder aus, um möglichst laut zu schreien. Ihre Mädels taten es ihr nach. Sie stürmten durch die Gänge und quetschten sich an Körpern und Bücherregalen vorbei.

Bald gesellten sich weitere Cheerleader und das Basketballteam zu ihnen, alle stimmten die Schule auf das nächste Spiel ein. Kelsey zischte an Kids vorbei, die gar nicht zum Match kommen würden – die Raucher, die Zocker, die Theaterleute – sie alle stimmten ein, einfach nur aus Spaß an der Freude.

Nach genau einer Minute verstummte der Lärm, wie die Tradition es verlangte.

Das war der Spieltag-Drill. Gesichter nahmen wieder ihren normalen Ausdruck an, Hausaufgaben wurden herausgezogen und ausgetauscht. Zeit für die erste Stunde.

Das Cheerleaderteam war keuchend auf der Südostseite der Cafeteria am anderen Ende der Schule angelangt.

»Das war gut, Leute«, verkündete Kelsey auf dem Weg in den Unterricht und steckte lose Haarsträhnen zurück in ihren Pferdeschwanz.

Ingrids Gesicht hatte wie immer die Farbe einer Aubergine. Sie sah besorgt aus. »Ich glaube, Frankie hat sich wegen mir in die Hose gepinkelt.«

Kelsey und Gillian lachten. »Wie hast du das geschafft?«, fragte Kelsey.

»Ich hab die Tür zur Jungentoilette aufgestoßen, als er gerade den Knopf aufgemacht hat.«

Kelsey schloss die Augen, faltete die Hände und sagte gespielt würdevoll. »Ein kleiner Preis im Angesicht des Sieges.«

»Der arme Frankie«, meinte Gillian. »Und die Armen, die neben ihm sitzen müssen.«

Ingrid bog zu den Räumen der vergleichenden Literaturwissenschaften ab. »Wehe, jemand sagt ihm, dass ich es war.« Als sie weg war, strich Gillian eine weitere lose Strähne aus Kelseys Pferdeschwanz hinter ihr Ohr. »Du scheinst gut drauf heute.«

»Ich bin gut drauf«, sagte Kelsey und legte den Arm um ihre Freundin.

»Was ist anders?«, fragte Gillian. »Ich hab jetzt drei verdammte Monate versucht, dich aufzumuntern, deshalb würde ich das irgendwie schon gerne wissen.«

Sie blieben vor dem Klassenzimmer stehen, wo Gillians Kurs über zeitgenössische europäische Geschichte stattfand. Kelsey gab ihr Bestes, so zu tun, als würde sie nachdenken, aber sie wusste es. Die letzte Nacht war die erste gewesen, in der sie sich nicht in den Schlaf geweint hatte.

»Ich meine, ich weiß, dass das nicht einfach so passiert …« Gillian schnipste mit dem Finger. »Aber wenn ich etwas dazu beitragen kann, dass du immer so bist, dann will ich es tun. Verstehst du?«

Sie konnte Gillian nicht von Peter erzählen. Sie wünschte, sie könnte es.

»Wahrscheinlich ist es einfach die Zeit«, sagte Kelsey lächelnd. »Interpretier da nicht zu viel rein.«

Schließlich war sie allein auf dem Weg zu ihrer Geografiestunde. Sie war zu spät, aber das machte nichts. Sie ließ sich Zeit, aalte sich auf der stillen Haupttreppe in dem warmen Licht. Als sie die ersten beiden Stufen hinuntertänzelte, spürte sie, wie die Luft in ihrem Rücken sich veränderte und ein bisschen kälter wurde.

Jemand hatte wohl ein Fenster geöffnet. Sie drehte sich um. Die Luft kam aus dem Kunstflügel. Kelsey war in diesem Teil der Schule nur ein einziges Mal gewesen, als Michelle ihre Jugendwerke ausgestellt hatte, aber sie erinnerte sich kaum daran. Spontan ging sie zurück die Treppe hinauf.

Vier Klassenzimmer grenzten an den schmalen Gang. Drinnen standen mittig zwei kleine Sockel mit Skulpturen von Schülern: eine Hand aus Ton und eine Keramikvase. Überall an den Wänden hingen Porträts, die mit schwarzem Bleistift gezeichnet waren, und Kelsey erkannte darauf ein paar ihrer Mitschüler. Die meisten hatten Radiergummi-Spuren im Gesicht, seitlich versetzte Nasen, verzerrte Hände durch zu viele Striche. Michelle hatte diese Zeichnungen auch gemacht, damals, als sie noch ihre Meerjungfrauen-Haare hatte.

Kelsey fand es in einer Ecke. Im Gegensatz zu den anderen war es gerahmt und mit einer Gedenktafel versehen. Und es war perfekt. Michelle hatte sich dabei gezeichnet, wie sie zusammengerollt in einem Stuhl auf ihrer Seite des Balkons saß und in den Garten hinausschaute. Die Sonne schien auf ihr

Gesicht. Feine Härchen, Linien, die man beinahe für verirrte Striche halten konnte, wurden von einer leichten Brise aufgewirbelt.

Ein lautes Quietschen tönte durch den Gang und Kelsey zuckte zusammen.

Eine Lehrerin mit grauem Lockenkopf öffnete noch ein Fenster.

»'tschuldigung!«, rief sie. »Aus Mr Henrys Zimmer riecht es nach Farbe und davon kriege ich Kopfschmerzen.«

Sie öffnete eine Tür, auf der *Mrs Wallace* stand, zu einem leeren Klassenzimmer und stellte sie fest.

Der Name klang vertraut. Mrs Wallace war Michelles Kunstlehrerin gewesen. Kelsey erinnert sich, wie Michelle immer gesagt hatte, *kann nicht mit zum Spiel. Muss einen Aufsatz für die Wallace schreiben.*

»Mrs Wallace?«, fragte Kelsey und riss sich von Michelles Porträt los.

Mrs Wallace blieb stehen. »Ja.« Dann kniff sie die Augen zusammen und kam näher. »Miss Maxfield.« Ein Lächeln erschien auf ihrem Gesicht, als sie sie wiedererkannte.

»Die andere«, sagte Kelsey

»Ich weiß.« Mrs Wallace blickte zu Boden. »Ich war bei dem Trauergottesdienst für Michelle.«

Einen Moment lang schwiegen sie beide, Seite an Seite, und ihre Blicke fielen auf Michelles Zeichnung.

»Wie geht's deiner Familie?«, fragte Mrs Wallace.

»Denen geht's gut.«

»Wirklich?«

Schweigen. Bilder von ihrem Vater, der tränenüberströmt den Abwasch erledigte. Ihre Mutter, die in ihrer Ecke in Dauerschleife die Oper *Carmen* hörte.

»Wir sind alle durchgedreht«, verriet Kelsey. Sie schaute Mrs Wallace an und zuckte mit den Achseln. »Ehrlich gesagt.«

Mrs Wallace legte ihr eine Hand auf die Schulter. »Das kann man euch nicht verdenken.«

Mrs Wallace hatte sie nicht aufgefordert, in den Unterricht zurückzukehren, und von sich aus wollte Kelsey noch nicht gehen. »Haben Sie meine Schwester gut gekannt?«

»Sie gehörte zu meinen Lieblingsschülerinnen. Ein wundervolles Mädchen. Ein bisschen verrückt manchmal, aber brillant. Sie wusste, wer sie sein wollte.«

»Ja!« Kelsey stockte und überlegte. »Und ich, na ja …«, sie fuhr fort. »Es ist irgendwie, als hätte ich mein ganzes Leben ein Gegenstück gehabt.« Kelsey deutete auf das Porträt. »Deswegen wusste ich genau, wer ich bin. Ich wusste, wer ich bin, weil ich wusste, wer ich nicht bin. Und jetzt ist sie fort.«

»Es ist unvorstellbar für mich, was du durchmachst«, sagte Mrs Wallace. »Aber lass dir gesagt sein, Kelsey, du hast ein ganzes, langes Leben, um herauszufinden, wer du bist.«

Das hatte Davis auch gesagt. Und Gillian. Und alle anderen. Aber die Wahrheit war, dass sie sich einzig beim Gespräch mit Peter auf eine ziemlich verkorkste Art und Weise weniger leer gefühlt hatte, als sie für ein paar Minuten vorgab, Michelle zu sein. Das einzige Mal, dass sie das Gefühl hatte, weiterzumachen lohne sich. Gestern Abend mit Peter, der Michelle genauso sehr brauchte wie sie. *Ja,* wollte sie ihnen allen sagen, *ich habe jede Menge Zeit, aber Michelles Zeit ist bereits abgelaufen.*

Und das war nicht fair.

Mrs Wallace schaute auf die Uhr. »Ich bereite mich mal besser auf die nächste Stunde vor.«

»Ich will in Ihren Kurs«, sagte Kelsey unvermittelt.

Mrs Wallace Stirn legte sich in Falten. »Welchen Kurs?«

Sie konnte Michelle nicht zurück haben, aber sie konnte sie immer noch besser kennenlernen. Sie könnte das tun, was sie nie für nötig gehalten hatte, als Michelle noch am Leben war. Sie könnte herausfinden, was sie angetrieben hatte.

»Ihren Kunstgeschichte-Kurs.«

»Das ist ein Kurs auf Collegeniveau.« Mrs Wallace lachte mitleidig auf. »Du hast die erste Hälfte verpasst! Wir sind schon beim französischen Impressionismus. Ich glaube nicht, dass du es schaffst, das aufzuholen, Kelsey. Er ist für Schüler, denen es ernst ist mit Kunstgeschichte. Es wird dir keinen Spaß machen.«

»Bitte.« Sie suchte ihren Blick.

Mrs Wallace seufzte und schüttelte den Kopf. »Du müsstest deinen Stundenplan ändern …«

»Lassen Sie es mich versuchen. Ich schaff das. Wirklich, ich möchte mehr erfahren …« Neben ihr im Augenwinkel Michelles Porträt mit den umherwirbelnden Haaren. Die Suppendose. Ians Ratschläge. Der Druck an der Wand. »Warhol. Nehmen wir Warhol durch, zum Beispiel?«

»Hmm.« Mrs Wallace verengte die Augen und dachte nach. Dann drehte sie sich um und ging in Richtung ihres Klassenzimmers davon.

Kelsey sank das Herz.

Dann rief Mrs Wallace ihr seufzend über die Schulter zu: »Na gut. Regle das mit deinen Beratungslehrern.«

»Mach ich!«, rief Kelsey zurück und bekämpfte den Drang, einen kleinen Tanz aufzuführen.

»Also«, sagte Mrs Wallace, als sie die Tür schloss, »dann sehe ich dich in der sechsten Stunde.«

Poststempel 6. Januar, erhalten 13. Januar

Liebe M. – hab vergessen, dir diese Postkarte vom Flughafen in Brüssel zu schicken, also mache ich das jetzt. Ich wollte eigentlich was anderes schreiben, aber gerade ist eine riesige Ratte durch den Computerraum gehuscht und hat mich zu Tode erschreckt. Und ich habe Flipflops an. Mein Dad hat immer zu mir gesagt, Flipflops wären die schlimmsten Schuhe, weil man damit unvorbereitet ist. Und ich hab ihm immer geantwortet, er soll die Klappe halten, und mich gefragt, worauf in aller Welt ich vorbereitet sein sollte, aber jetzt hab ich Ratten-Hinterlassenschaften auf meinem Fuß. Man lernt nie aus. Ich zieh mir jetzt meine Stiefel an, die man zutreffender als tragbare Öfen bezeichnen sollte. Tja. Fühl dich verschwitzt und tollpatschig umarmt. – P

KAPITEL 14

»Berthe Morisot.«

Jeder, der zufällig den Weg hinter dem Garten der Maxfields entlangging, bekam eine lange Liste bedeutender französischer Impressionisten zu hören, die in Kelseys kratziger Stimme, ein wenig kratziger als sonst, durch die Nacht schallte.

Vielleicht brütete sie eine Erkältung aus.

»Auguste Renoir.« Kelsey ging mit offener Daunenjacke und wummernden Kopfhörern auf ihrer Seite des Balkons auf und ab. Sie schniefte. Sie brütete definitiv etwas aus.

»Mary Cassatt«, rief sie in die Dunkelheit.

Wie Kelsey im Laufe der letzten Wochen herausgefunden hatte, war Mrs Wallace, was unangekündigte Tests anging, eine Hexe. Sie hatte einen sechsten Sinn dafür, wann ihre Klasse sich absolut sicher wähnte, und genau auf dem Höhepunkt der Entspannung – BÄM! – zauberte sie einen Test aus dem Hut.

»Claude Monet.«

Sie hatte die Namen und Daten von Gemälden aufgenommen und auf ihr Handy geladen. Dann ordnete sie die Künstler laut ihren Daten zu. Wenn sie nämlich in ein Buch starrte, geriet sie in Versuchung, es als Kissen zu benutzen. Irgendwie musste sie ihre Gliedmaßen mit einbeziehen. Sie ging umher, um wach zu bleiben.

»Edgar Degas.«

»Kelsey?«

Sie drehte sich um und sah, wie die Balkontür aufgeschoben wurde. Die zottelhaarige, massige Gestalt ihres Vaters blockte das Licht aus dem Zimmer. Sie setzte die Kopfhörer ab.

»Hi, Dad.«

Ein Lächeln blitze aus seinem Bart. »Was treibst du hier draußen?«

»Lernen.«

»Wie bitte, welches Wort kam da gerade aus deinem Mund?«

Kelsey entfuhr ein Lachen und diesmal sagte sie es langsamer.

»Ler-nen.«

Er trat in ihr Zimmer zurück. »Du hast eine ganz rote Nase. Komm einen Moment aus der Kälte.«

Sie folgte ihrem Vater nach drinnen, wo er seinen großen Körper langsam zusammenfaltete, um sich auf ihren Schreibtischstuhl zu setzen. Er trug sein altes weißes Hemd aus Kambodscha, das vom Burgerfett ein bisschen fleckig war. Als er sich mit einem missbilligenden Blick umsah, kickte sie ein paar schmutzige Klamotten in den Wandschrank. Einen Moment lang war es wie früher.

Er schlug ein Bein über das andere. »Was sind das für Namen? Liebhaber?«

Kelsey entfuhr ein sarkastisches »Ha! Nein, ich …«

»Hast du von Spanisch zu Französisch gewechselt oder was?«

»Nö.« Sie ließ sich auf ihr Bett plumpsen. »Ich mache jetzt Kunstgeschichte.«

»Kunstgeschichte, aha?«

»Auf Collegeniveau. Das, was Michelle früher gemacht hat.«

Kelsey starrte auf den abgeblätterten roten Lack auf ihren Nägeln und mied den Blick ihres Vaters. »Was?«, fragte sie schließlich.

»Nichts«, sagte ihr Dad mit einem gleichmütigen Lächeln. »Schaffst du so einen Kurs?«

»Ja.«

Sie merkte ihm an, dass er auf eine Erklärung wartete. Er kannte sie und wusste so gut wie alle anderen, dass sie den Großteil ihrer Schulzeit damit verbrachte hatte, mit Davis in der Stadt herumzufahren, spontane Partys in den Kellern ihrer Freunde zu schmeißen und sich mit raffinierten Ausreden vor ihren Hausaufgaben zu drücken. Und sie war glücklich damit gewesen. Aber damals waren alle glücklich.

»Hast du mit deiner Mutter darüber geredet? Ich denke, sie wäre sehr stolz, dass du dich einer Herausforderung stellst.«

Kelsey hatte sich seit dem Ausflug zum Markt vor Weihachten nicht die Mühe gemacht, mit ihrer Mutter zu reden. Ihre Mom hinterließ gelegentlich einen Zettel für sie am Kühlschrank oder fragte, ob sie die Bewerbungsfrist für dies College verpasst habe. »Stell dir vor – ich hab die Bewerbung längst eingereicht«, hatte Kelsey ihr durch die Tür zugerufen, und das war's gewesen. Es war also auch nicht so, als würde ihre Mutter sich groß darum bemühen, mit ihr zu reden.

»Das geht Mom nichts an.«

»Du bist ihre Tochter. Alles, was du tust, geht sie was an.«

»Wenn sie was von mir wissen will, muss sie nicht dich als Boten schicken.«

»Kels«, sagte ihr Vater und hob die Hände. »Ich bin aus eigenem Antrieb hier. Ich finde den Kunstgeschichtekurs toll.«

Er zögerte. Kelsey wartete. »Und mehr habe ich nicht dazu zu sagen.«

»Gut.« Kelsey spürte, wie sie sich entspannte. »Tut mir leid.«

»Muss dir nicht leid tun.« Er lehnte sich nach vorne und kniff sich in die Nase, genauso wie Michelle es getan hatte, wenn sie nachdachte. »Du trägst die größte Last von uns allen, Kels.« Seine Augen glänzten ein bisschen, aber er blinzelte und sein Lächeln blieb. »Du erinnerst dich nicht daran, aber deine Mutter hat dich und Mitch früher immer im Waschbecken gebadet. Ihr wart zwei sehr kleine Babys. Und selbst wenn sie euch jeweils ans andere Ende des Waschbeckens gesetzt hat, habt ihr es geschafft im Wasser zusammenzurücken. Ihr zwei habt es einfach geliebt, zu kuscheln.«

Kelsey war still. Natürlich dürfte sie sich eigentlich nicht an so etwas erinnern, aber sie konnte es tatsächlich.

Sie erinnerte sich an das warme Wasser.

Die Hände ihrer Mutter.

Sie erinnerte sich an das Gefühl, ein Puzzleteil zu sein, wenn sie ihre Schwester neben sich hatte. Ein Gefühl, das niemand auf der Welt je verstehen würde. Auch niemand, der eine Schwester hatte. Und auch kein anderes Zwillingspaar. Nur sie und Michelle. Sie dachte daran, wie Michelle ihren Ellenbogen verkehrtherum drehen konnte und Kelsey nicht, und an ihren Leberfleck auf dem Steißbein und den von Michelle auf dem Unterarm, und wie sie immer wussten, was die andere dachte.

Als sie älter wurden, wollten sie es nicht mehr wissen.

Das war das Schlimmste.

»Alles okay?«, fragte ihr Vater lächelnd.

»Alles okay.« Kelsey bemühte sich, ihre Tränen hinunterzuschlucken. Sie lächelte zurück. »Ich sollte weiterlernen.«

»Also gut, mein starkes Mädchen.« Sie umarmten sich.

Als er die Tür hinter sich geschlossen hatte, setzte sich Kelsey die Kopfhörer wieder auf und drückte auf *Play*, aber sie hörte nur unzusammenhängende Silben. Die Wunde war wieder aufgerissen.

Ihre Mutter rief von unten ihren Namen.

Kelsey brauchte ein Weilchen, um in die Gegenwart zurückzukehren. An diesem Tag hatten sie und Michelle ihre eigene Gangart für die gepflasterten Gehwege erfunden. Alle drei Schritte hüpften sie, immer auf dem rechten Bein, das Knie nach oben angezogen, den ganzen Weg bis in die Innenstadt. Sie hatten den gleichen Regenmantel in unterschiedlichen Farben.

Kelsey riss ihre Tür auf und schrie nach unten. »Was ist?«

»Rate mal, wen ich im Keller gefunden habe?«

Kelsey erstarrte.

»Lass … nicht jetzt, Melody«, hörte sie ihren Vater sagen.

»Wen hast du gefunden?« Kelsey linste zur geschlossenen Tür zum Zimmer ihrer Schwester.

»Billy Bär!«

»Michelles Eidechse?« Das Bild des schmuddeligen, grünen Kuscheltiers tauchte auf, das am Schwanz von Michelles Hand herabhing, während sie es herumschleifte.

»Billy Bär, die Eidechse«, hörte sie ihren Vater traurig auflachend sagen. »Für jeden anderen war das eine Eidechse, nur Michelle hat einen Bären gesehen. Klar.«

»Ich schlage vor, wir legen ihn in ihr Zimmer«, sagte ihre Mutter abgehackt. Kelsey putzte sich die Nase. Sie spürte, wie sie sich innerlich ein bisschen für ihre Mutter öffnete.

»Das klingt gut, Mom«, rief sie.

»Ich kann gerade nicht in ihr Zimmer gehen«, sagte ihr Vater leise zu ihrer Mutter. »Leg ihn auf die Treppe.«

»Ich bring ihn dann später rein«, sagte Kelsey laut und schloss leise die Tür. Gerade war ihr etwas eingefallen.

Sie griff unter ihr Bett und zog Michelles Laptop hervor. Dann tippte sie Michelles Namen in das Feld für die E-Mail-Anmeldung. Und in das Passwort-Feld tippte sie einen anderen.

»B-i-l-l-y«, flüsterte sie. »B-ä-r.«

Es funktionierte. Hunderte ungeöffnete Mails überfluteten den Bildschirm. Das erste Dutzend oder so war von Peter. Zunächst von seinem persönlichen Account, dann von seinem Militär-Account: *Soldat Peter Farrow.* Das war also sein Nachname. Peter Farrow. Sie musste sich davon abhalten, die neuste Mail zu öffnen. Das war Schnüffeln. Das war eindeutig Schnüffeln.

Und trotzdem …

Sie tippte Peters Namen in die Suchfunktion, sodass nur seine Mails angezeigt wurden. Da waren sie alle, vom Anfang des Sommers, als er und Michelle sich kennengelernt hatten.

Die erste Betreffzeile lautete: *Das ist die Band, von der ich dir erzählt habe.* Die zweite: *Hab ich auf dem Weg nach Wichita gesehen und an dich gedacht.* Eine andere: *Road Trip?*

Kelsey hielt wieder inne.

Peter kannte Michelle noch nicht lange. Aber Michelle wollte immerhin, dass er sie kennenlernte.

Kelseys Fingerspitzen ruhten auf der warmen Laptop-Tastatur.

Es ging nicht mehr nur um die Rätsel hinter Michelle.

Es ging auch um die kleinen Dinge. Kelsey sehnte sich danach, ihre Stimme zu hören, den Klang ihrer Worte, ihre alltäglichen Gedanken. Ein Ruck durchfuhr sie und erweckte ihre Hände zum Leben.

Sie öffnete die erste Mail. »Michelle«, stand dort. »Peter hier. Von dem Konzert. Du warst eine tolle Fremdenführerin …«

»Peter, mir gefällt, dass du sagst *Peter hier*, obwohl dein Vorname in der Adresse vorkommt. Natürlich bist du's. Wer sollte es sonst sein? Ich mach nur Spaß. Ich fand's auch schön, dich kennenzulernen. Ich hatte keine Ahnung, dass die *Avett Brothers* ursprünglich eine Punkband waren. Hast du sie vorher schon gehört? Kann nicht behaupten, dass Punk mein Ding ist aber …«

»Michelle, wieder Peter hier. Ich bin's, Peter. Von neulich? (Haha.) Punk ist für mich wie Fantasy-Romane für andere. Wie die Fantasie davon, wütend und grob und auf Drogen zu sein.

Ich bin nichts von alledem, aber wenn ich die *Ramones* höre, kann ich durch mein Zimmer tanzen und so tun als ob …«

»Peter, hier spricht Michelle, das Mädchen, dem du kürzlich gemailt hast und das du einmal persönlich nach einem Konzert vor dem *Granada* getroffen hast, als Emerald, meine Freundin mittleren Alters, dir ein Bild von ihrem Krafttier verkaufen wollte. Ich glaube, es war ein Reiher. Wie auch immer, ich bin's …«

»Michelle: Kansas ist zwar groß, aber flach und leicht zu durchqueren, besonders mit dem Auto. Ich würde dich gerne wiedersehen und endlich das Kunstmuseum besuchen, vorzugsweise ohne die Gesellschaft deiner Freundin Emerald, aber wenn sie mitkommen will, ist das auch okay …«

Bis sie alle Mails gelesen hatte, war es schon spät. Später als spät. Es war früh. Michelles Worte hüpften durch ihren Kopf wie aufpoppendes Popcorn. Sie konnte es nicht glauben, dass die Mails zu Ende waren. Sie wollte nicht, dass sie zu Ende waren.

Das einzige Licht im Raum kam vom Computer. Kelseys Lider wurden schwer. Als sie langsam wegdämmerte, ertönte aus den Laptop-Lautsprechern ein Geräusch, als würde ein Stein ins Wasser fallen. Kelsey zuckte zusammen und öffnete blinzelnd die Augen.

Peter: *Bist du da???*

Kelsey: *Yep!*

Sie löste ihr Haar aus dem Dutt.

Sein Anruf erschien in einem kleinen Fenster. Sie klickte auf *Annehmen.*

»Hallo?«, sagte Kelsey. Er war noch nicht auf dem Bildschirm aufgetaucht, aber sie konnte ihn hören.

»Es ist spät bei euch.«, sagte Peter. »Weshalb bist du noch auf?«

»Französischer Impressionismus«, antwortete sie, ohne auch nur eine Sekunde zu zögern, und das war größtenteils wahr.

Das Video lud. Kelseys Herz regte sich in ihrer Brust. Peters Grinsen füllte den Bildschirm und erhellte die Wände ringsum. Und plötzlich war sie hellwach.

***

15. Januar

Michelle – Vielleicht komme ich dazu, mit dir zu reden, bevor du das bekommst, aber so oder so, musste ich diesen Traum aufschreiben, damit ich ihn nicht vergesse: Du und ich liefen durch diese Tunnel aus Backstein, auf dem Boden waren Teppiche und Kerzen. Du warst es, aber nicht ganz, lauter und gelöster als sonst und glücklich, und du hast mich an der Hand zu etwas Großartigem geführt. Wir haben uns

immer wieder in den Tunneln verlaufen, aber obwohl wir es eilig hatten, spielte das irgendwie keine Rolle. Schließlich öffneten sich die Wände zu einer tiefen Schlucht. In den Stein waren so alte Gesichter eingemeißelt und Licht und Farbe loderten auf. Ein Sonnenaufgang, aber er war überall, ohne erkennbare Sonne. Ich war überwältigt von der Schönheit, Schönheit jenseits aller Vorstellung, aller Worte, aller Töne. Es war, als würde mein Gehirn mir ein Geschenk machen, nach all dem Dreck, durch den wir hier hindurchwaten müssen. Ich wollte nicht aufwachen.
Dein Peter

24. Januar

Peter,
wie schaffst du es, dich so an deine Träume zu erinnern? Ich kann das nie. Jedenfalls nicht an die wichtigen. Einmal hab ich geträumt, ich hätte einen Affen als Haustier. Ich hab ihm Sprechen beigebracht. Meine Schwester hat gesagt, das bedeute, dass ich meine Triebe nicht kontrollieren könnte – dass ich mich zu viel amüsiere. Nichts dergleichen, hab ich ihr gesagt. Ich bin in die Berge gefahren, aber ich konnte die Skulptur nicht finden. Ich wette, irgendein Hinterwäldler von der Uni dachte, es handle sich um Zauberei und hat sie niedergebrannt. Scherz. Wenn ich Zeit habe, suche ich sie noch mal. Die Schule hält mich ziemlich auf Trab. Für Kunstgeschichte muss ich mir voll den Arsch aufreißen. Kann ich einem Mitglied der Army Arsch schreiben? Irgendwie kommt mir das sehr ungezogen vor. Wie auch immer, wir nehmen gerade Kubismus durch und ich hab Ärger mit Mrs Wallace bekommen, als ich gefragt habe, ob ich meinen Aufsatz auch über plastische Chirurgie

schreiben könnte, weil das im Grunde dasselbe ist. Kam nicht so gut an …
Xo
Michelle

3. Februar

Michelle – Arsch ist gar nichts. Wenn ich jedes Mal fünf Cent bekäme, wenn ein Feldwebel mir befiehlt, etwas mit meinem Hintern zu tun – ihn hoch zu kriegen, ihn zu bewegen, drauf aufzupassen, ihn jemand anderem zu retten, meinen zu retten etc. – hätte ich einen Hintern voll Fünf-Cent-Stücke. Die schmutzige Sprache dieser Männer und Frauen kann es durchaus mit der Sprache in einem Scorsese-Film aufnehmen. Eine französische Einheit neben uns hat gestern drei verloren. In diesem Tal werden wir häufig getroffen. Ich hab mich dran gewöhnt. Habe jetzt keine Albträume und zittrigen Hände mehr. Ich bin abends so müde, dass ich einfach umfalle, bis der Wecker klingelt. Gestern Abend hab ich beim Black Jack ein Paar Socken und zwei Streifen Nikotinkaugummi gewonnen, es geht also bergauf. (Haha.) (Die Socken musste ich zurückgeben.) Ein paar Einheiten aus Neuseeland, die mit uns stationiert waren, haben sich verirrt, aber wir haben sie gefunden. Ob du es glaubst oder nicht, es ist manchmal schwer, die zu verstehen, wenn sie über ihre Funkgeräte sprechen. Gut, dass ich nicht dafür zuständig bin, mit ihnen zu kommunizieren, weil ich mir ihren Akzent den ganzen Tag anhören könnte, wie Musik, und dabei vergessen würde, mich darauf zu konzentrieren, was sie eigentlich sagen. Die sind so nett, dass einer mir sogar angeboten hat, mir einen Van zu verkaufen, falls ich je Neuseeland bereisen wollte. Ich meinte, nein danke, und er

meinte, du brauchst da einen Van, glaub mir, und ich hab gesagt, alles klar, obwohl mir nicht klar ist, warum es ein Van sein muss? Also, falls du je Lust hast, mit mir auf einer Reise durch Neuseeland im Van zu enden, wissen wir, an wen wir uns wenden. Das sollte eigentlich kein Reim werden. (Haha.)
Ich würde gern mit dir irgendwohin gehen.
Dein Peter

KAPITEL 15

Noch drei Minuten im zweiten Viertel und ihr Team lag nur zwei Punkte vorne. Wegen ihres ungeschlagenen Rekords galten sie als Favorit für die Regionalmeisterschaft, und das letzte reguläre Spiel der Saison sollte ein Kinderspiel werden. Aber die beste Spielerin hatte sich den Knöchel verstaucht und zur Pause stand es unentschieden.

Vor der Sporthalle ging Kelsey vor den Cheerleaderinnen auf und ab, die sich in einer Reihe aufgestellt hatten. »Hört ihr das?«

»Die wollen Blut sehen«, kommentierte Gillian das Gejohle aus der Halle.

»Absolut.« Kelsey blieb stehen, um Hannah T.s Träger zu richten.

Obwohl sich die jüngeren Tänzerinnen beschwert hatten, hatten Kelsey und ihr Team seit sieben Tagen durchgängig an dieser Nummer gearbeitet. Sie war düsterer als sonst. Sie war stark. Kelseys Meinung nach war sie perfekt. »Glaubt ihr wirklich, die wollen bei diesem Spiel einen Popsong hören?«

»Nein«, murmelten sie.

»Ich kann euch nicht hören.«

»Nein!«

»Pop ist zum Warmwerden. Pop ist für Eltern.« Kelsey zeigte auf die Sporthalle. »Wir machen das für die. Wenn wir vom Basketballteam erwarten, dass die sich reinhängen, dann müssen wir auch alles geben. Kapiert?«

Kelsey versteinerte Miene wich einem Lächeln. »Kinn nach oben, Knie in die Höhe. Los geht's!«

Die Schlusssirene ertönte. Die Spielerinnen verließen das Feld. Kelseys Herz hämmerte. »Und nun, meine Damen und Herren«, dröhnte die Stimme des Sprechers. »Zur Unterhaltung in der Halbzeitpause, das Tanzteam mit seiner Interpretation von *Dance Yrself Clean*.«

Sie kamen lächelnd herein, alle im Gleichschritt in rot glitzernder Kluft. Kelsey stand mit hoch erhobenem Kopf in der Mitte.

Sie suchte die Menge nach Davis ab, sie wusste, dass er zu spät kommen würde. Aber nicht so viel. Na ja, dafür war jetzt keine Zeit.

Kaum hörbar setzte der Beat ein. Als die Lautstärke anschwoll, bewegten die Tänzerinnen sich mit steifen Gliedern wie Puppen roboterartig aus ihrer Reihe. Der Rhythmus des Schlagzeugs wurde schneller und komplexer, die Zuschauer verharrten still auf ihren Plätzen. Die Tänzerinnen versammelten sich in der Mitte der Tanzfläche und verdrehten Arme und Bein zu seltsamen Posen, die nichts mit ihren üblichen exakten Pirouetten und Dreischritt-Drehungen zu tun hatten.

Der Beat setzte wieder ein, dunkel und elektronisch, und erschlug die Tänzerinnen, deren Körper nacheinander schlaff zu Boden fielen. Sekunden der Stille zwischen den Beats. Getuschel aus der Menge.

Auf ein Zeichen erhoben sie sich gleichzeitig mit dem Song, triumphierend stampften sie mit voller Wucht auf den Boden, traten wie Stepptänzer darauf ein und durchschnitten die Luft mit den Armen.

Kelsey war voll in ihrem Element. Es war, als wäre sie high. Sie dachte nicht daran, was der Rest ihrer Truppe tat, weil diese Minuten für sie eine Erweiterung des Bewusstseins waren. Die Menge klatschte nun mit – sie waren alle Teil eines Traums, den sie gehabt hatte und jetzt gerade erlebte, ganz in ihrer Gewalt.

Schritt. Slide. Schritt. Slide. Sprung. Landung. Nach oben. Hüfte.

Der Song endete, die Tänzerinnen standen mit dem Rücken zum Team und zeigten mit lackierten Nägeln auf die Tribüne der gegnerischen Fans, ihre Pferdeschwänze und Dutts waren völlig zerzaust, ihre Lippen zusammengepresst und ihre Augen blitzten. Alle Fans, egal welches Team sie unterstützten, standen auf und jubelten anerkennend.

Der Sprecher musste schreien, um über den Lärm gehört zu werden.

»Wow! Was für ein Auftritt!«

Kelsey zog eine Trillerpfeife aus ihrer Kluft. Drei Pfiffe, und ihr Team sammelte sich und verließ das Spielfeld.

Bei ihrem Abgang jubelte die Menge noch einmal.

»Was!? Was!?«, schrie Ingrid, ein seliges, lilafarbenes Etwas.

Draußen vor den Türen neben der Umkleide warteten die beiden Basketballteams darauf, das Feld wieder zu übernehmen.

»So läuft das bei uns«, sagte Kelsey und klatschte jedes Mädchen in ihrem Team kräftig ab.

Über deren Schultern blickte sie zum Basketballteam.

Zwei Mädchen nickten und machten eine kleine Verbeugung.

»Krass«, sagte eine von ihnen.

Kelsey lächelte. Sie verkniff es sich, *ich weiß* zu antworten.

Stattdessen holte sie ihr Handy heraus. Eine Nachricht von Davis: *Würde dich heut Abend liebend gerne tanzen sehen, Baby, aber mein Sexappeal wäre einfach zu viel für die Highschool-Basketball-Moms.*

Kelsey schrieb zurück: *Beschäftigt mit Bier-Pong?*

Du kennst mich zu gut. :)

Ihr Team übernahm das Feld und dann das Spiel. Die zweite Hälfte war ein Spaziergang.

Danach trafen sich alle im Foyer der Sporthalle. Sie trugen Jeans und darüber College-Jacken.

»Siegesfeier im Wheel?«, schrie Gillian über den freudigen Lärm hinweg.

Ein paar »Jaaa!«-Rufe und »Wir sollten vorher anrufen und ihnen sagen, sie sollen alle Pizza machen, die sie haben.« Und: »Danach zu Nick?«

Kelsey nahm sich nicht die Zeit, ihre Kluft auszuziehen. Sie klopfte noch auf ein paar Schultern und verdrückte sich dann durch eine Seitentür auf den Parkplatz.

Durch die Dunkelheit hörte Kelsey: »Wo gehst du hin, Maxfield?« Unter einer Straßenlaterne erkannte sie einen Stürmer aus dem Männerteam.

»Voll müde«, rief sie zurück. »Sag Gil und Ingrid, dass ich nach Hause fahre, ja?«

»Wie du willst!«, sagte er und ging zurück nach drinnen.

Eigentlich wollte Kelsey schon mitfeiern. Unbedingt.

Aber in Afghanistan war es jetzt morgens.

Nachdem sie Davis geschrieben hatte, hatte ihr Handy noch mal mit einer Skype-Nachricht von Peter gesummt. Sie sagte ihm, dass sie in einer Stunde online sein würde.

Beim Anlassen des Autos schloss sie ihr Handy an die Lautsprecher an und wählte den ersten Song auf einer von Michelles Playlists. Dort hatte sie auch den Titel gefunden, zu dem ihr Team heute Abend getanzt hatte. Die Playlist enthielt vorwiegend Bands, deren Namen aus *The* und irgendwelchen Substantiven im Plural bestanden. *The Breeders*, *The Strokes*, *The Turtles*. Sie wusste nicht genau, ob ihr die Musik an sich gefiel oder nur die Vorstellung, wie Michelle sie hörte, mitsummte und ihr Haar dabei im Fahrtwind flatterte. Wahrscheinlich beides.

Zu Hause klappte sie Michelles Laptop auf. Drei verpasste Anrufe von Peter und nun ertönte ein vierter. Kelsey löste ihre Haare und zog einen Pulli über ihr Kostüm, bevor sie den Anruf annahm und zusah, wie sein Gesicht den Bildschirm füllte.

»Guten Morgen«, sagte sie.

»Guten Abend«, gab er zurück.

»Du siehst putzmunter aus.«

Er hob eine Blechtasse. »Dank dieses wässrigen Gebräus, das wir hier Kaffee nennen.«

Kelsey schaute ihn mitfühlend an. »Du vermisst La Prima Tazza, stimmt's?«

»Ha! Nicht dieses schokoladige Zeug, das du trinkst.« Stimmt, ja. Michelle und ihre heiße Schokolade. Er fuhr fort: »Gib mir einen Styroporbecher mit Filterkaffee von 7-Eleven und ich bin glücklich.«

»Tja, wenn wir so eine Maschine wie *Willy Wonka* hätten, würde ich dir einen Becher schicken.«

Peter sah verdutzt aus, sein Mund verzog sich zu einem verwirrten Lächeln. »Was für eine Maschine?«

»Du weißt schon, diese Maschine, die einen Schokoriegel in den Fernseher befördert, dann in seine Moleküle zerlegt und in einen anderen Fernseher weiterleitet?«

Peter legte die Hände in Gebetshaltung aneinander. »Ich muss dir ein Geständnis machen.«

»Was?«

»Ich hab *Willy Wonka* nie gesehen.«

»Was!?«

Peter lachte über ihre ungläubige Miene. Kelsey merkte, dass ihr Mund weit offen stand und sie klappte ihn zu und errötete. »Ich weiß, dass du nicht viel fernsiehst, aber *Willy Wonka* ist ein Klassiker.«

»Ich hab mich immer davor gefürchtet. Die kleinen orangefarbenen Männchen? Mal ehrlich.«

Vor denen hatte Michelle sich auch immer gefürchtet. Kelsey konnte es sich nicht verkneifen, ein bisschen selbstgefällig zu sein. »Die sollen dir ja auch Angst einjagen. Dadurch zwingen sie die Charaktere dazu, das Richtige zu tun.«

Peter hatte an seinem Kaffee genippt und spuckte jetzt alles in seinen Schoß. Zwischen zwei Lachern sagte er: »Ich wollte gerade sagen, dass das der falsche Weg ist, andererseits bin ich in der Army, also wäre das vielleicht scheinheilig.«

Kelsey lachte und sah ihm zu, wie er sich sauber machte, als sie hinter sich ein Knacken hörte. »Kels?«

Sie drehte sich um.

Gillian stand im Türrahmen, ihre Jacke über dem Arm.

»Zu Pizza kannst du nicht Nein sagen …«

Kelsey schlug den Laptop zu, aber sie war nicht schnell genug.

»War das …?« Gillian kam ins Zimmer und zeigte auf den Computer. »Wer war das?«

»Niemand«, sagte Kelsey. Das war die falsche Antwort. Jede Antwort fühlte sich wie die falsche Antwort an.

»Das war Michelles Freund«, sagte Gillian mit gerunzelter Stirn. »Der Soldat.«

Gillian hatte Peter am Abend ihrer Party durch Michelles Tür gesehen. Aber das war nicht das Problem. Kelseys Problem war, wie schuldbewusst sie aussah, wenn sie ihn versteckte. Oh nein.

»Ja, aber …«, begann Kelsey. Sie spürte, wie ihr die Tränen kamen, und blinzelte sie weg.

»Kelsey. Beruhig dich.« Gillian neigte verwirrt den Kopf. »Warum hast du den Anruf beendet?«

»Du hast mich erschreckt.«

Gillian schürzte die Lippen. Das nahm sie ihr nicht ab. Sie war ein cleveres Mädchen.

»Also, was ist los. Worüber habt ihr geredet?«

»Nur Michelle-Zeug«, sagte Kelsey. Sie seufzte tief, wie bei ihren Eltern, wenn sie nicht reden wollte, aber für Gillian klang es einfach nur, als würde sie stockend ausatmen. »Das ist bestimmt hart«, sagte Gillian.

»Jaa.«

»Willst du drüber reden?«, fragte Gillian.

»Jetzt nicht.«

Von Gillian kam ein abweisendes *Hmm*. Kelsey erzählte Gillian normalerweise alles. Aber wo sollte sie anfangen, wenn der Anfang Michelles Ende war? Wie findet man den Eingang zu einem schwarzen Loch?

»Er … er hat's nicht besonders gut verkraftet«, fuhr Kelsey fort.

»Na ja, dafür habt ihr aber ganz schön laut gelacht gerade«, sagte Gillian sarkastisch. »Wann hast du es ihm gesagt?«

Kelsey spürte, wie die Luft stillstand und sie einhüllte. »Ich … bald, ich meine, vor Kurzem …«

»Weiß er es nicht aus der Zeitung?«

»Hat er nicht gelesen.«

Gillian dämmerte es allmählich, das stand ihr ins Gesicht geschrieben. Ihre Miene versteinerte.

»Er weiß es nicht?«

Kelsey versuchte, durch die Nase zu atmen. »Weiß was nicht?«

»Stell dich nicht dumm. Du hast mit Michelles Freund geredet.«

»Das ist keine große Sache.« Aber Kelseys zitterndes Kinn sprach Bände.

Gillian ging einen Schritt auf sie zu. »Weiß dieser Soldaten-Typ etwa nicht, dass Michelle tot ist?«

Kelsey starrte auf den Teppich. Je mehr sie log, desto schlimmer wurde es. Also rang sie sich die Wahrheit ab. »Nein. Er weiß es nicht.«

»Weiß er, dass er mit dir spricht?«

Eine Pause. »Nein.«

Endlich schaute Kelsey ihrer besten Freundin in die Augen. Sie waren immer noch verengt, aber gleichermaßen betroffen wie verärgert.

»Warum zur Hölle machst du so was?«

Als Kelsey den Mund öffnete, um zu sprechen, spürte sie einen Kloß im Hals. Auch die Tränen waren wieder da. »Ich wusste nicht, wie ich es ihm sagen soll«, brachte sie heraus. »Es tut mir leid. Das ist echt übel. Aber ich wusste nicht, was ich sagen soll. Ich wollte nicht, dass es für ihn noch schlimmer wird, als es ohnehin schon ist. Er setzt sein Leben aufs Spiel, weiß du? Und …«

Gillian schüttelte den Kopf, als könnte sie es nicht ertragen, noch mehr zu hören.

Kelsey wollte fortfahren, es erklären, aber sie wusste, dass Worte alles nur noch schlimmer machen würden.

Sie hatte die Wahrheit noch nie ausgesprochen, nicht mal sich selbst gegenüber: *Mit Peter kann ich so tun, als wäre es nie passiert. Und ich rede gern mit ihm. Er bringt mich zum Lachen. Wir haben Spaß.*

Gillians Stimme brachte sie zurück. »Ich weiß, dass du Michelle vermisst, aber das ist vollkommen verrückt. Du musst damit aufhören.«

Kelsey schaute hoch. »Natürlich. Ja. Werde ich.«

»Kels. Du spielst mit dem Feuer.«

»Ich mache das nicht, um jemanden zu verletzen«, bekundete Kelsey.

»Ach ja?«, sagte Gillian spöttisch. »Und wie sieht Davis das?«

Kelsey sagte nichts. Der erste Schreck hatte alles kaputt gemacht. Auf so etwas war sie nicht vorbereitet, mit einer solchen Unterbrechung hatte sie nicht gerechnet. »Davis hat damit nichts zu tun. Du verstehst das nicht«, sagte sie abweisend.

»Nein, natürlich absolut nicht«, blaffte Gillian und wandte sich um.

»Ich höre auf damit … Bitte sag es niemandem«, bat Kelsey ihren Rücken.

Gillian drehte sich um, ihre Augen wanderten durchs Zimmer, sie versuchte, das alles zu verarbeiten. »Ja.« Sie nickte, aber sie konnte Kelsey nicht ansehen. Sie wollte nicht. »Wir sehen uns am Montag.«

Und damit schlüpfte sie in ihre Jacke und öffnete die Tür.

»Bis dann«, antwortet Kelsey, aber da war die Tür zwischen ihnen bereits geschlossen.

***

10. Februar, 1:32
Von: Maxfield, Kelsey
An: Farrow, Peter W SPC
Betreff: (kein Betreff)

Peter,
du bist so ein guter Mensch und du hast die Wahrheit verdient.
Ich bin nur nicht sicher, ob du diese Wahrheit überhaupt hören willst, deshalb hab ich sie dir noch nicht gesagt …
Du wunderst dich wahrscheinlich, warum ich dir maile.
Ich bin Kelsey, Michelles Schwester, wir haben uns in der Küche kennengelernt.
Und ich muss dir sagen, dass

Als Entwurf speichern?
Gespeichert.

10. Februar, 1:44
Von: Maxfield, Michelle
An: Farrow, Peter W SPC
Betreff: wurde unterbrochen

Oompa-Loompa, do-ba-dee-doo /
Eine Freundin kam vorbei und wollte meine Schuh
Dann fiel mir ein, heut gibt es Pizza /
Auf Pizza reimt sich nichts.
Reden wir nächste Woche?

Wird gesendet …
Gesendet.

KAPITEL 16

Wenn im Fernsehen nichts kam, saßen Kelsey und Davis im Sommer immer auf ihrer Veranda und tranken Eistee und wechselten sich ab mit *Es ist so heiß…*-Witzen. Die meisten waren so uralt, dass sie kaum einen Sinn ergaben. *Es ist heißer als eine Zwei-Dollar-Pistole am vierten Juli* war ein guter. *Es ist so heiß, dass ich gesehen habe, wie zwei Bäume sich um einen Hund streiten* war einer von Davis, der sie so sehr zum Lachen gebracht hatte, dass sie darüber lachen musste, dass sie immer noch lachte.

Heute am Valentinstag trafen sie sich an einem Tisch für zwei in einem der schickeren Restaurants in der Stadt, Kelsey in ihrem kleinen Schwarzen und High Heels, Davis in seinem Sakko und darunter einem T-Shirt auf dem *Der Dude packt das* stand. Die Kellnerin im Eldridge war schon das dritte Mal vorbeikommen, aber Kelsey konnte sich nicht entscheiden, was sie wollte. Davis saß ihr gegenüber und trommelte mit den Fingern neben seiner Salatgabel oder Dessertgabel oder welche Gabel auch immer das war auf den Tisch.

»Wie wär's mit dem Lamm?«, fragte er.

»Zu mächtig«, murrte Kelsey. Der Knoblauchgeruch aus der Küche drehte ihr den Magen um. Oder vielleicht war es die

Aufregung. Oder die Tatsache, dass Gillian die letzten vier Tage kein Wort mit ihr gesprochen hatte. Dass sie angedeutet hatte, Kelsey würde Davis betrügen, und obwohl das eigentlich nicht stimmte, fühlte sie sich schuldig. Oder vielleicht war sie schuldig.

Davis lächelte und räusperte sich. »Umso mehr Grund, sie zu essen. Diese Lämmer hatten ein gutes Leben.«

Er verstummte und wartete auf Gelächter. Ihm war nicht aufgefallen, dass es ihr nicht gerade prima ging.

»Noch mehr Zeit?«, fragte die Kellnerin.

»Sieht so aus«, sagte Davis und zwinkerte der Brünetten entschuldigend zu. Kelsey verdrehte die Augen.

»Tut mir leid«, sagte Kelsey. »Tut mir leid«, wiederholte sie an Davis gewandt, als die Kellnerin gegangen war.

»Kein Problem, Baby. Wir haben den ganzen Abend Zeit. Wie wär's mit den Gnocchi?«

»Was sind Gnocchi? Klingt wie ein Fabeltier.«

»Du kennst Gnocchi nicht? Kleine Kartoffelteile. Die Kackwürstchen der Kartoffel, wenn man so will.«

»Igitt.« Winziges, herzförmiges Konfetti lag in goldenen Häufchen auf der Tischdecke verstreut. Sie fegte es weg.

Davis stand auf, beugte sich herüber, um sie auf die Wange zu küssen, und winkte der Kellnerin. »Iss die Kartoffel-Würstchen. Die sind lecker.«

»Wenn du es sagst.« Kelsey gab ihre Speisekarte zurück.

»Außerdem«, fuhr Davis fort, »mache ich meinen Abschluss in Psychologie, und meiner Meinung als angehendem Fachmann nach, bist du wunderschön. Und musst ein bisschen was essen und diesen Pseudo-Feiertag genießen. Und jetzt …« Er beugte sich wieder vor, um sie auf die andere Wange zu küssen, und seine Stoppeln streiften ihr Gesicht. »… muss ich pinkeln.«

Kelsey blieb in der Duftwolke seines Rasierwassers sitzen. Sie war zickig, das wusste sie. Aber sie konnte nicht anders. Davis wollte sich nicht schon wieder einen weinerlichen Monolog anhören. Er wollte, dass sie sich entspannte, *ein bisschen was aß und diesen Pseudo-Feiertag genoss*.

Davis tickte eben so, und Kelsey legte es nicht drauf an, das jetzt zu ändern.

Als sie in der Elften in all ihren Kursen durchzufallen drohte, hatte er auf ihre Panik hin gesagt, sie solle sich keine Sorgen machen, sie könnte immer noch bei McDonald's jobben oder als Assistentin eines Zauberkünstlers.

Bei Michelles Beerdigung wollte Davis mit ihr zusammen abhauen, als könnte man Trauer mit frischer Luft heilen.

Er stand einfach permanent auf der Sonnenseite des Lebens. Er konnte nicht anders. Manchmal war sein Optimismus gut für Kelsey.

Aber manchmal, wenn die Dunkelheit so unermesslich war, konnte sie ihm einfach nicht folgen.

Als Davis zu seinem Platz zurückkehrte, ließ Kelsey eine Geschichte über sich ergehen, wie er und seine Jungs aus der Verbindung in den Garten des Basketballtrainers eingebrochen waren und die Umrisse des Mannschaftslogos mit Vogelfutter ins Gras gestreut hatten.

Das Essen kam.

»Warum Vogelfutter?«, fragte Kelsey und legte sich die Serviette auf den Schoß.

»Gute Frage. Um Vögel anzulocken natürlich.« Davis nahm seine Gabel und machte sich über das Lamm her. Mit vollem Mund fuhr er fort. »Damit die Vögel davon fressen und daraus ein Vogel-Umriss aus echten Vögeln wird.«

»Das ist …«

»Eine unkonventionelle, kreative Art und Weise, den Gemeinschaftssinn zu fördern?«

Kelsey nahm einen Bissen von ihren Gnocchi. Die Klößchen hatten die Konsistenz von großen Erbsen.

»Deshalb hätten wir auch nie verhaftet werden dürfen.«

Kelsey hustete. »Wie bitte?«

Davis zuckte mit den Achseln. »Ja, das war Einbruch. Ja, der Trainer hat ein Überwachungssystem. Ja, ich weiß nicht, warum wir nicht dran gedacht haben. Andererseits war das Auskundschaften der Überwachung nicht meine Aufgabe, das war Smittys Job, ehrlich gesagt …«

Kelsey schlug mit der Faust auf den Tisch. Endlich war Davis still. »Ich glaub's nicht, dass du mir von der Verhaftung nichts erzählt hast!«

Die Gäste an den Nachbartischen drehten die Köpfe.

Davis senkte die Stimme und lehnte sich mit einem verschmitzten Lächeln zu ihr herüber. »Es war keine große Sache, mein Dad hat den Trainer angerufen, er verzichtet auf eine Anzeige, alle hatten ihren Spaß.«

Was ein Flüstern sein sollte, kam als Zischen heraus. »Natürlich hattest du deinen Spaß. Für dich ist alles ein Witz. Warum hast du mich nicht wenigstens angerufen?«

Davis legte seine Gabel ab.

»Wärst du bei einem Anruf aus dem Gefängnis drangegangen? *Hallo, hier ist dein Freund, ich brauche Verpflegung, bitte schmuggle ein Glas Erdnussbutter für mich rein.*«

Kelsey sagte nichts.

»Ach komm, ich musste meinen einzigen Anruf für den Anwalt verwenden!«

Ein Lachen entfuhr ihm. »Ich mach nur Witze. Ich war da nur zwei Stunden. Hab nicht mal einen Anwalt gebraucht.«

Da war er wieder, auf der Sonnenseite des Lebens. Ohne sie. »Ich meinte danach, Davis. Nach der Festnahme. Du hättest es mir sagen sollen, und zwar nicht erst jetzt.«

Davis winkte der Kellnerin. »Die Rechnung bitte«, rief er ihr zu und deutete auf den Tisch.

»Warum zahlen wir?«

»Weil ich merke, dass du dich aufregst. Und die Gnocchi schmecken dir sowieso nicht.«

Die Kellnerin nickte Davis zu und wollte Kelseys Teller abräumen, aber die legte eine Hand auf das Handgelenk der Kellnerin. »Nein«, schnauzte sie. »Ich will bleiben.« Es tat gut, unfreundlich zu sein. Gegen seine Mauer aus endlosem Charme zu treten. Die Kellnerin lächelte Davis unbehaglich an, als wäre Kelseys Erlaubnis nicht genug. Als wäre sie gar nicht da. Sie spürte überall unter der Haut die Nerven kribbeln.

»Schon gut«, sagte Davis und erwiderte das Lächeln der Kellnerin. Sie sahen zu, wie sie wegging.

»Also«, Kelsey verengte die Augen, »was hast du sonst noch so vergessen, mir zu erzählen?«

Davis unterdrückte ein Lachen. »Was?«

»Was geht noch so ab auf diesen Verbindungspartys? Die Mädchen schmeißen sich doch sicher an dich ran, oder?« Kelsey wusste, dass sie aufhören sollte, aber sie konnte nicht. Sie saß allein in einer Grube und sie wollte Davis zu sich herunterziehen.

Davis hob die Hände. »Wo hast du das denn her?«

»Ich bin neugierig«, sagte Kelsey, ohne die Stimme zu dämpfen.

»Du suchst doch nur Streit.«

»Dann sag's mir doch einfach.« In ihrer Brust krampfte sich

alles zusammen, und sie wünschte, sie könnte die Knoten lösen, sie entwirren und herausreißen. Sie war eine solche Lügnerin. Eine Heuchlerin. »Wenn du dir so sicher bist, dann sag's mir doch.«

»Ich streite nicht mit dir, Kelsey.« Davis zog die Augenbrauen hoch. »Schrei mich von mir aus an. Es tut mir leid, dass ich dich wegen der dämlichen Festnahme nicht angerufen habe. Aber wirf mir nicht Dinge vor, die ich nicht getan habe.«

Kelsey drehte sich der Magen um, als ihr klar wurde, warum sie das hier eigentlich abzog. Wenn Davis zugab, dass er nicht der perfekte Freund war, dann war ihr eigenes Verhalten vielleicht gar nicht so schlimm. Sie senkte die Stimme: »Du hast mich nie betrogen?«

Davis' Miene blieb unverändert. Kelsey konnte nicht sagen, ob er sich nicht anmerken ließ, was er wirklich fühlte, oder ob er einfach nur fassungslos war.

»Ich hab dich nie betrogen«, sagte er und das war's.

Kelsey konnte nicht weiterstreiten. Und was noch schlimmer war, sie wusste, dass Davis die Wahrheit sagte. Eigentlich tat er ihr leid. Aber sie würde es nicht zeigen. Er schien die Entschuldigung nicht zu brauchen. Er war nicht mal wütend.

Kelsey zuckte mit den Achseln und sagte, »Na ja, wenn du es machst, sag's mir. So was erzählt man einander.«

Sie aßen wortlos auf. Davis griff nach ihrer Hand und Kelsey ließ ihn sie halten.

Als die Kellnerin die Rechnung brachte, stand Kelsey auf, ging zwischen den Tischen hindurch zur Tür hinaus und wartete dann bibbernd auf dem Gehweg.

Ein paar Minuten später trat Davis aus dem Restaurant und legte ihr den Mantel um die Schultern.

»Was willst du jetzt machen?«, fragte er.

»Ich glaube, ich möchte einfach nach Hause.«

Sie stiegen in Davis' Geländewagen und ließen den Motor im Leerlauf laufen, um sich aufzuwärmen. Nach einem Augenblick fragte Davis: »Seit wann bist du eifersüchtig? Früher warst du das nie.«

»Die Dinge ändern sich.«

Davis holte tief Luft. »Es tut mir leid, Kels. Ich weiß nur nicht genau, was mir eigentlich leid tun soll.«

Auf der Fahrt nach Hause fragte sie sich, ob er den Streit noch mal ansprechen würde oder ob er wie immer einfach so tun würde, als hätte es ihn nie gegeben. Als sie einen Block von ihrem Haus entfernt waren, schaute sie hinüber und versuchte, seine Miene zu lesen.

Die Umrisse von Davis' Gesicht zeichneten sich im Licht des Halbmondes ab. Sein Mund war glatt und entspannt, seine Augen so ruhig wie die eines Fremden.

Sie wusste nicht, was er gerade dachte, und fragte sich, ob sie es jemals wissen würde.

***

19. Februar, 0:25
Von: Farrow, Peter W SPC
An: Maxfield, Michelle
Betreff: Für eine Weile die Letzte

Wunderschöne Michelle,
wir haben in Galuch-Tal haltgemacht. Es ist HEISS HEISS HEISS. Ich lebe in einem großen Zelt, das keinen besonders guten Schutz gegen den Sand da draußen bietet. Ich bin sozusagen ein wandelnder Sandmann. Ein Klo scheint es nicht

zu geben und zu essen auch kaum was, aber wir haben Internet. Der Vorteil des militärischen Nachrichtendienstes, schätz ich mal.

Mit all diesem Gerede von Willy Wonka hast du dafür gesorgt, dass ich all die amerikanischen Süßigkeiten vermisse. Während ich hier sitze, vermisse ich das am meisten (abgesehen von dir) (und meiner Familie) (und meinem Hund). Nougat. Diese Wolke aus Schokoladenzeug, irgendwie fest, aber nicht so richtig. Außerdem beinahe salzig. Mit einer winzigen Spur von Haselnuss. Dann der Kontrast mit der Schokoladenhülle, die es verbirgt, aber auch ein Vorgeschmack darauf ist. Wenn du sie Stück für Stück abknabberst, zeigt sich das weiche Innere.

Und sieben saure Gummibären auf einmal in den Mund stecken. Ich saß früher immer auf der Veranda und habe eine ganze Packung dieser Dinger verputzt. Salzig-süß-sauer-salzig-süß-sauer. Ich glaube, ich bin hungrig. Oder vielleicht durstig.

Tut mir leid, dass ich eine E-Mail an Süßigkeiten verschwende, ich hatte vor, mehr zu schreiben, aber hinter mir warten ungefähr zehn Leute darauf, den Computer zu benutzen, einschließlich Sam, damit er seinen Hunden zu Hause mailen kann.

Ich mach nur Witze, Sam. Du kannst einem Hund nicht mailen.

Ich glaube, ich bin hungrig und rede wirres Zeug.
Dein Peter

20. Februar, 2:13
Von: Maxfield, Michelle
An: Farrow, Peter W SPC
Betreff: Sexy Bilder (3 Anhänge)

Bilder von Nougat im Anhang.
Was hast du gedacht, was das ist!?
Öffnen auf eigenes Risiko …

Xo
Michelle

KAPITEL 17

Einige Tage später saß Kelsey auf ihrer Seite des Balkons und versuchte beim Lernen, einen Stapel Kunstgeschichte-Karteikarten daran zu hindern, in den Märzwind zu entkommen. Der Geruch nach gegrillten Burgern hing in der Luft, wie so oft, wenn ihr Vater neue Rezepte für die alljährliche Änderung der Speisekarte des Restaurants ausprobierte. Kelsey freute sich, dass er den Vegetariern zuliebe mit Pilzen experimentierte. Zum Gedenken an Mitch, hatte er ihr gesagt. Ihre Mutter hatte sich unterdessen bemüht, die wachsenden Stapel von Aufsätzen mit ihren Anmerkungen und Büchern zu ordnen, die ihr zerzaustes Haar nun beinahe verdeckten, wenn sie am Schreibtisch saß.

Ordnen bedeutete anscheinend, *Plastikpapierkörbe zu kaufen und sie neben die Aufsatzstapel zu stellen*, aber immerhin bemühte sie sich. Sie alle bemühten sich. Sogar Kelsey. Die Zwischenprüfungen standen an.

In *Kunst im Wandel der Zeiten* las sie: »Bei kubistischen Kunstwerken werden Objekte analysiert, in Stücke zerlegt und dann in einer abstrakten Form wieder zusammengesetzt. Statt aus einem Blickwinkel stellt der Künstler das Motiv aus einer Vielzahl von Blickwinkeln dar, um das Objekt in einem größeren Kontext zu präsentieren.«

Wie wenn man einen Eiswürfel betrachtet, der auf dem Boden zerbrochen ist, schrieb sie an den Rand. Man betrachtete etwas Dreidimensionales aus jedem Winkel gleichzeitig.

Es war schön, nachmittags zu Hause zu sein.

Die Basketballsaison war vorbei, das Tanztraining würde also erst wieder nach den Frühjahrsferien beginnen. Sie und Gillian hatten die Gratwanderung zwischen ihrem früheren und ihrem heutigen Verhältnis so weit erfolgreich gemeistert, dass die ganze Schule glaubte, alles wäre in Ordnung.

Kelsey und Davis hatten sich versöhnliche Nachrichten geschrieben, dann Emoticons und lustige Bilder, denn so lief das bei ihnen, und ihr letztes Schuljahr verging so schnell und die Aufgaben häuften sich, und es war leicht, einen Streit zu vergessen, wenn mintgrüne Blätter aus dem feuchten Boden sprossen. Und heute sollte Peter anrufen. Wenn er anrief, schien alles andere nicht so wichtig.

***

Pünktlich ertönte der Piepton aus dem Laptop neben ihr. Gewohnheitsmäßig wischte Kelsey sich über die Augen, dann fiel ihr ein, dass sie heute kein Make-up trug. Auch ihre Haare waren nicht zusammengebunden, sondern wehten wie Michelles in der kalten, feuchten Luft.

Peter trug ein graues Army-Shirt, im Licht der grellen Flutlichter zeichneten sich seine Brustmuskeln und die Tätowierung auf seinem Unterarm deutlich ab. Es war Nacht dort. Als er sie sah, klatschte er in die Hände und schenkte ihr das breiteste Lächeln, das sie je gesehen hatte.

»Weißt du was?«

»Du trägst nicht deine Uniform«, stellte Kelsey fest.

»Ach, das ist nur mein Schlafanzug«, sagte er und zupfte unwillig an seinem Ärmel. »Also, ich habe …«

»Wann darfst du mal die schicke Version deiner Uniform tragen, die mit der Kappe?«

»Einfache Soldaten kriegen keine schicken Uniformen, ich glaube, du meinst die Marinesoldaten. Wie auch immer, ich …«

»Aber eine Kappe hast du doch«, sagte Kelsey, ihr Lächeln wurde breiter, als Peter sich immer mehr aufregte. Es gefiel ihr, ihn zu necken, vor allem weil sie merkte, dass er offenbar gute Neuigkeiten hatte.

»Hey!«, rief er. »Ja, ich habe eine verdammte Kappe! Aber das wollte ich dir nicht erzählen.«

Kelsey wartete und faltete gelassen die Hände, als wollte sie sagen: *Ich bin ganz Ohr.*

Peter schaute sie abwartend an, als erwartete er noch eine alberne Frage. Als sie ausblieb, begann er noch einmal: »Also, ich hab gerade rausgefunden …«

»Was wolltest du mir erzählen?«, stürzte Kelsey sich wieder mit argloser Miene auf ihn, bevor er zu Ende sprechen konnte.

Peter konnte nicht anders und musste lachen. »Oh mein Gott, vergiss es! Check deine Mails!«

»Nein, was ist es? Ich unterbreche dich nicht, versprochen.«

Peter machte ein Ich-gebe-auf-Gesicht und hob die Hände.

»Check deine Mails. Mehr sag ich nicht.«

»Okay …«, grummelte Kelsey und öffnete ihren Browser, um sich in Michelles E-Mail-Programm einzuloggen.

Die neuste Mail war von Peter und in der Betreffzeile stand: »Fwd: Ihr Reiseplan mit American Airlines.«

American Airlines? Jemand flog?

In Kelsey Körper schien sich alles zu beschleunigen, als

sie die Mail anklickte. Es war ein Flugticket. Für Michelle. Mit Datum von nächster Woche. Der Abflugort: MCI, Kansas City International Airport. Das Ziel: CDG, Charles de Gaulle Airport, Paris, Frankreich.

Sie schrie kurz und schnell auf und legte die Hand über den offenen Mund. Als sie Peters Lachen hörte, klickte sie zurück zu seinem Bild.

»Wir haben drei Tage frei bekommen. Sam, ein anderer Kumpel und ich fliegen nach Paris. Und du auch. Also, da hast du's.«

Kelsey nahm die Hand vom Mund und versuchte ihre Panik zu verbergen. »Wie konntest du dir das leisten?«

»Wir fliegen umsonst in Frachtflugzeugen der Luftwaffe. Dein Ticket war nicht so wild, glaub mir. Ich hatte ein bisschen Geld gespart.«

»Peter, das ist unglaublich, aber ich hab Schule. Meine Eltern werden mir das nicht erlauben. Ich weiß nicht, wo mein Pass ist. Ich ...«

Kelsey zählte alle Ausreden auf, nur die wichtigste nicht: Paris war nicht *ihr* Traum, sondern Michelles. Michelle sprach französisch. Michelle liebte Kunstmuseen. Michelle sang Edith Piaf unter der Dusche (völlig schief natürlich).

»Es ist ja nur für ein Wochenende«, sagte Peter hoffnungsvoll. Auf seinem offenen Gesicht zeigte sich Enttäuschung, aber er gab nicht auf. »Komm schon«, drängte er sie leise.

Kelsey brach es das Herz. Sie musste wegschauen und nachdenken. Michelles Geist war wieder da, ihre Umrisse und der Kokosduft, bestehend aus Erinnerungen, die sie niemals haben würde, stachelte sie von der leeren Seite des Balkons aus an. *Komm schon,* hörte sie Michelles Stimme in ihrem Kopf widerhallen. *Für mich.*

Dann schaute sie zurück zu Peter, der sie nicht weiter drängte, sondern einfach nur mit diesem versonnenen Blick in den blauen Augen in seinem Schlafanzug dasaß. »Bitte«, sagte er, und sein Lächeln kehrte zurück, als würde er die Antwort bereits kennen.

»Ja«, antwortete Kelsey. Der Wind frischte auf und ihre Kunstgeschichte-Karteikarten wirbelten in einer Wolke aus weißen Vierecken durch die Luft, wie ein Zeichen von etwas Unsichtbarem. Allerdings wusste Kelsey nicht, ob es ein gutes oder ein schlechtes Zeichen war.

»Ja!«, schrie Peter und stand auf. »Ja! Ja! Ja!«

Kelsey lachte über seine Grimassen und stand auf, um die Karteikarten einzufangen, die nun überall auf dem Balkon verstreut waren. »Bleib dran!«

»Ich geh ins Bett, bevor du es dir anders überlegst«, hörte sie ihn vom Computer sagen. »Gute Nacht.« Der Anruf brach ab.

Kelsey hatte eine Menge zu tun.

Es war kurz vor Mitternacht. Kelsey bezog ihren Posten vor der Schlafzimmertür ihrer Eltern. Sie würde ihnen sagen, dass sie auf ein Orientierungswochenende für Studierende gehen wollte und im Studentenwohnheim übernachten müsse. Sie würde sie fragen, wenn sie besonders wehrlos und verschlafen waren, damit sie nicht zu viele Fragen stellten. Sie räusperte sich, damit ihre Stimme weich und unverdächtig klang. An den Füßen hatte sie ihre alten Häschen-Hausschuhe. Das war alles Teil des Plans.

»Mom? Dad?« Sie öffnete die Tür einen Spaltbreit.

Aufgeschrecktes Schnauben von ihrem Vater und ein leises »Was?« von ihrer Mutter.

»Kann ich reinkommen?«

Fünf Minuten später war es geschafft und ihre Eltern waren wieder eingeschlafen. Kelsey lag in ihrem Bett, ihre Gedanken rasten. Sie würde Michelles Pass benutzen müssen, der immer noch in ihrer Schreibtischschublade lag, damit er mit dem Namen auf dem Ticket übereinstimmte. Sie hatte die Einzelheiten gegoogelt – der Pass war gültig, solange ihre Familie keinen Antrag stellte. Und soweit Kelsey wusste, hatten sie das nicht getan. Und wenn sie am Flughafen belangt werden würde, dann könnte sie einfach anfangen zu weinen und sagen, sie hätte ihn aus Versehen mitgenommen. Sie würde dunkle Sachen und hochhackige Stiefel einpacken. Sie würde ihre Augenbrauen wachsen lassen. Sie konnte Michelle sein – für eine kleine Weile. Lang genug, um dorthin zu kommen und dann die Sache zu tun, vor der sie sich fürchtete. Das Einzige, was sie noch erledigen musste, wartete in Paris auf sie, und obwohl die Zeit endlich gekommen war, fühlte ihr Magen sich bei dem Gedanken daran an, wie ein Nest voller sich windender Schlangen.

Dort würde sie Peter gegenüberstehen und ihm die Wahrheit sagen.

KAPITEL 18

Das Flugzeug brummte immer lauter und Kelsey spürte Druck in den Ohren. Vor dem Fenster raste die Startbahn des Flughafens vorbei und sie krallte sich mit den Zehen in ihre Stiefel. Sie hatten die Startfreigabe erhalten. Unter ihr sank der Boden weg und zog ihren Magen mit sich. Sie klammerte sich fest an die Armlehnen, lockerte den Nacken und lehnte sich, in der Hoffnung einzuschlafen, träge gegen die harte Polsterung. Die Zeit sollte schnell vorbeigehen.

»Fliegst du direkt nach Paris oder machst du einen Stopp in Toronto?«, fragte der Mann neben ihr mit einem leichten französischen Akzent.

Kelsey hatte ganz vergessen, dass sich die Luft in Flugzeugen manchmal wie eingeschlossen anfühlte. Seit dem Familienurlaub in Costa Rica war sie nicht mehr geflogen. Michelle hatte Fliegen gehasst, und sie hatte es gehasst, neben Kelsey zu sitzen. Jedes Wort aus ihrem geschwätzigen Mund sei eine neue Wolke Kohlenstoffdioxid, hatte ihre Schwester gesagt und sich riesige Kopfhörer über die Ohren gestülpt.

»Direkt nach Paris«, antwortete sie dem Mann höflich und wandte sich wieder der schrumpfenden Landschaft zu, dankbar, dass Peter ihr einen Fensterplatz gebucht hatte.

Als sie fast ihre Reiseflughöhe erreicht hatten, erklang die Stimme des Piloten über den Lautsprecher.

»Noch irgendwo anders hin in Frankreich?«, fragte der Mann über die Ansage hinweg und sie wandte sich wieder um.

Seine Lider hingen schlaff über den schwarzen Augen und die Haut darunter bildete dunkle Halbmonde. Früher hatte er bestimmt mal gut ausgesehen.

»Nein«, sagte sie kurzangebunden.

»Was machst du in Paris?«

»Einen Besuch.«

»Bei deinem Freund?«

Kelsey lächelte mit geschlossenem Mund und schwieg. Sie versuchte, sich undurchdringlich zu geben.

»Es ist dein Freund, das sehe ich.«

»'allo, sehr geehrte Fluggäste, hier spricht Ihr Kapitän. Mein Name ist Rhett du Pont, Ihr Co-Pilot ist Nisse Greenberg. Der Himmel über dem mittleren Westen ist sonnig. Wir erwarten einen ruhigen Flug auf der Strecke nach Toronto und sollten von dort aus dann pünktlich nach Paris weiterfliegen.«

Als der Pilot fortfuhr, lehnte sich die Frau auf dem Gangplatz herüber und schenkte Kelsey ein schiefes Lächeln. Kastanienbraune Wellen rahmten ihr Gesicht.

»Er wird ein bisschen merkwürdig, wenn er seine Medikamente gegen Reisekrankheit nimmt«, sagte sie. »Aber ohne kann er nicht fliegen.«

»Mein Vater muss das auch nehmen«, sagte Kelsey und dachte daran, wie ihr riesiger Vater tief schlafend quer über den Gang hing und Kelsey, Michelle und ihre Mutter über sein Geschnarche kicherten.

»Aber ich habe recht.« Der Mann wedelte mit der Hand.

»Sie denkt an einen jungen Mann, wenn sie aus dem Fenster schaut.«

»Entschuldigung«, murmelte die Frau wieder. »Normalerweise ist er nicht so. Normalerweise nuschelt er nur irgendwas über sein Kreuzworträtsel vor sich hin.«

»Natürlich mache ich das nicht oft. Das ist eine besondere Situation. Du musst uns von ihm erzählen.«

Kelsey nestelte an den Zeitschriften herum, die vor ihr in der Sitztasche steckten, und fragte sich, wie sie das jemals erklären sollte. *Er ist nicht mein Freund, aber er ist mir wichtig.* Sie dachte daran, wie Peter ihr vor dem Abflug eine Tonaufnahme geschickt hatte, auf der er etwas auf Französisch sagte, weil er annahm, sie würde es verstehen, und dabei über die Wörter stolperte, die er aus einem Wörterbuch vorlas. Aber das war ja eigentlich auch nicht an sie gerichtet gewesen.

»Es gibt nichts zu erzählen«, sagte Kelsey achselzuckend.

Der Mann gestikulierte in Richtung der Frau mit den kastanienbraunen Haaren und sagte in einem Bühnenflüstern: »Meine Frau behauptet, sie sei nicht romantisch. Sie tut so, als wäre sie einfach eine pragmatische Amerikanerin wie du. Aber sie weiß es auch.«

Die Frau verdrehte die Augen, lächelte aber.

»Weiß was?«, fragte Kelsey und schaute die beiden an.

»Du bist verliebt.«

»Nein«, schnaubte sie. »Nein. Ich bin nur …« Sie starrte ins Leere.

Verliebt. Sie versuchte, es abzutun, aber aus irgendeinem Grund konnte sie an nichts anderes denken als an Peter auf dem Bildschirm. »Ich besuche nur einen Freund.«

»Dafür, dass es nur ein Freund ist, hast du ein ganz schönes Lächeln auf dem Gesicht.«

»Lass sie in Ruhe, Schatz«, sagte die Frau.

»In Paris wird's passieren«, hörte sie den Mann zu seiner Frau sagen. »In Paris muss sie ihren Freund küssen, oder?« Kelsey schloss die Augen und tat, als würde sie es nicht hören.

»Sie will sich ausruhen«, sagte die Frau sanft. »Lass sie in Ruhe.«

Als Kelsey aufwachte, schlief das Paar tief und fest. *In Paris muss sie ihren Freund küssen!* Sie fuhr sich mit den Fingern über den Mund und versuchte, sich Peters Lippen darauf vorzustellen. Es könnte schon passieren, oder? Wahrscheinlich wären sie ziemlich schlecht, schließlich hatten sie sich ja noch nie zuvor geküsst. Schließlich erwartete Peter ja jemand anders.

Sie würde es natürlich nicht zulassen. Sie würde ihn zur Seite nehmen und tun, was sie sich vorgenommen hatte. Aber als Kelsey einen Film auf dem Flugzeugbildschirm laufen ließ, um die Zeit rumzukriegen, stellte sie fest, dass sie Gänsehaut hatte.

Am Pariser Flughafen trottete Kelsey wie benebelt durch den Zoll, ihr Geist war immer noch im Ruhezustand und wiederholte Gesprächsfetzen aus einem der Filme, zu denen sie geschlafen hatte, als sie den Atlantik überquerten. *Du bist und warst schon immer mein Traum.*

Kurz darauf rollte sie ihren Koffer durch einen mit Linoleum ausgelegten Gang. In Michelles Pass war ein neuer Stempel, es roch nach Bleichmittel und die Deckenleuchten summten.

Der Gang mündete in die Ankunftshalle für die internationalen Flüge und Kelseys Atem ging schneller. Der gigantische, endlose Raum erinnerte an die Haupthalle eines Schlosses, jeder Abschnitt bestand aus riesigen Fenstern, die fünfzehn Meter hoch von der Decke bis zum Boden reichten und dort in kilometerlangen roten Teppichboden übergingen. Viele Tausende Koffer ziehende Menschen strömten in verschiedenen Richtungen an Geschäften vorbei, die sie kannte, die ihr aber fremd vorkamen, als sie Bestellungen für Sandwiches und Kaffee auf Französisch, Italienisch und Deutsch aufschnappte.

»Michelle!«, hörte sie eine Männerstimme rufen und schloss fest die Augen. Sie war in Paris. Hier gab es bestimmt viele Michelles.

»Michelle«, hörte sie noch einmal, näher, und sie drehte sich um. Peter, größer als sie ihn in Erinnerung hatte, kam aus der Menge gerannt. Er trug ein Army-Shirt und Militärhosen. Bevor sie das ruhige, ehrliche *Hallo*, das sie geübt hatte, herausbrachte, umarmte er sie so fest, dass ihre Füße vom Boden abhoben, und wirbelte sie herum, ihr Gesicht im frischen Duft seiner Halsbeuge vergraben. Und dann stellte er sie ohne Umschweife ab und küsste sie.

Zuerst schmeckte sie Salz und dann nichts mehr, nur das Gefühl seiner Lippen auf ihren. Kelsey musste unwillkürlich lächeln. Als er sie losließ, war sie sprachlos, zu eingeschüchtert von all dem, was um sie herum los war, um irgendetwas zu sagen, geschweige denn eine einstudierte Rede.

»Es ist so schön, dich zu sehen«, sagte Peter, und seine blauen Augen brachten sie jetzt noch mehr aus der Fassung, als sie es je auf einem Bildschirm könnten.

»Finde ich auch.«

»Was heißt *Willkommen* auf Französisch?«, fragte Peter sie.

»Es heißt …«, begann Kelsey atemlos und tat im Loslaufen so, als würde sie an ihrem Koffer herumfummeln. *»Bienvenue«*, sagte sie, dankbar, dass sie sich die Worte des Piloten gemerkt hatte.

»Bienvenue«, wiederholte Peter.

KAPITEL 19

Kelsey hätte ausweichen sollen, aber jetzt war es zu spät. Noch ganz unter Schock stehend hörte sie zu, wie er über ihre Pläne für den Abend redete, während sie durch den belebten Flughafen schlenderten. Sie leckte sich über die Lippen, um seinen Geschmack loszuwerden, aber natürlich verstärkte sie ihn dadurch nur noch.

Ihr Körper schien bei jedem Herzschlag zu vibrieren.

Zwei weitere Männer in Militärhosen, mit Segeltuchrucksäcken auf dem Rücken, empfingen sie am Zugang zur Bahn in Richtung Stadt. Sie würde es ihm später im Hotel beibringen müssen. Jetzt war nicht der richtige Zeitpunkt.

»Du hast sie gefunden, wie ich sehe«, sagte der kleinere Rothaarige und streckte die Hand aus. »Erinnerst du dich an mich?«

»Gockel?«, fragte Kelsey.

»Sam, wenn es Ihnen nichts ausmacht, Madam«, sagte er und kam näher, sodass sie seine Sommersprossen sehen konnte.

»Nein, er mag *Gockel* lieber, glaub mir«, sagte sein Kamerad, ein schlaksiger, bebrillter Kerl mit karamellfarbener Haut.

»Tu ich nicht«, stellte Sam klar.

Der andere Kerl verdrehte die Augen. »Ich bin Phil.«

»Hallo, Phil.« Kelsey schüttelte ringsum die Hand.

Sie holte tief Luft, als sie zur Metro hinuntergingen, und ihr fiel ein, was ihre Eltern zu ihr gesagt hatten, bevor sie zum Flughafen aufgebrochen war, erfreut, dass sie sich bemühte, ihre Trauer hinter sich zu lassen. *Versuch einfach, Spaß zu haben,* hatten sie gesagt. Sie mochten sich zwar im Irrtum darüber befinden, wo Kelsey Spaß haben würde, aber sie nahm es sich trotzdem zu Herzen. Es blieb ihr nichts anderes übrig.

Sie schenkte den ernst dreinschauenden Frauen in High Heels, den alten Damen mit dunklem Lippenstift und den Männern mit ihren gestylten Locken, die die vier Amerikaner auf ihrer Fahrt durch den Untergrund der Stadt anstarrten, ihr breitestes Lächeln.

Sie sog alles in sich auf, den vergilbten Backstein und die vergoldeten Blockbuchstaben auf jedem Bahnsteig – wie in den Filmen – und versuchte, die Kunstwerke auf den Postern zu erkennen.

Sie ertappte sich dabei, wie sie Michelle in ihrem Kopf erzählte: *Selbst die Reklame ist wunderschön.*

Das ist von Edgar Degas, dachte sie bei der unfertigen Skizze einer Frau, die aus einer Wanne steigt, auf einem Plakat für ein Museum namens *Musée d'Orsay.* Daneben lüpften Frauen aus dem letzten Jahrhundert ihre dunklen Röcke und zeigten ihre Unterröcke und Waden. Und daneben die charakteristischen Tüllröcke, ihr Lieblingsbild von ihm, noch bevor sie ihn überhaupt gekannt hatte: *Tänzerinnen in Rosa zwischen den Kulissen.*

Peter beugte sich näher zu Kelsey und zeigte ihr auf einer Karte ihre Haltestelle und sie spürte, wie ihre Haut unter dem Pullover heiß wurde von all der Aufregung, von all der Anspannung vor dem, was sie ihm sagen musste, oder vielleicht nur davon, ihn um sich zu haben, Arme und Augen und Stiefel zu dem Gesicht, das ihr inzwischen vertraut war.

Sie stiegen am *Place de Clichy* aus, am Rand von etwas, für das Kelsey kein besseres Wort einfiel als Kreisverkehr. Motorräder, altmodische Taxis und winzige Autos schlängelten sich um einen Beton-Ring, von dem unzählige Straßen abzweigten, und in der Mitte thronte eine monumentale Kupferstatue.

Sogar der Verkehr ist von Kunst beeinflusst, notierte sie für ihre Schwester.

Ihr Hotel war ganz in der Nähe.

Bald brach vielleicht alles auseinander und davor graute es Kelsey. Besonders hier. Hier sollte es nicht passieren. Es war Mittag, die Sonne stand an ihrem höchsten Punkt am Himmel, ihr Licht wurde von roten Markisen, nassen Steinen und Tischdecken reflektiert und fiel auf die gebogenen Straßenlaternen und durch die Fenster, die auf die engen, von Balkonen gesäumten Straßen herausgingen …

»Kommst du?«, rief Peter sie von vorne und streckte die Hand aus.

Sie nickte und folgte der Truppe eine Straße hinunter und dann noch eine, dann, wegen einer falschen Abzweigung, wieder zurück und schließlich zu einem Gebäude, das nur durch eine über den Eingang gemalte Zahl gekennzeichnet war.

»Okay«, sagte Peter und schaute auf die Wegbeschreibung, die er ausgedruckt hatte. »Rue Nollet Nummer 40.«

Er läutete.

Drinnen erwartete sie eine steile Holztreppe und eine runzelige Hausverwalterin, deren winzige Gestalt fast in ihrer Schürze verschwand.

»C'est ici«, sagte sie nach vier Stockwerken und zeigte auf eine dicke, hölzerne Tür.

Sie führte sie in das Zimmer, wo es zwei große Betten gab und ein Fenster, das vom Boden bis zur Decke reichte und auf einen kleinen, eisernen Balkon hinausging.

»Merci. Enjoy.« Damit ging sie hinaus.

Phil und Sam warfen ihre Segeltuchrucksäcke auf eins der Betten, streckten sich und ließen den Blick über die Stadt schweifen.

»*Ein* Zimmer?«, fragte Kelsey an Peter gewandt.

»Nett und kuschelig«, sagte Peter augenzwinkernd. Dann flüsterte er: »Tut mir leid. Diese Stadt ist nicht gerade günstig.«

»Schon okay.«

Als sie Peter dabei zusah, wie er sich aus seinem Army-Shirt schälte, um Zivilkleidung anzuziehen, war sie dankbar, dass sie sich keine Ausrede einfallen lassen musste, um das *nicht* zu tun, was auch immer Michelle und Peter alleine in einem Bett sonst tun würden.

Sie wurde rot. Schon wieder.

Das enge Miteinander würde ein vertrauliches Gespräch jedoch schwierig machen, ganz zu schweigen von dem Gespräch, das sie führen sollten. Aber tief im Inneren war Kelsey froh, dass sie es aufschieben konnte.

Kurz darauf gingen die vier los zur Metro, um auf Peters Wunsch einen Laden namens *Shakespeare and Company* zu suchen.

Sam musste ein bisschen überzeugt werden, als sie sich, eingezwängt zwischen den anderen Fahrgästen, an einer Metallstange festklammerten, um das Gleichgewicht zu halten. »Ich blech keine Euros, um Shakespeare zu sehen, auf gar keinen Fall. Ich versteh die Scheiße nicht. Hab ich noch nie. Könnte genauso gut dafür bezahlen, mir eine Seifenoper auf Spanisch anzuschauen.«

Peter lachte, die Hand auf Kelseys Rücken. »Das ist ein Buchladen, Gockel. In den Neunzehnhundertzwanzigern hingen da alle amerikanischen Schriftsteller ab. Hemingways Lieblingsladen.«

Es stellte sich heraus, dass die Straße, nach der sie suchten, auf der anderen Seite des Flusses in der Nähe von *Notre Dame* lag. Als Kelsey die Kathedrale sah, blieb ihr die Luft weg. Sie war gigantisch – klar –, aber das spätnachmittägliche Licht machte die kleinen Schatten ebenso bedeutsam wie die riesigen Türme und betonte die winzigen Bögen, Figuren und Flügel des Bauwerks. Nie zuvor hatte Kelsey ein Gebäude gesehen, das seinen Betrachtern so viel abverlangte.

In dem Buchladen fand Kelsey eine ruhige Ecke, um ihre Gedanken zu sammeln. Von allen Seiten strömte der feuchte, holzige Geruch alter Bücher heran. Sie wusste nichts über die Geschichte dieses Ladens, aber sie spürte sie in der Stille. Außer für sich selbst war sie für alle eine Fremde und jetzt, als sie allein war, stellte sie fest, dass es ihr nichts ausmachte. Die Jungs waren genauso ehrfürchtig. Die Schönheit von Paris hatte Worte überflüssig gemacht.

Zwischen den Regalen entdeckte sie Peter, der in ein riesiges Buch mit grellen Bildern versunken war.

»Peter«, sagte sie leise.

Er blickte auf und suchte, woher ihre Stimme kam. Als er sie entdeckte, lächelte er. »Schau mal, was ich gefunden habe.«

Als sie näher kam, erspähte sie ein Blatt, das sich in Peters Haar verfangen hatte. Sie zog es heraus, brachte es aber aus irgendeinem Grund nicht über sich, es auf den Boden zu werfen. Sie steckte es in die Tasche.

»Dein Buch über Andy Warhol, das du in deinem Zimmer hast«, sagte er und zeigte auf ein Schwarz-Weiß-Foto des Künstlers. »Aber auf Französisch.«

Michelles Buch. Kelsey hatte es ein paar Mal durchgeblättert, nachdem Ian ihr geraten hatte, darin nachzuschlagen. Und als sie ihren ersten Brief an Peter verfasste.

»Erzähl mir, was da steht«, sagte er, hob hoffnungsvoll die Mundwinkel und ließ die Augen über sie wandern.

Kelseys Mund wurde trocken und sie schaute auf die Seiten voller unzusammenhängender Silben, die genauso gut komplett unbedruckt sein könnten.

»Da steht …«, sie lachte nervös. Das Spiel war aus. Ihre Worte klangen schwerfällig. »Da steht sein Geburtsdatum und dass er ein großartiger Künstler war und dass sein Werk nicht versnobt oder schwer zu verstehen ist.«

»Steht das da wirklich?« Er verengte scherzhaft die Augen.

Kelsey hatte die Hände in ihren Jackentaschen zu Fäusten geballt. Ihre Blicke trafen sich. Vielleicht war jetzt der richtige Zeitpunkt. Sie schluckte und bemühte sich, mit fester Stimme zu sprechen. »Nein«, sagte sie. »Ich rede Müll.«

Peter klappte das Buch zu und stellte es zurück ins Regal. »Ich bin sicher, das war nah dran.« Er nahm sie in den Arm, ihre Wange lag an seiner Brust, und sie spürte die Vibration seiner Stimme in jeder Faser ihres Körpers. »Du könntest mir gerade erzählen, der Himmel sei grün, und ich würde es dir glauben.«

Kelsey schlüpfte aus seiner Umarmung, tat so, als würde sie weiterstöbern und versuchte, seinem Blick zu widerstehen, der sagte, dass er sie wieder küssen wollte. »Aber der Himmel ist nicht grün. Und das steht nicht in dem Buch. Das ist nicht die Wahrheit.«

»Ich mag alles, was von dir kommt«, sagte Peter leise hinter ihr. »Das ist wahr genug für mich.«

Kelsey versteckte ein Lächeln, aber sie war nicht sicher, vor wem sie es noch versteckte. Sie ließ zu, dass er ihre Hand nahm und sie zwischen den Regalen hindurch nach draußen führte, wo Sam und Phil auf sie warteten.

Sie nahmen die Bahn zurück zu ihrem Quartier.

Dort schafften sie es gerade noch in den Sandwich-Laden die Straße runter, bevor er schloss, und aßen dann, benebelt vom Jetlag, Schinken-Käse-Baguettes zu Abend und beobachteten die Passanten.

Sie kauften eine Flasche Wein im Laden an der Ecke und nahmen sie mit aufs Hotelzimmer, wo sie aus Pappbechern tranken und Black Jack spielten, bis die drei Soldaten auf Afghanistan-Zeit hundemüde waren.

Peter und seine Freunde erinnerten Kelsey an lange, lustige Abende mit Davis, als sie ihm und seinen Verbindungsbrüdern bei einem Videospiel zugesehen hatte, bei dem sie mit Gewehren auf den Bildschirm schossen. Anders als bei den Jungs, die ihr jetzt Gesellschaft leisteten, war es bei ihnen vorbei, wenn sie den Fernseher ausschalteten. Immer, wenn sie an Davis dachte, seufzte sie. Noch ein Grund, warum sie nicht in Paris sein sollte, geschweige denn einen anderen Kerl küssen. Sie hatte ihm erzählt, sie würde ein *Handys-aus-*« und *Tut-mir-leid-dass-ich-so-eine-schlechte-Freundin-bin-*Wochenende mit Gillian und Ingrid machen, wo sie, angesichts der Umstände, auch tatsächlich sein sollte. Aber sie hätte sich ja nicht besser gefühlt oder mehr wie sie selbst oder wäre weniger traurig gewesen, wenn sie zu Hause wäre. Sie gab ihr Bestes, einfach nur da zu sein.

Und, na ja, hier zu sein, war nicht schwer.

Kelsey war immer noch hellwach, aber sie zog sich trotzdem ihren Schlafanzug an, auf einmal so verlegen, dass sie wartete, bis Sam im Bad fertig war. Normalerweise hätte sie ihr Shirt ausgezogen, egal, wer ihr dabei zusah. Kelsey war eins mit ihrem Körper, und sie hatte keine Angst davor oder schämte sich, ihn zu zeigen.

Aber das war nicht Davis, der schon so ziemlich alles gesehen und angefasst hatte. Das war kein Publikum aus hunderten anonymen Gesichtern, die ihr zusahen, wie sie sich in ihrem Kostüm räkelte. Das war Peter, dem die kleinen Dinge so unsagbar viel bedeuteten.

Der ihr sein Herz öffnete.

Wenn sie daran dachte, wie sehr ihn ein Song oder eine Skulptur mitten in den Bergen berührte, würde ihn der Anblick ihres bloßen Rückens vielleicht umhauen.

Als sie in einem T-Shirt und Shorts aus dem Bad kam, schnarchten Sam und Phil bereits. Eine Lampe neben dem Bett war noch an.

Peter kam in Boxershorts auf sie zu, legte die Hände um ihre Taille und schob die Finger unter den Saum ihres Shirts. Er war so nah, dass sie die blonden Härchen auf seiner Haut sehen konnte. Vielleicht war er nicht so sittsam, wie sie dachte.

Kelsey verkrampfte sich.

Wahrscheinlich spürte er, dass sie verlegen war, denn er machte einen Schritt zurück.

Dann küsste er sie auf die Wange und drehte sich um und schaltete die Lampe aus. Kelsey nutzte die Gelegenheit und hüpfte ins Bett, deckte sich zu und drehte sich mit dem Gesicht zur Wand. Ihre Wange brannte.

»Hey«, flüsterte er, als er neben ihr lag. »Heute war verrückt.«

»Stimmt.« Sie schluckte.

»Morgen wird großartig.« Er rückte näher.

»Mm-hmm.« Mehr brachte Kelsey nicht heraus.

»Gute Nacht.«

»Gute Nacht.«

Sie wartete ab, bis Peters Atemzüge tief wurden, bevor sie selbst atmete, und betete lautlos immer wieder zum Universum, wofür, war sie nicht sicher. Für eine Menge Dinge. Dafür, dass alles gut würde. Für Michelle, wo immer sie war. Und dafür, dass es dem lieben Soldaten neben ihr gut gehen würde.

Dafür vor allem.

Obwohl der Gedanke, dass Peter in Sicherheit und glücklich war, in diesem Augenblick weit weg schien, bescherte er Kelsey Frieden, und sie schlief ein.

KAPITEL 20

Eisenträger um Eisenträger flog an Kelseys Augen vorbei und Paris wurde zwischen den Stäben kleiner und der Himmel größer. Die Seine wurde länger und das Grün des *Champ de Mars* erstreckte sich in einem anmutigen U. Ihr Magen flatterte. Sie kamen immer höher. Peter hielt ihre Hand fest und lachte über den Wahnwitz, dass ein Dutzend Menschen verschiedener Nationen in einem Aufzug gemeinsam kreischten.

»Das Geräusch, das Leute machen, wenn sie den Eiffelturm hochfahren, ist in jeder Sprache dasselbe, oder?«, flüsterte er.

»Du meinst *Ooh* und *Aah*?«

»Genau.«

»Außer hier. Hier sagen sie *Ooh la la.*«

Peter zuckte zusammen. »Schlecht. Du bist gut darin, wirklich schlechte Witze zu reißen.«

»Nein, hier sagen sie: *Der Eiffelturm interessiert mich eine Merde, ich bin so cool, ich bin aus Paris.*«

»*Merde?* Heißt das Scheiße?«

Kelsey setzte ihre beschränkten Französischkenntnisse wirksam ein.

»*Oui.* Wie in: *Im Westen von Kansas riecht es nach Merde wegen den Schweinefarmen.*«

Peter gab ihr einen Stups. »Hör auf, über meine Heimat herzuziehen. Und das mit den Schweinefarmen ist Emporia nicht El Dorado.«

»Warum reden wir eigentlich ausgerechnet jetzt über Schweinefarmen?«

»Guter Punkt. Ich finde, wir sollten Gedichte aufsagen.«

»Rosen machen Frauen froh, Veilchen …«

»… eher gar nicht so.«

Sie lachten.

Kelsey hatte Peters Hand auf dem ganzen Weg nach oben nicht losgelassen. Es war ein kühler, windiger Nachmittag im Vorfrühling, und als die vier am Morgen die *Champs-Élysées* entlanggeschlendert waren, war die Sonne durch die Wolken gebrochen. Selbst die Pariser in der Metro waren locker und gesprächig und lächelten hinter dunklen Sonnenbrillen hervor.

Alle schienen ihre Sorgen vergessen zu haben und gegen den Einfluss einer ganzen Stadt war Kelsey machtlos. Sie war abgelenkt. *Genieß es*, schien alles zu rufen, auf eine so hochnäsige Art und Weise, als würde ein Mädchen wie sie mit seinem guten Aussehen protzen.

Wie kannst du das nicht genießen?

Peter ließ kurz ihre Hand los, um auf den pyramidenförmigen Haupteingang des *Louvre* in der Ferne zu zeigen, nahm sie dann wieder und drückte sie.

Er war gelöster, als sie ihn je gesehen hatte. Er musste nichts verdrängen, runterschlucken oder so tun, als würde es nicht passieren. Am Morgen hatten sie Phil und Sam dabei zugesehen, wie sie jeweils hundert Liegestütze machten, aber Peter hatte sich fröhlich geweigert. »Solange mich niemand anbrüllt, verspüre ich keinerlei Bedürfnis.« Auf dem Weg zum

Eiffelturm hatte Peter Witze über die nackten Statuen gerissen, die die Hecken des Parks säumten. Einer hatte dafür gesorgt, dass Kelsey ihren Milchkaffee auf den gepflegten Kies spuckte.

Der Aufzug fuhr weiter nach oben, weg von Peters Freunden, die jetzt irgendwo in der Nähe von *Notre Dame* waren.

Kelsey fiel auf, wie lange sie und Peter schon alleine waren.

Als die Häuserblöcke langsam zu einem einzigen, riesigen Teppich verschwammen, schlich sich ihr Entschluss zurück in ihre Gedanken.

Peter, ich bin nicht die, für die du mich hältst. Ich bin's, aber ich bin's nicht. Kelsey musste blinzeln. Es würde schrecklich werden.

Auf der Spitze blies der Wind stärker und das Eisen knarzte und sorgte für schrilles Geschrei bei einer Gruppe italienischer Touristen.

Kelsey knöpfte ihren Trenchcoat zu und Peter zog sie an sich und küsste sie sanft auf die Stirn, während sie eng umschlungen auf die Stadt hinausblickten.

Peter, das ist jetzt vielleicht ein Schock für dich, aber ich bin nicht Michelle. Trotzdem liegt mir etwas an dir, deshalb bin ich hier.

Egal was zwischen ihnen passieren würde, hier, so weit weg von zu Hause, waren sie die einzigen beiden Menschen, die sich auf diese besondere Weise kannten. Sie konnte es sich nicht vorstellen, ein Geheimnis vor ihm zu haben. Das könnte ihre Chance sein, alles in Ordnung zu bringen. Jetzt.

Sie machte einen Schritt zurück und legte die Hände auf seine kräftigen Arme, die unter dem Baumwollpullover zitterten.

»Hätte meine Jacke mitnehmen sollen«, sagte er und dann schwiegen sie beide.

»Peter …«, begann Kelsey.

Genau in diesem Moment tippte ein Mann, der denselben roten Trainingsanzug wie die Frau an seiner Seite trug, Peter auf die Schulter. »Entschuldigung.« Sein Akzent klang wie ein harter Singsang. »Foto, bitte?«

Er deutete auf sich und seine Frau, dann auf die beeindruckende Aussicht.

Peter schaute Kelsey mit hochgezogenen Augenbrauen an. »Klar«, sagte er. »Total- oder Großaufnahme?«

»Sorry?«, antwortete die Frau und klappte ihre dunklen Brillengläser nach oben. Darunter kam eine normale Brille zum Vorschein.

»Schon gut.« Peter schaute wieder zu Kelsey, kurz davor loszulachen. Er hatte Spaß. Sie hatten beide Spaß.

Es war schrecklich, was sie tun musste.

Kelsey lächelte steif, verschränkte die Arme und bemühte sich, den Mut nicht zu verlieren.

Das blonde Paar hielt sich in den Armen und posierte, ihre Wangen waren rosig von der Kälte, die Hände hatten sie an der Hüfte ineinander gelegt.

Wahrscheinlich waren sie schon jahrzehntelang verheiratet, hatten seit ihrer Jugend ein paar Extrapfunde und Falten angesammelt und ihr Kennenlernen rückte in immer weitere Ferne, aber trotzdem waren sie noch immer verliebt, bis heute.

Doch das ging Kelsey nichts an.

Sie biss sich auf die Lippe, um ihren trockenen Mund zu befeuchten und ihre Nerven zu beruhigen.

Peter schoss ein paar Fotos und kam dann zu ihr zurück, sein abwesender Blick war nun gerechtfertigt, angesichts der dichten Wolkendecke über dem verrosteten Geländer.

Kelsey holte Luft, um anzufangen, aber er wandte sich plötzlich um und sprach zuerst.

»Ich bin so froh, dass du gekommen bist, Michelle. Ich bin so froh, dass wir hier sind ...«,er legte den Arm um sie, »... und Fotos von beleibten Österreichern machen.«

Kelsey bemühte sich, mit fester Stimme zu sprechen. »Ach ja?«

Er beugte den Kopf zu ihr hinunter und sprach in ihre Haare. Ihr Nacken kribbelte. »Ich mein's ernst. Du weißt, dass ich's ernst meine.«

Sie drehte den Kopf, noch immer in seinen Armen, und ihre Gesichter waren einander zugewandt, nur Zentimeter voneinander entfernt.

»Immer, wenn ich deine Briefe lese, werde ich in Gedanken hierher zurückkehren. Ich lese sie und höre dich sprechen. Und jetzt hier klingt deine Stimme so, wie sie sonst in meinem Kopf klingt. Es ist seltsam, das zu sagen.«

Kelsey sah überwältigt weg.

»Wirklich«, fuhr Peter achselzuckend fort. »Weil wir die letzten Monate getrennt waren, kommt es mir irgendwie vor, als würden wir uns jetzt besser kennen. Ich denke, du bist durch deine Briefe realer für mich geworden. Oder offener oder irgendwas. Ich ...« Er hielt lächelnd inne. Dann fuhr er nervös fort: »Ich bin dabei, mich ziemlich doll in dich zu verlieben. Ich wüsste nicht, wie ich zurückgehen sollte, ohne das Wissen, dass du auf mich wartest, wenn ich nach Hause komme.«

Peter hatte so etwas schon einmal gesagt, aber jetzt sah sie in seinen Augen, spürte in seinen Armen, dass es ihm wirklich ernst war.

Er küsste sie auf die Stirn. »Und dich jetzt zu sehen, na ja, das ist der absolute Bonus.«

Kelsey legte den Kopf an seine Brust und spürte nur Leere. Wenn sie es Peter jetzt sagte, würde es ihm das Herz brechen. Er würde total verstört zurückkehren. Die Gedanken in ihrem Kopf standen still, die Stadt vor ihnen war so flach wie eine Postkarte. Nur ihr Körper, der unter ihrem Mantel pulsierte, und der Junge, der sie in den Armen hielt, waren dreidimensional. Eingehüllt in eine Lüge. Eine schöne, warme Lüge.

Nein, jetzt war nicht der Zeitpunkt.

Es konnte nicht der Zeitpunkt sein, weil Kelsey nicht denken konnte. Sie konnte nur fühlen, und was sie fühlte waren – nun ja, Lippen.

Denn er küsste sie wieder, aber die Botschaft, dass sie ihn abwehren sollte, drang nicht von ihrem Hirn bis zu den Händen vor. Sie sandte sie noch einmal, aber sie kam nicht an oder ihre Hände hörten nicht hin.

Und er küsste sie wieder.

Und wieder.

KAPITEL 21

An diesem Abend landeten Kelsey, Peter, Sam und Phil in einer winzigen Bar, nur ein paar Straßen von ihrem Hotel entfernt. Die Wände waren mit Fotos und Graffiti, Überresten von Konzertpostern und mehreren Farbschichten zugekleistert. Die Decke war ein hölzernes Gewölbe. Die einzigen neuen Gegenstände in diesem Laden waren die Kerzen auf dem Tisch – groß, rot und glatt – und die jungen Gäste, so groß und so glatt wie die Kerzen.

Kelsey beobachtete, wie Peter und Phil am anderen Ende des Raums die Auswahl der altmodischen Jukebox durchgingen.

»Pariser Frauen«, murmelte Sam neben ihr, setzte sich an den Tisch und nahm einen Schluck von seinem Bier. Kopfschüttelnd starrte er eine schlanke Blondine im wallenden Kleid an, die sich an die Bar lehnte und dabei nonchalant umwerfend aussah.

»Muss am Wasser liegen«, erwiderte Kelsey.

Sam zeigte auf die Flasche, die sie bestellt hatte. »Oder am Champagner.«

Kelsey schenkte sich ein Glas ein. »Wenn du sie nicht schlagen kannst, verbünde dich mit ihnen«, sagte sie. Sie nahm einen kräftigen Schluck und hustete wegen der Kohlensäure. Sie war völlig durcheinander.

»Du bist also Künstlerin«, sagte Sam. Sein Blick unter den rotblonden Augenbrauen war einschüchternd fest. Er trug ein *Metallica*-T-Shirt und Tennisschuhe, beides blendend weiß. Kelsey fragte sich, was er dort unten erlebt hatte. Mehr als Peter, wie es schien.

»Sozusagen«, sagte Kelsey müde. Sie war heute mehrere Kilometer zu Fuß gegangen, hatte sich an jedem Kopfsteinpflaster erfreut, hatte dem Führer in den hallenden Gängen des *Musée d'Orsay* Fragen über Kunstgeschichte gestellt und versucht, in abgehacktem Pseudo-Französisch mit einem Akkordeonspieler zu sprechen.

Aber die Erschöpfung war ebenso süß wie bitter. Egal, wer sie war, die Stadt, Peter, die Kunst hatten sie verändert. Und jetzt war schon ihr letzter Abend gekommen.

»Was für eine Art von Kunst machst du?«, fragte Sam.

»Alles Mögliche.« *Und das ist nicht mal komplett gelogen,* versicherte sich Kelsey und dachte an das Gespräch mit Ian vor langer Zeit. Tänzer sind auch Künstler.

»Peter hat mir eins von deinen Bildern gezeigt«, sagte Sam und unterbrach ihre Gedanken.

»Ach ja?«, sagte Kelsey knapp, zwischen zwei Schlucken Champagner. »Welches?«

Er neigte verwirrt den Kopf. »Das eine, das du ihm geschenkt hast, bevor er gegangen ist. Ich bin kein Kunstkritiker, aber es ist gut.«

Kelsey hatte natürlich keine Ahnung, welches Bild Michelle Peter geschenkt hatte. Über Sams Schulter schaute sie zu Peter und Phil, die an der Jukebox anscheinend einen amerikanischen Landsmann getroffen hatten.

»Danke.« Sie bemühte sich, mit leiser Stimme zu sprechen. Vielleicht konnte sie das Gespräch von sich selbst ablenken. Von Michelle.

»Was ist mit dir? Was machst du als Zivilperson?«, fragte sie ihn.

»Ich züchte Hunde, zusammen mit meinem Bruder.«

»Cool.« *Muss schön sein,* dachte Kelsey. *Muss schön sein, in einem Satz beantworten zu können, wer man ist.*

Sie nippten schweigend an ihren Gläsern. Am anderen Ende des Raums klatschten Peter und Phil sich lachend ab. Sam sah so aus, als würden sich seine Gedanken überschlagen, und das machte sie unsicher. Er verhielt sich nicht so zurückhaltend und höflich, wie Fremde es normalerweise taten.

»In meinem Geschäft, beim Kauf und Verkauf von Beagles, muss ich besonders vorsichtig sein«, begann er. »Ich kaufe nur bestimmte Erblinien und zahle eine Menge dafür. Die Leute versuchen gewöhnliche Beagle als seltene Rasse zu verkaufen, aber es gibt Wege, das herauszufinden. Merkmale. Jagdtrieb.« Er beugte sich näher zu ihr. »Ich merke es auch, wenn mich jemand für dumm verkaufen will. An der Körpersprache. Oder den Augen.«

Kelsey sagte nichts.

»Hast du Geschwister?«, fragte er ganz unschuldig.

Kelsey verschluckte sich am Champagner.

Als sie sich wieder gefangen hatte, nahm sie sich eine Minute Zeit mit ihrer Antwort und starrte gedankenverloren in die Menge. »Eine Schwester«, sagte sie schließlich. »Mein Zwilling.«

»Wie heißt sie?«

»Kelsey«, antwortete sie leise.

»Kelsey«, wiederholte er.

»Ja«, sie ballte die Faust um ihr Glas.

»Weiß du was? Das wusste ich. Peter hat's mir gesagt. Ich hab ein Foto von dir gesehen.«

»Von mir?«

»Von dir und deiner Schwester. Oder vielleicht nur von dir. Welches war's?«

Die Schlangen schlängelten sich wieder durch Kelseys Magen. »Was meinst du damit, welches war's?«

»Welches Foto hast du Peter gegeben?« Als sie nicht antwortete, weil ihre Kehle wie zugeschnürt war, fuhr er fort. »Welches Bild hat Peter von dir?« Seine Stimme war jetzt lauter und er griff nach der Kerze, die zwischen ihnen stand. »Peter hat gesagt, du sprichst Französisch. Was heißt *Kerze* auf Französisch?«

Kelsey konnte sich nicht bewegen, ihre Augen weiteten sich. Er wusste es. Er hatte es irgendwie gemerkt. Langsam wandte sie den Blick zu Peter. Immer noch beschäftigt. Immer noch glücklich. Außerhalb der Schusslinie.

Sam beugte sich näher zur ihr hin und folgte ihrem Blick ans andere Ende des Raums zu Peter. »Ich weiß nicht, was du für ein Spiel spielst«, sagte er. »Aber halte ihn da raus.«

Kelsey seufzte und ließ den Blick schweifen, um sich zu vergewissern, dass niemand sie hören konnte. Sam wusste, dass sie log. Da konnte sie ihm auch die Wahrheit sagen. »Peter ist der einzige Grund, warum ich überhaupt spiele.«

Sie sahen sich an, bester Freund und angebliche Freundin und schließlich sprudelte alles aus Kelsey heraus. Jede Einzelheit, die sie so lange für sich behalten hatte. Der Tag, an dem Michelle gestorben war. Ihre Fahrt zum Rekrutierungsbüro. Der erste Skype-Anruf. Die Briefe. Sie erzählte ihm die ganze Geschichte von Michelle und erklärte ihm, dass der Einzige, der immer noch daran glaubte, ebenfalls zerstört sein würde, falls das Geheimnis gelüftet würde.

Sam saß stumm vor seinem leeren Bierglas und hörte sich Kelseys Geständnis an. Dann erst sprach er. »Also, erstens glaube ich nicht, dass Peter der Einzige ist, der immer noch an sie glaubt. Du tust es auch. So viel ist klar.«

Kelsey nickte und starrte auf den Boden. Sie fühlte sich ausgelaugt. Leer. Sie blickte zu ihm hoch. »Bitte erzähl es Peter nicht. Noch nicht.«

»Werde ich nicht«, sagte er stirnrunzelnd. »Es ist nicht meine Aufgabe, ihm dieses verrückte, irrsinnige, völlig wahnsinnige Geheimnis zu verraten.«

Kelsey lächelte, halbwegs erleichtert. »Danke. Wirklich, danke.«

Sam stand auf. »Aber es ist deine Aufgabe.« Er nickte mit dem Kopf Richtung Peter. »Und er verdient die Wahrheit.«

»Du hast recht.« Daran gab es keinen Zweifel. Das war der leichte Teil – zuzustimmen, es auszusprechen. Es zu tun war das Schwierige. Aber sie würde es tun. Vielleicht nach einem weiteren Glas Champagner.

»Und nun, verzeihen Sie, Madam, aber …«, er stand auf und quetschte sich zwischen den Tischen hindurch. »Nach dieser Geschichte brauche ich noch ein Bier.«

Als Sam ging, kamen Peter und Phil zurück in ihre Ecke.

Phil zeigte beschwipst auf die Jukebox. »Der Kerl ist aus Kansas! Ich war noch nie dort, aber wie groß ist wohl die Chance …?«

Neben ihm zeigte Peter mit dem Finger in die Luft, seine Augen strahlten.

»Hör mal«, sagte er.

Kelsey erkannte den Song von Michelles Playlist. *Baby* von

The Cicadas. Am Tag, als Peter seine Gitarre bekommen hatte, hatte er ihr über Skype etwas von dieser Band vorgesungen. Über einem langsamen Bossa Nova-Beat ertönten jetzt das Zupfen der Gitarre und der Songtext in schmalzigem Portugiesisch.

Peter nahm ihre Hand. »Tanzt du mit mir?«

Kelsey stand auf und führte ihn zu einer Stelle in der Nähe der Jukebox. Die durchdringenden Blicke von Sam, der an der Bar herumlungerte, ignorierte sie.

Sie wollte sich jetzt keine Sorgen machen, nur einen Moment lang. Sie war ebenfalls beschwipst und Peter sah so gut aus, und sie hatten nicht mehr viel Zeit, ein normaler Junge und ein normales Mädchen zu sein, die in einer Bar auf der anderen Seite des Ozeans miteinander tanzten. Sie wiegten sich hin und her, sie legte seine Hand um ihre Taille und nahm die andere, damit er sie drehte.

Er lachte überrascht über ihre sicheren Bewegungen und konnte bald die Augen nicht mehr von ihr nehmen. Sie lächelte ihn an und vergaß alles um sich herum.

Peter hatte Kelsey die einzige Frage gestellt, auf die sie immer eine Antwort hatte. Wo immer sie war, wer immer sie war, egal, wie sehr sie es vermasselt hatte, die Antwort war immer dieselbe. Ja, sie wollte tanzen. Sie wollte immer tanzen.

Am nächsten Tag standen die vier am Flughafen, wo sie sich nur sechsunddreißig Stunden zuvor getroffen hatten. Kelsey hatte es noch nie erlebt, dass die Zeit so schnell verflog. Heute Morgen hatten die drei Soldaten bei Tagesanbruch wieder ihre Tarnanzüge angezogen und sich abwechselnd mit einem elektrischen Haareschneider gegenseitig die Haare auf die erlaubte Länge zurückgestutzt.

Ihre Gates waren an entgegengesetzten Enden des Terminals, und als sie auf den Bildschirm für die Abflüge schauten, begann der Flug nach Kansas City über London aufzublinken. Kelseys Flieger hatte mit dem Boarding begonnen.

Es war Zeit zu gehen.

Phil umarmte sie flüchtig mit seinen schlaksigen Armen und verzog sich dann auf eine Bank.

Sam schüttelte Kelsey die Hand. Dann beugte er sich näher und sagte: »Ich weiß, du meinst es nicht böse, aber du weißt, was du zu tun hast. Tschüss dann. Wir sehen uns wieder.«

»Ich weiß.« Kelsey bemühte sich, ein verbindliches Lächeln aufzusetzen. »Tschüss, Sam.«

Schließlich waren sie allein. Peter war seit dem Aufstehen wortkarg und missmutig gewesen, und das hatte sich bis jetzt nicht geändert. Er schenkte ihr ein trauriges Lächeln und schaute beklommen auf den Bildschirm. Wenn sie es ihm persönlich sagen wollte, hieß es, jetzt oder nie. Sie nahm all ihre Kraft zusammen und ließ seine Hand los.

»Ich muss dir was sagen, aber ich weiß immer noch nicht, wie.«

Statt einer Antwort legte er die Hände um ihr Gesicht und zog ihren Kopf zu sich her. Dann küsste er sie, länger und langsamer, als er sie je zuvor geküsst hatte.

»Ich muss dir auch was sagen, aber ich habe nicht die Zeit«, sagte er mit dem Mund an ihrem Hals und jagte Schauer durch ihren Körper. »Wenn ich aus Afghanistan nach Hause komme, haben wir so viel Zeit, wie wir wollen. Zeit im Überfluss. Vor lauter Zeit werden wir vergessen, dass wir je getrennt waren. Dann fahre ich mit dir herum und wir sagen alles, was wir sagen wollen. Weil … Ja. Es gibt so viel, was ich dir sagen möchte.«

Kelsey hatte sich solche Hirngespinste nicht erlaubt, sie beide im Sommer, frei, alles zu tun, was sie wollten. Was Peter sich ausmalte, würde nie eintreten – und irgendwie machte dieser Teil der Wahrheit sie am traurigsten. Sie konnte es nicht ertragen, sich ihm zu stellen. In diesem Moment standen ihr nicht ihre Nerven im Weg, sondern die Angst, das zu zerstören, was sie sich aufgebaut hatten. Die Zeit, die sie miteinander verbracht hatten, war nicht ganz so gewesen, wie sie hätte sein sollen, aber sie hatten sie trotzdem zusammen verbracht.

Sie drückte seine Hände, nahm sie von ihrem Gesicht und küsste sie flüchtig.

»Leb wohl.« Sie versuchte, ihn nicht mehr anzusehen, bevor sie sich umdrehte und davonging.

Als sie dem Flugbegleiter ihre Bordkarte reichte, stellte sie überrascht fest, dass ihr leise und stetig Tränen die Wangen hinunterliefen, und sie versiegten auch nicht, als sie ihren Platz am Fenster einnahm und zum Horizont hinausstarrte, wo Peter bald sein würde, bis sich die Wolkendecke unter dem Flugzeug schloss.

KAPITEL 22

Genau vor drei Tagen war Kelsey vom Flughafen nach Hause gekommen, hatte den Rasen überquert, war durch die Haustür an ihren Eltern vorbei hoch in ihr Zimmer gegangen und hatte die Tür geschlossen. Abgesehen von gelegentlichen Ausflügen in die Küche blieb ihre Tür zu. Und ihr Handy blieb aus. Es waren Schulferien, daher gab es für Kelsey keinen Grund, ihren Kokon aus Decken, Kissen und reichen Hausfrauen, die sich im Fernsehen vor dem ganzen Land zum Affen machten, zu verlassen.

Warum sollte sie sich einem Universum mit noch mehr Durcheinander aussetzen? Das hatte sie siebzehn Jahre lang getan und dabei ihre Schwester und ihre beste Freundin verloren. Und jetzt stand sie kurz davor, den einzigen Menschen zu verlieren, der ihr das Gefühl gab, alles könnte wieder gut werden.

Es gab keinen Grund, ihr Tanktop und die Jogginghose zu wechseln, die allmählich nach Barbecue-Chips rochen.

Und es gab keinen Grund, sich der Außenwelt zu zeigen. Siebzehn Jahre waren genug.

Vorsichtig auf ihre Eltern lauschend, die unten waren, trat sie aus ihrem Zimmer. Rasch schlüpfte sie in Michelles Zimmer, öffnete den Wandschrank und streckte sich zum obersten Fach, über die Notizbücher und Marker und Pinsel, bis ihre Finger die Schachtel streiften.

Michelles Geheimversteck: Marlboros und ein Feuerzeug. Inzwischen waren sie wahrscheinlich alt, aber Kelsey war froh, dass ihre Mutter sie nicht entdeckt hatte.

Kelsey rauchte selten eine Zigarette, aber wenn es Michelle nach einer Trennung schlecht ging, war Kelsey mit ihr auf den Balkon gegangen und hatte ihr zugesehen, wie sie Rauch ausblies und weinte. Als sie älter wurden, war sie meistens nur mit rausgekommen, um ihre Schwester zu tadeln und ihr zu sagen, dass sie es provozierte, wenn sie sich so schnell verliebte und wieder entliebte, und dass sie nicht rauchen sollte, weil sie sich damit umbringen würde.

Jetzt, da Michelle fort war, öffnete Kelsey die Fliegengittertür, um sich selbst eine anzuzünden.

Michelle hatte immer gesagt, das Rauchen helfe ihr runterzukommen.

Es hilft mir beim Nachdenken.

Die Erinnerung an Michelle mischte sich in den Rauch der Nachmittagszigarette und war ganz nah.

Ich kann es nicht.

Sie war um die halbe Welt gereist, um Peter zu sagen, dass Michelle tot war, aber hatte es dann nicht über sich gebracht. Sie ertrug es einfach nicht, ihm wehzutun. Sie hätte ihn am Flughafen zur Seite nehmen können und die Tatsachen hätten ein Übriges getan. Aber das hatte sie nicht.

Ich will einfach nicht, dass es wahr ist.

Das war der Grund. Das Märchen wäre zu Ende. Michelle wäre endgültig fort. Sie starrte in den Rauch, der sich um ihre Hand kräuselte und dann durch das Geländer auf dem Balkon ihrer Schwester abzog. Als sie an all die Gespräche dachte, die sie hier geführt hatten, wurde es ihr auf einmal klar: Michelle musste nicht noch einmal sterben.

Kelsey hatte vielleicht nicht den Mut, Peter die Wahrheit zu sagen, aber sie hatte weiß Gott genug Zeit damit verbracht, sich auf ebendiesem Balkon anzuhören, dass Michelle sich entliebt hatte. Wenn Kelsey Peter nicht wegstoßen konnte, dann konnte Michelle es. Sie würde ihm sagen, sie hätte jemanden kennengelernt: einen Burgerbrater in einer Burgerbude. Einen DJ in einer Bar. Sie würde seine Anrufe ignorieren, sich weigern, ihm zu schreiben, koste es, was es wolle. Sie würde ihn wütend machen und so dazu zwingen, etwas zu tun, was sie selbst niemals schaffen würde: weiterleben.

Sie schnippte den Zigarettenstummel über das hölzerne Geländer, ging über ihre Seite des Balkons zurück nach drinnen und sprühte sich mit Parfüm ein, um den Geruch zu überdecken.

Sie zog Michelles Laptop unter dem Bett hervor, schlüpfte in eine Jacke und steckte die bloßen Füße in ihre Stiefel.

»Wo gehst du hin?«, rief ihre Mutter, als sie im Wohnzimmer an ihr vorbeiging.

»Frische Luft«, erwiderte Kelsey.

Sie lief die zwei Blocks zum Park. Dort angekommen, setzte sie sich auf eine Bank in der Nähe des Gemeinschaftshauses, wo sie noch WLAN bekam, und klappte den Laptop auf. Dann wartete sie und hoffte, der Akku würde reichen, bis Peter sah, dass sie online war. Er hatte ihr in der letzten Nacht in Paris gesagt, dass er heute von einem Einsatz zurückkommen sollte.

Als sein Skype-Symbol grün wurde, vergeudete Kelsey keine Zeit.

»Hi, Peter«, sagte sie, obwohl sein Video noch lud. »Bist du da?«

»Ich bin da«, erwiderte er, aber als sein Bild erschien, sah er nicht aus wie der Peter in Paris. Er hatte wieder dunkle Ringe unter den blutunterlaufenen Augen, die das klare Blau trübten.

»Was ist los?«

»Kann ich dir nicht sagen«, sagte er mit heiserer Stimme.

»Du musst aber!«, sie schluckte. Es fiel ihr schwer, so gefühllos zu sein, wie sie es vorgehabt hatte. Es fiel ihr schwer, angesichts seines Kummers nicht selbst zu weinen. Schließlich war er ihr bester Freund geworden.

Peter schaute hinter sich, um sich zu vergewissern, dass ihm niemand gefolgt war. Dann nahm er ein Notizbuch und einen Stift und kritzelte etwas auf das Papier, hielt inne und kritzelte weiter.

Unsere Kompanie hat auf dem Rückweg von einem Einsatz zwei Mann verloren, stand auf dem Papier, und als Kelsey den Namen sah, der darunter stand, fasste sie sich an den Kopf und zog an ihrem Haar, bis es wehtat.

Sam.

»Nein.«

Peter nickte. Er schaute weg, um sich zu sammeln.

»Es tut mir leid«, sagte sie, aber sie wusste, das war nicht genug.

Sie wünschte, ihm sagen zu können, dass sie wusste, wie es sich anfühlte, jemanden zu verlieren, der einem so nahe gestanden hatte, und dass niemand irgendetwas sagen konnte, das diesen dumpfen Schmerz, wie von einem Schlag in die Magengrube, linderte. Schuldgefühle plagten sie, denn sie wusste, dass Sam ihr Geheimnis mit ins Grab genommen hatte.

»Sein Laster ist auf eine Mine gefahren«, sagte Peter mit leiser Stimme. »Direkt vor unserem.«

Daraufhin legte er den Kopf in die Hände und ließ eine Reihe von Flüchen los. Wörter, die sie noch nie aus Peters Mund gehört hatte, eine unverständliche, gebrochene Sprache.

»Hey«, sagte sie sanft.

Er schaute auf. »Er war nicht mein bester Freund, aber er war ein guter Mann. Ein besserer Soldat als ich, das ist sicher. Wir waren Partner, weißt du? Ich hab ihm den Rücken freigehalten, er hat mir den Rücken freigehalten.« Peter sah sich wieder um und zuckte beim Geräusch einer zuschlagenden Tür zusammen. Als niemand störte, fuhr er fort. Um sich zu beruhigen, atmete er durch die Nase. »Ich hab seine Mutter am Flughafen in Maine kennengelernt. Was soll sie denn jetzt machen?«

»Oh, Peter.«

Bevor ihr klar wurde, was sie tat, berührte Kelsey den Bildschirm, strich mit den Fingern über seine Schultern, seine Hände, als könnte er sie spüren.

Sie hatte jegliches Verlangen, ihn wegzustoßen, verloren. Sie wünschte, sie wäre wieder bei ihm, wie sie es sich so oft gewünscht hatte, seit sie ihn in Paris verlassen hatte, und jetzt brauchte er einen Freund mehr denn je. Er brauchte sie. Und sie brauchte ihn auch, sofern sie nicht weiterhin in ihrem Zimmer Trübsal blasen wollte.

Peter schaute auf, bemerkte ihre Hand auf dem Bildschirm und legte seine Finger an die Stelle, wo ihre lagen. Dann sah er sie einfach nur an, die Schultern wieder gerade, der Mund fest.

Kelsey wurde nervös. Plötzlich fielen ihr ihre ungewaschenen Haare und das Shirt mit den Kartoffelchips-Flecken ein.

»Ich empfinde … eine Menge für dich«, sagte Peter und

zögerte verlegen. »Und es tut mir leid, dass ich so lange gebraucht habe, um es dir zu sagen. Ich dachte, ich hätte dich von dem Moment an geliebt, als ich dich kennengelernt habe, aber ich war mir nicht sicher. Als ich ins Ausland ging, war ich in Sorge. Aber nachdem ich dich in Paris gesehen habe … wie du da warst. Wie *wir* zusammen waren. Deine, na ja, deine schrecklichen Witze. Die Art, wie du das Gebäude betrachtet hast, als wir Notre Dame besuchten, als würde die Kathedrale zum ersten Mal von jemandem gesehen. Als wir in der Bar getanzt haben. Tut mir leid, ich denke gerade laut. Aber ich weiß es. Jetzt weiß ich es.«

Er hielt inne.

»Ich liebe dich.«

Kelsey merkte beim Zuhören, dass er von ihr sprach. Er sprach nicht von Michelle oder der Kombination aus ihnen beiden, die sie geschaffen hatte, er sprach von Kelsey, von der tanzenden Kelsey, von der Kelsey, die schlechte Witze erzählte, von der Kelsey, die er kannte und die sie selbst seit fünf Monaten kannte.

Peter wartete, und die Erkenntnis, dass es auch ihn selbst jederzeit zusammen mit Sam hätte erwischen können, hing in der Stille zwischen ihnen.

Bevor sie wusste, dass die Worte heraus waren, hörte sie sich sagen. »Ich liebe dich auch.«

Schlagartig wurde ihr bewusst, wie sehr es stimmte.

Und sie musste tun, was sie sich vorgenommen hatte, das wusste sie, aber sie musste es als sie selbst tun.

Sie musste Michelle endgültig loslassen und darauf vertrauen, dass ihre Liebe das überstehen würde.

KAPITEL 23

Kelsey war auf dem Weg über den Campus und versuchte, nicht zu hüpfen. Sie überholte ein paar Studenten auf dem schmalen Fußweg, an dem jetzt auf beiden Seiten des Betons das Gras spross, obwohl sie noch immer ihren Atem in der Luft sehen konnte. Das Wetter hier war bekannt dafür, ein bisschen schizophren zu sein. Kelsey passte perfekt hierher.

Sie fing die Blicke der Studenten auf, lächelte die unter ihren Rucksäcken gekrümmten Maschinenbauer an, nickte den Footballspielern zu, die vor der Studentenvertretung herumlungerten, und glitt an Scharen blondierter Mädchen vorbei, die in kurzen Röcken bibbernd sehnsüchtig auf das erste bisschen Sonne warteten.

Alle starrten sie an. Vielleicht waren sie neugierig wegen ihres beschwingten Schritts und ihrer unsagbar fröhlichen Miene oder vielleicht auch nur, weil sie im Schlafanzug war. Es war der Tag, nachdem sie mit Peter gesprochen hatte, aber sie trug noch immer ihr Tanktop mit den Barbecue-Krümel-Flecken und ihre Jogginghose.

Es war ihr egal. Sie war verliebt.

Kelsey ging die steilen Straßen zum Verbindungshaus hinauf, wo Davis wie ein alter Südstaaten-Gentleman gemütlich zwischen den weißen Säulen der Veranda in einem Korbstuhl faulenzte und auf sie wartete.

Als sie über den Rasen auf ihn zuging, nahm sie sich einen Moment Zeit, ihn zu betrachten: Er hatte die langen, dünnen Beine ausgestreckt, die bloßen Füße steckten in Slippern und auf der Nase trug er eine Ray-Ban. Als er sie sah, nahm er die Hand von einer Limoflasche und winkte.

Er würde ihr fehlen.

»Ich dachte, du kommst nie«, sagte er, zog sie an sich und küsste sie auf den Kopf. »Ich dachte, du bist vielleicht längst nach Boca Raton gegangen und tanzt dort mit deinen Freundinnen auf den Tischen.«

Kelsey entfuhr ein »Ha!« bei dieser lächerlichen Vorstellung. »Ich würde im Augenblick nicht mal auf einen Tisch steigen, wenn man mich dafür bezahlen würde.«

»Ach, du«, sagte Davis, als sie sich auf die Verandastufen setzten. »Lebst immer noch von deinen Eltern. Verbindungsbeiträge sind teuer. Baby, ich würde mich an einem Altar reiben, wenn man mich dafür bezahlen würde.«

Kelsey verdrehte die Augen. »Niemand würde dich dafür bezahlen, dass du dich an irgendwas reibst.«

Davis lachte und leerte sein Getränk. Sie saßen in vertrautem Schweigen da, nur in der Ferne hörten sie, wie sich zwei Verbindungsbrüder von Davis wegen eines Videospiels anschrien. Auf dem Rasen einer benachbarten Verbindung warfen zwei Jungs einen Frisbee hin und her und versuchten, den überall verstreuten Bierdosen auszuweichen. Es war wie in einem Trickfilm.

So fremd und flach, im Vergleich zu selbst den einfachsten Gesprächen mit Peter via einen Bildschirm. Kelsey lächelte in sich hinein. Beim Gedanken an Peter fühlte sie sich stark und frei. Sie holte tief Luft und stieß sie wieder aus, um ihre Kräfte zu sammeln.

»Also«, sagte Davis und stupste sie mit der Schulter an. »Was ist los?«

Kelsey sah ihn an, ließ das Gesicht mit dem kantigen Kinn auf sich wirken, das sie die letzten drei Jahre geküsst, angeschrien und mit dem sie gesprochen hatte. Wochenlang hatten sie kaum miteinander geredet und nun stand eine Mauer zwischen ihnen. Sie wussten beide, was gleich passieren würde, aber, um den Schock ein wenig zu mildern, sagte sie: »Was meinst du?«

Davis' Kiefer verkrampfte sich. »Ach komm, Kelsey. In deiner Nachricht stand *Wir müssen reden.*«

»Ja.« Sie betrachtete ihre Nägel. »Müssen wir.«

»Also, rede.« Zum ersten Mal seit Langem sah Kelsey Schmerz in seinem Gesicht.

Ihre Brust zog sich zusammen. »Ich glaube, ich habe mich verändert. Und du hast dich verändert.«

»Ich glaube, da irrst du dich«, sagte Davis. »Ich bin immer noch derselbe. Ein ziemlich einfach gestrickter Kerl. Einer, der dich liebt und hinter dir steht.«

»Na ja, dann haben wir uns verändert. Die Art, wie du und ich sind«, sagte Kelsey und legte die Hand auf sein Knie. Er erstarrte unter ihrer Berührung.

»Das bestreite ich nicht.« Er schob seine Sonnenbrille die Nase hinauf.

»Wir haben uns auseinandergelebt.«

Davis zuckte mit den Achseln. »Ein Paar Kilometer, von einem Ende der Stadt zum anderen.«

»Ich mein's ernst«

»Ich auch«, Davis kippte die Flasche nach hinten, obwohl

sie jetzt leer war. Er schüttelte sie. »Du glaubst, ich kann nicht ernst sein, aber das kann ich sehr wohl.«

Kelsey verzog das Gesicht. Im Verbindungshaus hatte jemand einen Rap-Song aufgelegt. Der Bass wummerte und ließ das Holz unter ihnen vibrieren.

»Du stößt mich weg«, sagte Davis. »Seit Michelle gestorben ist, stößt du mich weg.«

Kelsey sagte nichts, sie wusste, dass er recht hatte. Er sprach selten so geradeheraus. Genau wie sie hatte er über sie beide nachgedacht.

»Tut mir leid, dass es so sein muss«, sagte sie.

»Aber das muss es nicht.« Er lachte, allerdings wütend und ungläubig. »Wir sind zusammengewachsen. Wir haben viele Dinge zusammen durchgemacht. Wir waren noch Kinder, als wir uns kennengelernt haben.«

Kelsey musste beinahe lächeln, als die Erinnerung in ihr hochkam. »Du hattest gerade deine Zahnspange rausbekommen«, sagte sie leise. »Alle fanden dich so heiß und cool und witzig. Ich hab dich gekriegt. Ich war so stolz.«

Er stand auf. »Ich bin immer noch stolz.«

Kelsey stand ebenfalls auf. »Davis ...«

»Dann ist es also vorbei?«, sagte er schnell und streckte sich, um möglichst lässig zu wirken, obwohl er die Zähne noch immer fest zusammengebissen hatte.

Kelsey nickte. »Es ist vorbei.«

Davis zwang sich dazu, zu ihr hinunterzulächeln. »Fürs Erste.« Dann klatschte er in die Hände und rieb sie aneinander, wie er es vor einem Spiel oder dem Ausgehen tun würde.

Kelsey schüttelte unwillkürliche den Kopf und lächelte. Immer auf der Sonnenseite. Für sie gab es kein *Fürs Erste*. Die Beziehung war endgültig vorbei.

Aber sie gab auch einen guten Freund auf und hoffte, sie hätte ihn nicht für immer verloren.

Bevor sie die Straße erreichte, hielt Kelsey inne und drehte sich zu Davis um.

»Kommst du klar?«, rief sie über den Rasen.

»Ich?«, rief er und hob die leere Flasche auf. »Ich komm schon klar. Ich bin nicht derjenige, der einen Schlafanzug anhat.«

Kelsey schaute an sich hinunter und dann zurück zu ihrem Exfreund.

»Lange Geschichte«, sagte sie, und bevor sie noch mal über die ernste, gut aussehende Gestalt auf der Veranda nachdenken konnte, drehte sie sich um und ging einem neuen Anfang entgegen.

KAPITEL 24

Am folgenden Nachmittag, dem ersten Tag nach den Frühjahrsferien, saß Kelsey in der hintersten Ecke der Cafeteria und wickelte einen Schokoriegel aus. Das Tablett mit den Spaghetti war unberührt. Sie biss zuerst ins Ende, um den Schokoladenüberzug abzuknabbern. Dann ein Happen von der Ober- und von der Unterseite. Langsam kam das Nougat zum Vorschein.

»Zucker ist schlecht für dich«, hörte sie eine Stimme sagen. Sie schaute auf.

Vor ihr stand Ingrid, die Jeansjacke über ihrem lilafarbenen Kleid war aufgeknöpft und ihre goldenen Haare lockten sich in der feuchten Kälte stärker als sonst.

»Aber Schokolade ist gut für dein emotionales Wohlbefinden«, sagte Kelsey und hielt ihrer Freundin den halb aufgegessenen Schokoriegel hin.

Kelsey hatte nicht mehr als ein paar Minuten allein mit Ingrid gehabt, seit die Eiszeit zwischen Gillian und ihr begonnen hatte.

Ingrid nahm den Schokoriegel und riss mit den Zähnen ein großes Stück ab. Kelsey lächelte.

Sie gab ihn zurück. »Apropos kein Zucker, wie läuft's mit dem Üben für das Vortanzen an der Uni?«

»Oh je. Ich hab … ich hab da eine Weile gar nicht dran gedacht«, Kelsey runzelte bei der Erinnerung die Stirn.

»Willst du dich zu mir setzen?«

Kelsey machte eine entsprechende Geste, aber Ingrid zeigte mit dem Kopf Richtung Fenster, wo sie früher immer zu dritt gesessen hatten.

Kelsey stand mit ihrem Tablett auf und folgte ihr widerstrebend. Sie hatte ihren Stammplatz am Fenster gemieden, seit Gillian und sie sich gestritten hatten. Schon vorher, direkt nachdem sie in die Schule zurückgekehrt war, hatte sie immer Ausreden gefunden, um beim Mittagessen allein zu sein.

»Einfoch nür so, nischt warr? Üm där alten Szeiten willen?«, sagte Ingrid, als sie sich gegenüber auf die Stühle plumpsen ließen. Sie hatten immer Wettbewerbe veranstaltet, wer länger mit französischem Akzent reden konnte. Ingrid hatte immer verloren. Gillian hatte den beiden immer koreanische Schimpfwörter beigebracht, die sie sich vergnügt über den Lärm zuriefen, ohne dafür Ärger zu bekommen.

Die Frühlingssonne schien freundlich in den Hof und durch die Scheibe und Kelsey musste vor Lachen losprusten, als Ingrid nach einem weiteren Happen Schokoriegel eine ganze Milchtüte in einem Zug leer trank.

»So ist's brav«, lobte Kelsey. »Du kannst meine auch haben.«

Ingrid trank aus, schluckte runter und stieß einen kleinen Rülpser aus. »Also«, sagte sie. »Ich hab gehört, du und Davis habt Schluss gemacht.«

»Ja.« Kelsey runzelte die Stirn. »Das hat sich eigentlich schon lange angebahnt.«

Ingrid machte sich über ihr Mittagessen her und schaute Kelsey immer noch mit ihrem Welpenblick an, während sie die Spaghetti um die Gabel wickelte. »Warum?«, fragte sie.

»Warum? Hm ...« Kelsey zögerte und stocherte in ihrem Essen herum.

Ingrid hatte schon immer ein Gespür dafür gehabt, die entscheidenden Fragen zu stellen. Im ersten Schuljahr hatte sie den Sexualkundelehrer gefragt, was der Unterschied zwischen der Banane, über die sie ein Kondom rollte, und dem *echten Ding* sei. Gillian, die auch in dem Kurs war, hatte geantwortet: »*Bananen hängen nicht an Schwachköpfen.*«

Seitdem waren sie beste Freundinnen gewesen.

Ingrid schluckte einen Mundvoll Nudeln hinunter. »Du hast den Eindruck gemacht, als wärst du glücklich.«

Kelsey spürte einen Kloß im Hals. Sie dachte an die faulen Tage mit Davis auf der Veranda, wo sie stundenlang Blödsinn gemacht hatten. »Ja, das waren wir wohl.«

»Ich mochte seine T-Shirts.«

»Ich auch«, stimmte Kelsey zu, aber beim Gedanken an Davis empfand sie inzwischen nicht mehr als wohlwollende Nostalgie. Ihre Gedanken, ihr Herz und ihre Zukunft gehörten jetzt Peter. »Ich kann's nicht glauben, dass wir drei Jahre zusammen waren«, murmelte sie, beinahe nur zu sich selbst.

»Wünscht du dir, es wäre nicht so gewesen?«, fragte Ingrid.

Kelsey verschränkte die Arme. Sie war nicht darauf gefasst, über all das nachzudenken. Sie biss in ihren Schokoriegel. »Ich weiß es nicht.«

»Ihr wart beide noch Kinder«, sagte Ingrid gedankenverloren. »Na ja, wahrscheinlich fragen wir uns im Rückblick immer, was zum Teufel wir uns dabei gedacht haben. Sich zu rechtfertigen, bringt nichts.«

Kelsey schaute Ingrid überrascht an. Sie war selten so nachdenklich.

»Das sagt mir jedenfalls meine Mom«, fuhr sie fort. »Sie sagt, ich soll meine Dummheiten lieber alle jetzt machen, weil ich bald nicht mehr so niedlich bin, und dann verzeiht mir niemand mehr.«

»Ich kann mich nicht entscheiden, ob das echt weise ist oder irgendwie gemein.« Kelsey versuchte, nicht zu lachen.

Ingrid lächelte. »Na ja, das weißt du am besten. So ist das eben mit der Liebe. Wenn du verliebt bist, bist du verliebt. Wenn du's nicht bist, bist du's nicht.«

Kelsey löste ihre verschränkten Arme und beugte sich vor. Endlich das Wort, auf das sie gewartet hatte. Das Wort, das sich durch alles hindurchschlängelte, eine Art angenehmes Gift, das ihr Brause durch die Adern jagte und alles andere verschwimmen ließ. Sie brannte darauf, jemandem von Paris zu erzählen und wie die einfachsten Dinge, Ampeln und Springbrunnen zum Beispiel, sie an die Schönheit der Stadt erinnerten. Vielleicht würde Ingrid das verstehen.

»Das ist es, Ingrid, ich bin verliebt, aber nicht …«

Ein plötzlicher Knall. Kelsey und Ingrid zuckten zusammen. Gillian ließ ihr Tablett neben Ingrids fallen, zwischen ihren Zähnen klemmte ein Apfel, ihre Augen waren kalt.

»Oh, ähm …« Ingrid sah die beiden abwechselnd an und setzte ein Lächeln auf, als wollte sie sie gleich einander vorstellen.

Gillian nahm den Apfel aus dem Mund und ahmte Ingrids leeres Lächeln nach. »Hallo, Kelsey! Wo bist du gewesen?«

Kelseys Gesicht wurde heiß. »Meinst du generell, oder …«

»Wie war das Orientierungswochenende an der Uni?«

Kelsey versuchte ihrer besten Freundin fest in die Augen zu schauen, aber Gillians Blick war zu hart. Sie schaute nach unten. »Ich bin dann doch nicht hingegangen.«

»Was?«, Gillian hob in gespielter Verwunderung die Stimme. »Hattest du plötzlich keine *Lust* mehr?«

Kelseys Augen wanderten zurück zu Gillian, die ihr nicht dir geringste Chance gab. Sie öffnete den Mund, um etwas zu sagen, aber Gillian unterbrach sie.

»Sag mir nicht, dass du gelogen hast. Ich hab dich nie für eine Lügnerin gehalten, Kelsey.«

Kelsey biss die Zähne aufeinander. Wenn Gillian ihr nicht die Chance gab, die Wahrheit zu erzählen, musste sie sie selbst ergreifen. »Ich hab meinen Eltern gesagt, ich würde dahin gehen, weil ich ihnen meine Abwesenheit erklären musste. Sie hätten mich niemals nach …« Kelsey schluckte, ihre Brust verengte sich. »Sie hätten mich niemals nach Paris fahren lassen.«

»Paris, in Frankreich?«, keuchte Ingrid.

»Nein. Nie im Leben.« Gillian legte Ingrid eine Hand auf den Arm. »Du bist nach Paris geflogen? Sag nicht, dass das was mit diesem Soldaten zu tun hat.«

»Welcher Soldat?«, fragte Ingrid aufgeregt.

Gillian starrte sie ungläubig an. »Du hast gesagt, du würdest das beenden.«

Kelsey beugte sich zu ihr und bemühte sich, ihre Stimme zu senken. »Ich hab's vermasselt. Ich weiß. Aber ich kann es nicht beenden, weil …«

»Doch, kannst du.«

»Du gibst mir nicht mal die Chance, dir zu erzählen, warum nicht!«

»Ich hab dir eine Chance gegeben!« Gillian schrie beinahe. »Ich bin verdammt noch mal zu dir nach Hause gefahren in den Frühjahrsferien! Ich bin zu dir gekommen!«

Kelsey fühlte sich, als hätte ihr jemand in die Magengrube geschlagen. »Und ich war nicht da?«

»Du warst nicht …« Sie sah, dass Gillian Tränen in den Augen hatte, aber sie wehrte sich dagegen. »Du bist überhaupt nicht mehr da.«

Kelsey vergrub den Kopf in den Händen. »Ich hatte ein schweres Jahr, Gil.«

»Aber so schwer, dass du nicht nach Paris konntest, war es nicht, oder?« Gillian richtete sich auf, schob sich vom Tisch weg, ohne Kelsey anzusehen.

Kelsey nutzte das Schweigen und versuchte, es so schnell wie möglich auszusprechen. »Es tut mir so leid … ich bin geflogen, weil er mich eingeladen hat … na ja nicht mich … aber ich bin hin und als ich dort war …«

Aber während sie sprach, stand Gillian auf, ließ ihr Tablett stehen und ging zum Ausgang der Cafeteria.

»Ingrid«, rief sie von der Tür. »Ich brauche dich.«

»Sie braucht mich«, sagte Ingrid und mied Kelseys Blick. »Wir reden später, okay?«

»Sag ihr, dass es mir leid tut«, rief Kelsey und sah ihr hinterher.

Sie widerstand dem Drang, mit der Faust auf den Tisch zu schlagen. Die Einzigen, die ihr zuhörten, schienen so weit weg. Der Einzige vielmehr.

Vielleicht sagte sie nicht das Richtige. Oder vielleicht sagte sie es einfach nicht den richtigen Leuten. Sollte sie ihren Freundinnen nachlaufen?

Sie beschloss, dass es keinen Sinn hatte. Es hatte keinen Sinn, sich zu zanken, damit sie es verstanden, statt wütend zu sein.

Sie wickelte den Rest ihres Schokoriegels aus, steckte sich das letzte Stück auf einmal in den Mund und kostete den klebrigen Genuss aus, bis nichts mehr übrig war.

Michelle hatte Süßigkeiten auch geliebt. Michelle und ihre heiße Schokolade. Sie würde niemals zu ihrer Schwester sagen, dass Zucker schlecht für sie war. Sie würde niemals zu ihr sagen, sie solle etwas oder jemanden aufgeben, den sie liebte.

Ingrid hatte es selbst gesagt. *So ist das eben mit der Liebe. Wenn du verliebt bist, bist du verliebt.*

Und sie war verliebt.

KAPITEL 25

Die Wochen vergingen im Trott des Alltags. Die Sonne stand höher am Himmel, ging früher auf und später unter. Die Abschlussprüfung rückte näher und die Zwölftklässler bereiteten sich langsam auf den großen Schritt vor, den man von ihnen erwartete, und den sie gleichermaßen herbeisehnen und fürchteten.

Sie versammelten sich in der Cafeteria oder auf dem Hof wie neugierige Vögel an einem Gewässer und flogen auf, sobald das geringste Anzeichen von Verantwortung sichtbar wurde.

Kelsey zog den Kopf ein.

Sie räumte ihr Zimmer auf.

Sie quälte sich aus dem Bett, um ihre Nummer für das Vortanzen zu üben.

Und sie schrieb.

Sie schrieb Peter so oft und so innig, als würde sie ein Tagebuch schreiben. Seit den Verlusten in der Kompanie war die Sicherheit verschärft worden, und er durfte erst wieder skypen, wenn sie den Stützpunkt wechselten.

2. April

Lieber Peter,
ich war gerade in der Umkleide und habe meinen rechten Schuh an den linken Fuß gezogen, weil ich daran gedacht habe, dass eine deiner Augenbrauen am Ende einen Farbton blonder ist als der Rest deiner Haare. Wusstest du das? Hast du früher mal eine Zitrone ins Auge bekommen?
xo
Michelle

20. April

Michelle – in Wirklichkeit ist abstrakter Expressionismus die Kotze von einem Meerestier. Ich meine das absolut positiv. Stell dir einen Orca vor, der gerade einen Schwarm Kaiserfische verspeist hat, dann wird ihm übel und der ganze Schwall landet im Wasser. Ich schreibe dir das, weil ich nicht glaube, dass Mrs Wallace es verstehen würde so wie du.
Dein Peter

In seinen Augen war sie immer noch Michelle, aber abgesehen von dem Namen, war sie in jeder Hinsicht Kelsey. Sobald seine Reise zu Ende war, würde sie ihm die Wahrheit sagen. Und dann, tja, sie wusste nicht, was dann passieren würde.

Kelsey kam nach dem Mittagessen zurück zum Haupteingang der Schule, weil sie jetzt immer in der Stadt aß. Sie winkte einem Auto voller Mitschüler zu, sie winkten zurück und ihre Musik verklang, als sie mit quietschenden Reifen den Parkplatz verließen.

Sie war genauso aufgeregt und ängstlich wie alle anderen

und wünschte, sie könnte sich aus der Sporthalle schleichen und mit den anderen zum See fahren. Aber sie hatte zu lange Nein gesagt. Die Cheerleaderinnen grüßten sie freundlich auf dem Gang, sie erhielt Beileidsbekundungen wegen der Trennung, und die üblichen Gesichter, die früher ihr Team angefeuert und bei ihr zu Hause Bier getrunken hatten, nickten ihr zu.

Ihr Handy leuchtete auf und sie griff danach, in der Hoffnung, Peters Namen zu sehen, aber es war nur eine Nachricht von Davis: *Es ist so heißt, dass die Hühner hart gekochte Eier legen.* Kelsey lächelte. Sie tippte: *Es ist so heiß, dass die Feuerhydranten den Hunden hinterherlaufen.* Und löschte es dann wieder. Seine Witze waren immer besser als ihre, er war eben der Komiker.

Außerdem konnte sie nicht immer hin- und herspringen. Ihr fiel ein, was Davis zuletzt über ihre Trennung gesagt hatte: *Fürs Erste.* Sie sollte ihm keine Hoffnungen machen.

Als sie an ihrem Schließfach war, roch sie Gillian, bevor sie sie sah. Haarspray. Sie drehte sich zu ihr, aber Gillian schaute angestrengt alles auf dem Gang an außer Kelsey. Ingrid stand stocksteif neben ihr.

»Bitte frag Kelsey, ob sie sich morgen um vier oder um halb fünf mit den Cheerleadern treffen möchte«, sagte Gillian, die Augen fest auf Ingrid gerichtet.

Das Verhältnis zwischen Kelsey und Gillian war noch schlechter geworden. Gillian hatte sogar darum gebeten, die in Chemie den Sitzplatz zu tauschen, dem einzigen Fach, das sie zusammen hatten.

Ingrid bemühte sich unterdessen, neutral zu bleiben, landete aber eher auf Gillians Seite, weil Gillian sie buchstäblich und mit vollem Körpereinsatz dorthin zerrte.

Ingrid sah Kelsey entschuldigend an. »Hast du's gehört, Kelsey?«

»Vier«, sagte Kelsey. »Und Gil, bitte sprich direkt mit mir. Das ist so was von unreif.«

»Sag Kelsey, dass sie die Definition von *reif* nicht kennt.«

»Vergiss es.« Kelsey konnte es sich nicht verkneifen, die Augen zu verdrehen. »Ich muss in Kunstgeschichte.«

»Hast du das gehört?«, sagte Ingrid zu Gillian, als sie weggingen. »Kelsey muss in den Unterricht.«

Wie üblich war der Raum bereits dunkel, als sie ankam, und halb leer, nun, da es auf das Schuljahresende zuging. Mrs Wallace stand im Lichtstrahl des Projektors, der das Bild einer aufwendig gestalteten orange-pinkfarbenen Blume an die Wand warf. Darunter stand *Feministische Bildwissenschaft*.

»Guten Tag, Kelsey«, sagte Mrs Wallace. »Du bist zu spät, aber diesmal lasse ich es noch durchgehen.«

»Tut mir leid, Mrs Wallace«, Kelsey lächelte kleinlaut, weil sie meistens zu spät kam. Aber sie war immer da und schlief nie ein. Das wäre in einem anderen Jahr und zu einer anderen Zeit nicht passiert.

»Das erste Bild zeigt ein Gemälde der amerikanischen Künstlerin Georgia O'Keeffe.«

Kelseys Augen folgten den Linien des Gemäldes langsam und nahmen jedes Detail von oben bis unten auf, wie sie es gelernt hatte.

»Aber bevor wir damit anfangen«, fuhr Mrs Wallace fort, »müssen wir zurück an den Anfang gehen. Na ja, kurz nach dem Anfang. Wir müssen zurück ins Jahr 1848. Wer kann mir sagen, was 1848 passiert ist?«

»Präraffaeliten«, murmelte jemand.

»Genau«, sagte Mrs Wallace und richtete die Fernbedienung

mit einem dramatischen Fuchteln auf den Projektor, um zum nächsten Dia überzugehen.

»*Die Bruderschaft*, wie man sie nannte. Kelsey, lies bitte.«

Kelsey las stotternd die Liste vor.

»Dies ist eine Liste von den Leuten in Rossettis Salon, einem der aufregendsten Orte, an dem man als Künstler zu dieser Zeit sein konnte. Sie rebellierten gegen platte, konventionelle Kompositionen. Perfekte Porträts von Leuten, die still herumstanden: Langweilig! Sie wollten Vielschichtigkeit, Asymmetrie, Hintergründe, Romantik!« Mrs Wallace lächelte und lief in ihrem Kordkleid auf und ab. »Und was seht ihr nicht?«

Kelsey suchte die bleichen Gesichter auf dem Bild mit den Augen ab, sie brannte darauf, die Frage zu beantworten, aber ihr fiel nichts ein. Sie stand auf der Leitung.

»Ich sag's mal so«, sagte Mrs Wallace. »Was haben Rossettis Salon und eine Jungenumkleide gemein?«

»Ah! Keine Frauen!«, rief Kelsey.

»Bumm. Voll auf den Punkt. Und genau da liegt das Problem ...«

Kelsey und der Rest der Klasse lauschten gebannt. Mrs Wallace hatte ein Händchen dafür, über die winzigsten Einzelheiten, die ihnen auffielen, so zu reden, dass sie sich zu sehr großen, wichtigen Fakten aufblähten. Die Fakten bezogen sich nicht nur auf die jeweilige Epoche, die sie durchnahmen, sondern auch auf die Art und Weise, wie Menschen alles Mögliche betrachteten: einen Film, eine Reklametafel, den Dekorationsstil ihrer Mutter. All diese Sichtweisen beeinflussten sich gegenseitig und wurzelten in der Vergangenheit.

Heute beendete Mrs Wallace die Stunde mit einem Videoclip, und während sie ihn anschauten, wurde Kelsey etwas klar. Das Video sollte ein Beispiel dafür sein, wie feministische Kunst sich bis zu einem Punkt weiterentwickelt hatte, an dem die Künstlerinnen ihre eigenen Körper als Leinwände benutzten.

Kelsey wusste nicht genau, was das bedeutete. Sie stellte sich vor, dass sie sich selbst anmalten.

Und dann tanzte die Künstlerin. Sie tanzte auf eine Art und Weise, die Kelsey nie zuvor gesehen hatte, die sie aber trotzdem sofort verstand. Der Tanz berührte etwas in ihr. Es war das gleiche Gefühl, das sie hatte, wenn sie eine Frage von Mrs Wallace richtig beantwortete, nur stärker. Besser, weil sie sich selbst an der Stelle der Künstlerin vorstellen konnte, die sich in ihren Gliedern, ihrem Körper und der Musik verlor. Es war, als würde die Künstlerin eine Frage beantworten, die Kelsey sich gestellt hatte, seit sie ein kleines Mädchen war. Der Name der Künstlerin war Maya. *Maya Deren*. Sie erinnerte Kelsey an ihre Schwester. Und an sich selbst.

Als das Video zu Ende war, konnte es sich Kelsey gerade noch verkneifen zu applaudieren.

Der Gong ertönte, doch bevor sie ihre Sachen zusammenpacken konnte, legte Mrs Wallace ihr eine Hand auf den Arm.

»Hast du nicht was vergessen?«

Kelsey war noch immer in Gedanken versunken. »Was?«

»Ich habe den Aufsatz benotet, den du vor den Ferien abgegeben hast.« Mrs Wallace sah Kelsey mit hochgezogenen Augenbrauen an. »Der Aufsatz über Kubismus, denn du einen Tag nach dem Abgabetermin abgegeben hast? Erinnerst du dich?«

»Oh, ja«, Kelsey räusperte sich. Ihr Gesicht brannte. Sie strengte sich an, aber anscheinend reichte das nicht. »Danke. Tut mir leid.«

Mrs Wallace tippte mit ihren kurz geschnittenen Fingernägeln auf den Aufsatz in ihrer Hand. Die Note war nicht zu erkennen. »Na ja, du warst im Lehrerkollegium nie bekannt dafür, pünktlich im Unterricht zu sein oder überhaupt anwesend. Ich habe nicht viel erwartet …«

»Jaa.« Kelsey seufzte.

»Deshalb war ich sehr erstaunt, als du mir einen Eins-Plus-Aufsatz abgeliefert hast.«

Mrs Wallace setzte ihr breitestes Lächeln auf, was nicht besonders breit war, und drückte Kelsey den Aufsatz in die Hand.

Kelsey drehte ihn um, ihre Augen weiteten sich. Tatsächlich, ganz oben neben ihrem Namen stand eine *1+*. Hier und da sah sie kleine Anmerkungen von Mrs Wallace. *Kreative Beobachtung,* hatte sie geschrieben und *schön gesagt.*

Kelsey konnte zunächst nur zwischen Mrs Wallace und dem Aufsatz hin und her schauen. Statt Wörtern brachte sie nur ein Schnaufen heraus. Das war die erste 1+, die sie je bekommen hatte.

»Ich kann's nicht glauben.«

»Glaub es«, erwiderte Mrs Wallace und ging zurück an ihr Pult.

Kelsey verließ den Raum, als würde der Boden unter ihren Füßen brennen. Sie konnte es nicht erwarten, Peter und ihren Eltern davon zu erzählen. Ihre Eltern hatten ihr immer gesagt, dass sie besser sein könnte. Aber sie hatte sich oft gefragt, ob sie wirklich daran glaubten. Sie hatte schon früher einmal ausprobiert, richtig zu lernen, aber immer rasch das Interesse verloren. Was war jetzt anders?

Gesichter strömten an ihr vorbei, als sie auf dem Gang stehen blieb und sich daran erinnerte, für wen sie das zunächst überhaupt getan hatte. Dieses Schulfach hatte sie auf eine Art und Weise bewegt, wie es ihre Schwester wahrscheinlich jeden Tag bewegt hatte. In ihren Augen schwammen Glückstränen.

Ich verstehe jetzt, was du in all dem gesehen hast, sagte sie zu ihrer Schwester, wo immer sie jetzt auch sein mochte. *Ich sehe, was du siehst.*

***

26. April, 23:55
Von: Farrow, Peter, W SPC
An: Maxfield, Michelle
Betreff: Eine kleine Liste

Dinge, die ich lieber tun würde, als auf Patrouille gehen:

- *Mit dir reden*
- *Mit dir ausgehen*
- *Mit dir knutschen*
- *Musik für dich machen*
- *Dir beim Musik machen zuhören (nicht mit einer Gitarre, nur mit dem Radio oder so was, nicht böse gemeint)*
- *Mit dir knutschen*
- *Deine Briefe lesen*
- *Per Computerbildschirm mit dir sprechen*
- *Mit dir knutschen*
- *Herumsitzen, ins Leere starren und dabei an dich denken*
- *Herumstehen, ins Leere starren und dabei an dich denken*
- *Herumlaufen, ins Leere starren und dabei an dich denken*
- *Schlafen, ins Leere starren und dabei an dich denken*
- *Baden, ins Leere starren und dabei an dich denken (sorry, falls das zu deutlich ist)*

Morgen sind wir für ein paar Tage weg. Ich versuche, dir wieder zu mailen, aber ich kann nicht garantieren, dass es nächstes Mal kein völliger Quatsch ist. Es fällt mir schwer, meine Hände oder meinen Kopf dazu zu bringen, etwas anderes zu tun als … na ja. Du hast es schon kapiert. Ich liebe dich. Ich bin verliebt in dich!

– P

KAPITEL 26

Das Gemurmel von fünfzehn Mädchen aus Kelseys Cheerleadertruppe schallte durch die Turnhalle, aber Kelsey hörte nicht hin. Sie war nur phasenweise mit der echten Welt verbunden: Manchmal wollte sie Peter jede Einzelheit in ihrem Kopf beschreiben, nur um sich darüber klar zu werden, dass auch er einmal Essen geschmeckt, die Sonne gesehen oder über einen Teppich gestolpert war. Aber manchmal fühlte sich alles auf der Welt irgendwie nutzlos an, weil sie nichts davon brauchte, wenn es kein Teil von ihm war. Das Tanzteam wartete darauf, dass Gillian zum letzten – und wichtigsten – Tanztraining des Jahres erschien. Heute stimmten sie über die Kapitäninnen für das nächste Jahr ab.

Kelsey quälte sich aus ihrer Benommenheit, um auf die Uhr ihres Handys zu schauen. 16:18.

»Wo bleibt sie?«, fragte sie Ingrid.

»Keine Ahnung.« Ingrid wandte ihren blonden Schopf, um sich in der Halle umzusehen, als würde Gillian sich irgendwo in einer Ecke verstecken. »Vielleicht hat sie's vergessen?«

»Nie im Leben«, sagte Kelsey wegwerfend und korrigierte sich dann. »Ich meine, das könnte sein, aber ich glaube nicht.«

Sie ermahnte sich, netter zu Ingrid zu sein, der einzigen

richtigen Freundin, die ihr geblieben war. »Also«, sagte sie und strich ihr liebevoll über den Rücken. »Wie geht's deiner Mom?«

Ingrid wollte gerade antworten, da flogen mit einem Knall die Türen der Turnhalle auf.

Gillian schritt langsam und bedächtig zu der Tribüne, wo sie sich versammelt hatten. Sie stellte sich vor die Gruppe.

»Tut mir leid, dass ich mich verspätet habe«, sagte sie. »Ich habe die Zeit wohl falsch verstanden.«

Kelsey schnaubte verächtlich, stand auf und stellte sich neben Gillian vor die Gruppe. »Ich habe gestern vier Uhr gesagt. Du warst dabei«, murmelte sie.

»Wie auch immer.« Gillian setzte ein falsches Lächeln auf, als stünde Kelsey nicht direkt neben ihr. »Fangen wir an. Für die Neuntklässler, die mit der Nominierung und Abstimmung noch nicht vertraut sind – das funktioniert folgendermaßen …«

Während Gillian sprach, vibrierte Kelseys Tasche. Eine Benachrichtigung von Michelles E-Mail-Account, den sie schuldbewusst auf ihr Handy geladen hatte. Peter. *Hab versucht, dich anzurufen*, stand im Betreff. Er musste warten. Eine Minute später leuchtete ihr Handy wieder auf.

Kelsey blickte nach unten. Noch eine Mail von Peter, kein Betreff. Der Inhalt lautete: *Hallo?*

»Nehmt euch ein Stück Papier«, sagte Gillian, »und schreibt den Namen derjenigen von uns darauf, von der ihr glaubt, dass sie am meisten Führung, Stärke und Kreativ… Entschuldigung …« Gillian schaute sie an. »Könntest du vielleicht aufhören?«

Kelsey entschuldigte sich und eine Minute später summte ihr Handy ein drittes Mal. *Warum ist dein Handy abgemeldet?*

Ihr Handy? Ihre Gedanken rasten. Peter hatte aus irgendeinem Grund versucht, auf Michelles alter Handynummer anzurufen. Sie würde sich später etwas ausdenken müssen.

Ihr Team stimmte jetzt ab, und es war ihre Aufgabe, die Stimmzettel einzusammeln. Kelsey ging mit fröhlicher Miene reihum zu jeder Tänzerin, obwohl sie dabei krampfhaft über mögliche Gründe für Peters Anrufe grübelte.

Dann eine vierte Mail, in der stand: *Bin hier. Ruf mich so schnell wie möglich zu Hause an.* Angehängt war eine Nummer mit der Vorwahl von Kansas.

Peter war hier? Peter war zu Hause? Warum war er zu Hause? War er verletzt? Kelsey sank das Herz in die Hose und sie fühlte sich einer Ohnmacht nahe.

Sie wich von der Gruppe zurück und hielt ihr Handy in die Höhe.

»Das ist ein Notfall. Tut mir wirklich leid.«

Als sie die Turnhalle verließ, erhaschte Kelsey einen Blick auf Gillians vor Sorge verzerrte Miene. Sie warf ihrer Freundin einen dankbaren Blick zu, ging aus dem Schultor, wählte und dann …

»Hallo?« Die Stimme klang wie Peter, aber das war sein Anschluss zu Hause, also musste sie sich vergewissern.

»Hier ist K… Michelle Maxfield. Kann ich mit Peter sprechen?«

»Hi! Hi. Ich bin's.«

Sie schlug sich erleichtert mit der Hand auf die Brust. Er war unversehrt, zumindest so unversehrt, dass er zu Hause war und ans Telefon gehen konnte. »Was ist passiert?«

Fünf Minuten später saß sie im Subaru auf dem Weg nach El Dorado.

Kelsey hatte versucht, nicht allzu erleichtert zu klingen, als er ihr erzählt hatte, was passiert war.

Peters Mutter hatte einen Schlaganfall gehabt. Sein Vater hatte ihn schließlich in Afghanistan erreicht, und er hatte eine Sonderbefreiung bekommen, um vorübergehend nach Hause zu fahren. Wie sich herausstellte, war der Schlaganfall nicht so schlimm, wie sie zunächst befürchtet hatten. Seine Mutter war jetzt in so stabiler Verfassung, dass sie hin und wieder aufwachte, aber da sie noch immer Symptome aufwies, wurde sie zur Beobachtung im Krankenhaus behalten.

Die Prärielandschaft, die die Schnellstraße säumte, flog an ihr vorbei, und sie fuhr schon durch die Ausläufer der Berge, die sie Peter vor so langer Zeit beschrieben hatte.

Er hatte sie gebeten, ihn zu besuchen.

»Bist du sicher?«, hatte sie gefragt, weil das eine Zeit für die Familie war.

Abgesehen von seiner Familie, hatte er gesagt, sei sie der einzige Mensch, den er sehen wolle.

Er wollte sie um sich haben und sie würde zu ihm gehen. Selbst wenn sie ihn nicht berühren, sein Gesicht anfassen und ihn küssen konnte, wie sie es gern wollte. Schon sein Anblick, der Klang seiner Stimme, das bloße Gefühl, dass er im Nebenraum war, würden sie glücklich machen.

Es reichte, dass er die Möglichkeit hatte, denselben Raum zu betreten, seine Hand in ihre zu legen und Wärme durch ihren Körper zu schicken, bis zu ihren Fingerspitzen.

Wenn auch nur für kurze Zeit wäre dieser Peter nicht nur die Vorstellung von Peter; das war Grund genug, dass sie den Fuß aufs Gaspedal drückte, bis die Landschaft verschwamm.

Reale Möglichkeiten. Unter ihren Reifen bewegte sich der

Boden. Das Wunder der Physik. In drei Stunden würde sie ihn sehen.

Im Krankenhaus folgte Kelsey einem Pfleger in den zweiten Stock und dort stand Peter in seinem Tarnanzug auf dem Flur und wartete auf sie.

»Peter.«

Er drehte sich um und sein Gesicht hellte sich auf. Da war er, der alte Peter, das Lächeln, das von den Wänden reflektiert wurde.

Sie drückte ihn und spürte die Kette seiner Erkennungsmarken an der Brust. »Bist du direkt vom Flieger hierhergekommen?«

»Heute Morgen.« Er hielt sie immer noch fest umarmt. »Ich hab seit vierundzwanzig Stunden nicht geschlafen.«

Peter nahm ihre Hand und führte sie in das Zimmer. Nelken, Astern und Chrysanthemen blühten in jeder Ecke und überdeckten den muffigen Geruch nach Bleichmittel.

Peters Mutter war blass, saß aber in ihrem Krankenhaushemd, über dem sie eine Sweatjacke trug, aufrecht in ihrem Bett.

Sie schaute Kelsey mit den gleichen blauen Augen an, die Peter hatte.

»Das ist meine Mom Cathy.«

Kelsey lächelte und entdeckte ein weiteres Paar blauer Augen, die einem Mädchen gehörten, das ein bisschen kleiner und jünger war als sie selbst. Sie hatte sandfarbene Haare wie Peter, die sie zu einem Pferdeschwanz hochgebunden hatte. »Das ist meine Schwester Meg.«

Ein untersetzter, braunhaariger Mann mit dickem Schnurrbart nickte Kelsey zu und nahm seine Tochter in den Arm. »Und mein Dad Bill.«

Peter legte ihr die Hand auf den Rücken. »Leute«, sagte er, »das ist Michelle.«

»Hallo.« Kelsey winkte in die Runde und versuchte ihren verkrampften Kiefer beim Klang von Michelles Namen zu lockern. »Ich freue mich, dass es Ihnen gut geht, Mrs Farrow. Es ist so schön, Sie kennenzulernen.«

Peters Mutter lächelte sie zur Antwort an.

»Schön, dich persönlich kennenzulernen. Schreibt man dich mit einem *l* oder mit zwei?«, fragte sein Vater.

Die Leute hatten Michelle ständig gefragt, wie man ihren Namen schrieb. Hier beschwindelte sie Peters Familie, die Menschen, denen er auf der Welt am meisten vertraute. Die Lüge hatte einen weiteren Zweig ausgetrieben.

»Zwei *l*«, sagte Kelsey mit einem gezwungenen Lächeln.

»Wo gehst du zur Schule?«, fragte seine Schwester.

»Lawrence High.«

Peter erzählte ihnen von Paris und hin und wieder brachte sich Kelsey mit einem Detail ein.

Jedes Mal, wenn sie sprach, schaute seine Mutter sie an, als wäre sie plötzlich aus dem Boden geschossen. Verständlich, es stimmte ja auch irgendwie.

Peter und sein Vater redeten darüber, wie das Basketballteam sich bei der Meisterschaft geschlagen hatte und wie viel er im Ausland von der Saison verpasst hatte.

Peters Schwester zog ihrer Mutter die Decke über die Beine und sah Kelsey an.

Kelsey wünschte, sie wäre weiß angemalt, um mit der Wand zu verschmelzen.

Sie war glücklich, dass sie Peters Familie kennenlernen durfte, aber der Blumenduft und all diese blauen Augen, die sie anschauten und sich fragten …

Selbst wenn sie nicht gelogen hätte, gehörte sie nicht wirklich hierher. Wer wollte schon ein fremdes Gesicht sehen, wenn es ihm schlecht ging? Was konnte sie schon Gutes tun?

»Ihr seid sicher alle ziemlich müde«, sagte sie. »Wie wär's, wenn ich runter in die Cafeteria gehe und euch Kaffee hole?«

Ihre Stimme war wohl leiser, als sie dachte. Niemand drehte sich um, auch nicht Peter.

»Limo?«, sagte sie lauter.

»Was?«, fragte Peters Schwester.

Kelsey hustete. »Kaffee oder Limo?«

Peters Vater unterbrach einen Moment lang, was er sagte, um: »Das wäre toll«, zu antworten, und fuhr dann fort, über die unfähige Abwehr eines Teams zu schimpfen.

Kelsey ging raus auf den leeren Flur und schaute sich um.

Was jetzt? Kaffee oder Limo?

An beiden Enden hingen Ausgangsschilder. Sie hörte Peter etwas sagen. Seine Familie lachte.

Sie wusste nicht einmal, ob es in dem kleinen Krankenhaus eine Cafeteria gab, geschweige denn, wo sie war. Sie atmete laut aus und entschloss sich, den Weg zu nehmen, den sie gekommen war. Vielleicht könnte sie den Kaffee einer Krankenschwester übergeben und dann irgendwo auf Peter warten. Sie fragte sich, ob sie überhaupt hätte kommen sollen.

»Hey!«, hörte sie hinter sich.

Sie drehte sich um.

Peter kam auf sie zugelaufen. »Die Kaffeemaschine ist in dieser Richtung.« Er zeigte hinter sich.

»Oh«, war alles, was sie herausbrachte, und mit einem flüchtigen Lächeln lief sie zügig an ihm vorbei.

»Warte eine Sekunde, ich geh ein bisschen Kleingeld holen«, sagte er.

»Nein, nein, schon okay.« Sie ging weiter Richtung Ausgang.

»Bitte warte.« Ein verwundertes Lächeln breitete sich über sein Gesicht aus. »Ich will mitkommen.«

»Okay.«

Er musste gespürt haben, dass sie sich fehl am Platz fühlte. Diese Gesichter schauten sie mit Peters Augen, Peters Nase an und sprachen sie mit dem falschen Namen an. Ihr Körper, ihr vertrautes Selbst, falsch etikettiert in einem winzigen Zimmer.

Aber mit ihm an ihrer Seite war sie schlicht und einfach jemand, den er sich ausgesucht hatte.

Als er aus dem Zimmer trat und den Arm um sie legte, breitete sich ein Gefühl der Dankbarkeit in ihr aus, das sie nicht gewohnt war. Sie könnte sich aber daran gewöhnen. Sie müsste sich nicht mal bemühen.

KAPITEL 27

Als sie das Krankenhaus an diesem Abend verließen, bestand Peter darauf, dass Kelsey über Nacht bei ihnen blieb, damit sie nicht vier Stunden im Dunkeln zurückfahren müsste. Während er das sagte, fuhr er beinahe unmerklich mit der Hand ihren Rücken hinunter. Kelsey biss sich sehnsüchtig auf die Lippen, lehnte aber höflich ab.

Peters Schwester meinte: »Du solltest auf jeden Fall bleiben.« Aber Kelsey lehnte wieder ab. Zu ihrer Überraschung zog Meg enttäuscht die Mundwinkel nach unten. Als Peter erwähnte, dass Meg Ende des Jahres als Cheerleaderin vortanzte, hatten die Mädchen augenblicklich ein Gespräch angefangen und über Pirouetten, Fouetté-Drehungen und hohe Kicks gefachsimpelt. Sie hatte erklärt, dass sie all das nur durch Kelsey wusste, und darauf geachtet, nicht allzu begeistert zu klingen.

»Bitte, bleib!«, bat Meg.

»Komm schon«, Peter hatte wieder diesen Blick aufgesetzt. Der Blick, der sagte *ich hab sowieso schon gewonnen.*

»Danke, aber ich will mich nicht aufdrängen«, sagte Kelsey und sie betraten den Parkplatz.

Peters Vater entriegelte das Auto und sagte: »Bitte bleib, sonst ist meine Junge den ganzen Abend trübsinnig.«

Kelsey beantworte mehrere Mailbox-Anrufe ihrer Mutter mit einer Nachricht, dass sie bei Ingrid übernachte, und folgte ihnen in ihr Auto, um im nächstgelegenen Supermarkt fürs Abendessen einzukaufen.

»Willkommen im besten 24-Stunden-Lebensmittelgeschäft der Stadt«, sagte Peter, als sie durch die automatischen Türen gingen. Bis auf zwei Kassierer, die Spätschicht hatten, war der Laden leer.

»Dem *einzigen* 24-Stunden-Lebensmittelgeschäft der Stadt«, sagte Meg und verdrehte die Augen. Kelsey musste ein Lächeln unterdrücken, weil Meg sie so sehr an sich selbst in dem Alter erinnerte, bis hin zu ihrem Verhalten und dem hohen Pferdeschwanz.

»Carly, Todd«, grüßte Peters Dad die Kassierer.

»Hey Bill«, sagte Carly. Sie musste nicht mal von ihrer Maniküre aufsehen, um ihn zu erkennen.

»Willkommen zu Hause, Pete«, rief Todd.

»Alles klar, ihr kennt die Regeln«, sagte Bill zu seinen Kindern und schaute auf die Liste, die er aus der Tasche gezogen hatte.

Meg seufzte. »Muss das sein? Sogar wenn Mom im Krankenhaus ist?«

»Moment, was machen wir?«, fragte Kelsey und sah sich in dem leeren, fluoreszierenden Laden nach einem Hinweis um.

»Keine Ausreden.« Peter stützte sich auf den Einkaufwagen, als wollte er gleich damit losrennen. »Mom hätte gewollt, dass wir heute Abend eine gute Punktzahl schaffen.«

»Ist ja nicht so, als wäre sie tot«, murmelte Meg, aber dann ging sie auf der anderen Seite des Wagens in Stellung, ebenfalls bereit loszurennen.

Bill räusperte sich. »Peter, du hast Spaghetti, Knoblauchbrot, Römersalat, Zwiebeln und Pilze. Du weißt, welche Pilze. Meg, du hast Marinara-Sauce, Rinderhack, Caesar-Dressing, Parmesan und Croutons. Die Uhr läuft«, sagte er und löste ein Piepsen an seiner Uhr aus.

»Ich mach dich fertig, Meg«, sagte Peter und zog dann zu Kelsey gewandt die Augenbrauen hoch.

»Ich bin vielleicht klein, aber ich bin schnell«, sagte Meg und beugte sich vor.

»Auf die Plätze, fertig, LOS!«, schrie Bill, und Meg und Peter stürzten zu ihren jeweiligen Gängen.

»Auf geht's, Peter!«, rief der Kassierer Todd von Kasse drei und reckte die Faust in die Luft.

»Macht ihr das regelmäßig?«, fragte Kelsey Bill.

»Wenn *regelmäßig* heißt, *jedes Mal, wenn wir einkaufen gehen,* dann ja«, erwiderte Bill.

Peter stolperte aus dem Gang mit Teigwaren und schmiss ein paar Packungen Spaghetti in den Wagen, bevor er Richtung Obst und Gemüse davondüste.

»Hilf mir!«, rief er zu Kelsey nach hinten.

»Das gilt nicht!«, schrie Meg und schmiss ein paar Gläser rote Sauce in den Wagen, bevor sie in die Fleischabteilung rannte.

»Michelle mit zwei *l*!« Bill zeigte auf Kelsey. »Eiscreme-Sandwiches, Eier, Bacon, Orangensaft und Brot. Los!«

»Was?« Kelsey war beim Anblick von Meg, die Peter in den Schwitzkasten nahm, zu sehr mit Lachen beschäftigt, um zuzuhören. Wollte Peters Dad tatsächlich, dass sie mit ihnen herumrannte?

»Los!« Er zeigte noch mal auf sie und unter seinem Schnurrbart erschien der Anflug eines Lächelns.

»Lauf lieber«, rief Peter unter Megs Arm hervor.

Kelsey ging zügig in den Gang mit den Tiefkühlprodukten, darum bemüht, in ihren Stiefeln nicht auf dem Linoleum auszurutschen.

»Gehen ist nicht erlaubt!«, rief Bill ihr zu.

Hin- und hergerissen zwischen Beschämung und Spaß fiel Kelsey in einen Sprint. Es hatte keinen Zweck, nicht mitzuspielen. Und sie war verdammt noch mal ziemlich schnell. Sie könnte das Ding gewinnen.

»Gutes Mädel«, sagte Bill, als sie die Eiscreme-Sandwiches in den Wagen pfefferte.

Auf dem Weg zu den Eiern rannte sie direkt in Peter hinein und sie stießen mit den Köpfen zusammen.

»Au!« Er stürzte zu Boden, mit rotem Gesicht und Pilzen in der Hand, und sie schmissen sich weg vor Lachen.

»Komm, ich helf dir.« Kelsey krümmte sich noch immer vor Lachen.

Als er nach ihrer Hand greifen wollte, schob sie sie weg, sprang über ihn drüber und tat so, als würde sie hämisch lachen.

»Muahahaha!«, schrie sie und bog um die Ecke zu den Eiern und Milchprodukten.

»Verrat!«, rief Peter, folgte ihr aber, sobald er auf den Beinen war und sprang vor die Eier, als wäre er eine Glucke und würde sie beschützen.

Kelsey wollte seitlich an ihm vorbeihuschen, aber er war zu schnell und versperrte ihr wieder den Weg.

»Macht ihr das wirklich jedes Mal?«, fragte sie außer Atem.

»Nur, wenn ich zu Hause bin«, sagte er. Während er abgelenkt war, griff sie unter seinen Beinen hindurch und schnappte sich ihre Beute.

»Ich bin beeindruckt«, sagte sie auf dem Weg zu ihrem Wagen über die Schulter hinweg. Die Eier hatte sie sich unter den Arm geklemmt.

Sie amüsierte sich blendend. Mit Peters Vater und seiner kleinen Schwester. In einem beinahe leeren Supermarkt.

Als sie die Eier behutsam in den Wagen legte, verspürte sie einen Anflug von Neid. Sie dachte an den Tag, als sie und ihre Eltern versucht hatten, auf den Markt zu gehen. Seither hatten sie es nicht wieder versucht.

Die Farrows hatten es auch nicht leicht. Sie hatten einen Sohn in Afghanistan und eine Mutter im Krankenhaus. Aber sie machten das Beste daraus. Sie waren eine ganz besondere Familie.

Meg gewann schließlich mit einer Zeit von fünf Minuten und zweiunddreißig Sekunden, hauptsächlich deswegen, weil Peter und Kelsey sich zu oft in den Gängen trafen und sich gegenseitig ablenkten.

Zurück in ihrem gemütlichen Ranchhaus aßen sie gemeinsam zu Abend und Kelsey erfuhr von Cathys Job als Kunstlehrerin an der örtlichen Schule. Bill sprach weniger über seinen Job bei der Versicherung und mehr über seine Leidenschaft – Basketball. Kelsey erzählte ihm von dem Spiel gegen Nebraska, das sie gesehen hatte. Den Rest dieses Abends mit Davis ließ sie der Einfachheit halber weg.

Als Meg erzählte, wie nervös sie wegen des Vortanzens war, bot Kelsey an, mal *ihre Zwillingsschwester* vorbeizuschicken, damit sie ein paar Schritten mit ihr übte.

Sie sah den Stolz in Bills Augen, wenn er Peter ansah, und wie er seinen Traum an einer guten Uni, weit weg von zu Hause, zu studieren stillschweigend unterstützte, obwohl er ihn nicht ganz verstand.

Als Kelsey und Peter anboten, den Abwasch zu machen,

sagten Bill und Meg Gute Nacht, und die beiden waren beim Spülen und Abtrocknen sich selbst überlassen.

Eine Weile arbeiteten sie schweigend, nur hin und wieder berührten sich ihre Unterarme, wenn sie die Hände ins Seifenwasser tauchten, und lauschten auf das Geräusch, wie sich jemand die Zähne putzte und Türen geschlossen wurden.

»Ich weiß nicht, wie ich es anders sagen soll«, begann Peter und sah sie aus dem Augenwinkel an. »Aber, die Sache ist die. Wenn du nicht auf dieser Couch schlafen willst, gibt es nur ein freies Bett in diesem Haus.«

Kelsey wusste, was er sagen wollte, und so wie sie für Peter empfand, musste sie ihre Worte mit Bedacht wählen. Sie wandte sich ihm zu, nahm seine immer noch nassen Hände und legte sie um ihre Taille, bis sie ihr Shirt durchnässten. Seine Hände wanderten tiefer, dorthin, wo die gerade Linie ihres Rückens sich wölbte. Sie küsste seinen Hals, langsam, mehrmals, bis sie direkt neben seinem Ohr ankam.

»Ich hege einen tiefen Abscheu gegen Couchmöbel«, flüsterte sie.

Seine Fingerspitzen fanden den Weg unter ihr Shirt und wieder hervor, und hinterließen heiße Spuren. Er nahm ihre Hand.

»Die Couch hier im Wohnzimmer kannst du nicht haben«, sagte er. »Du brauchst deine Privatsphäre.«

»Wir brauchen unsere Privatsphäre«, erwiderte sie und küsste ihn zärtlich auf den Mund.

»Möchtest du mi … auf mein Zimmer folgen?«, fragte er, aber bevor er die Frage zu Ende stellen konnte, war sie ihm schon voraus in den Flur gegangen.

KAPITEL 28

Peter weckte Kelsey im Morgengrauen mit einem Kuss. Sie schlich sich hinaus auf die Couch.

Später fuhren sie zu zweit durch den trüben Morgen ins Krankenhaus. Cathy war von den Medikamenten so benommen, dass sie nicht aufwachte, als Peter sie rüttelte und ihren Namen sagte.

Die Krankenschwester versuchte Peters Panik zu dämpfen, und versicherte ihm, dass seine Mutter nur schlief. Aber er hatte nur wenig Zeit, sie zu sehen, bevor er wieder abreisen musste, und davon war sie die meiste nicht in der Lage, mit ihm zu sprechen.

Sie saßen da und er hielt Cathys Hand. Ihr Atem ging gleichmäßig zum Piepsen des Herzmonitors.

Nach drei Stunden erwachte Cathy, richtete ein undeutliches »Hallo« an ihren Sohn und sank dann wieder zurück in den Schlaf. Peter stand auf, strich seiner Mutter das Haar zur Seite, um sie auf die Stirn zu küssen, und sagte Kelsey, es sei Zeit zu gehen.

»Ich will dir was zeigen.«

Sie fuhren zurück zu ihm nach Hause, aber als Kelsey zur Haustür gehen wollte, winkte er sie zu sich.

»Hier hinten lang«, sagte er und sie gingen um das Haus herum.

Peters Garten erstreckte sich viel weiter, als sie gedacht hatte, über den gemähten Rasen und einen Hügel, der von Wildgräsern und Unkraut bedeckt war, bis zu einer Gruppe von Bäumen und Büschen hinunter, die einen kleinen Bach säumten, der anscheinend alle Häuser in der Straße verband.

Sie sprangen über den Bach und wagten sich in den Wald, bis sie überall nur noch Bäume sahen, hinter sich, vor sich, rechts und links.

Dann führte Peter sie weiter, bis die Bäume sich wieder lichteten.

Sie standen am Rande von etwas, das aussah wie ein Weizenfeld. Goldene Stängel reichten bis an Kelseys Schienbeine und kilometerweit war nichts anderes zwischen ihnen und dem weiten, grauen Himmel. Es war wunderschön, ruhig und klar.

»Gehört das jemandem?«, fragte Kelsey.

»Wahrscheinlich.« Peter schaute sich um. »Aber es wird nicht genutzt. Ich glaube, früher wuchs hier Weizen, aber jetzt ist es nur ein Haufen vertrocknetes Gras. Es war schon so, als ich ein Kind war. Was mich daran erinnert ...« Er brach von einem der umliegenden Bäume einen Stock ab. »Du wirst einen Stock brauchen.«

Kelsey fand einen dünnen, aber festen Ast und brach ihn ab. »Warum?«

Peter lächelte sie schelmisch an. »Willst du wissen, wie ich diesen Ort nenne?«

»Wie?«

Er schlug mit dem Stock auf das Gras und rührte darin herum. »Schlangen-Land.«

Kelsey umklammerte ihren Stock, bemühte sich, ihre Angst

nicht zu zeigen, und schlug damit um sich herum auf das Gras.

»Mach dir keinen Kopf«, sagte Peter und befühlte den Boden nach einem trockenen Platz zum Sitzen.

»Ha!«, stieß Kelsey hervor, setzte sich neben ihn und fuhr mit dem Stock über die abgeknickten Halme.

»Ich hab hier alles Mögliche gespielt«, erzählte Peter. »Ein einsamer kleiner Junge, der mit sich selbst über Ninjas und Drachen redet.«

Kelsey lächelte bei dem Gedanken und stellte sich vor, wie er durch das Gras hüpfte und seinen Stock schwang wie ein Schwert. »Ich bin sicher, du warst ein großartiger Kämpfer.«

»Gegen Fantasiegestalten, ja.« Er lachte kurz auf. »Da war ich unschlagbar.«

Sie schwiegen und lauschten dem Wind, der in den frischen Blättern rauschte.

»Aber ich bin kein Kämpfer«, sagte Peter und schaute in die Ferne. »Ich bin nicht dafür gemacht, dort unten zu sein.«

»Ich denke, kaum jemand ist dafür gemacht«, sagte Kelsey.

»Nein, aber die können sich anpassen. Sie haben uns gut ausgebildet. Sie sorgen dafür, dass alles, von dem du dachtest, du könntest es nicht tun, wie …« Er schluckte. »Grausames Zeug einfach. Sie sorgen dafür, dass es zur Gewohnheit wird. Zu einer Reaktion. Und dann wird es in deinen Gedanken zu einer Notwendigkeit. Meine ganze Welt steht Kopf. Gestern Abend, als du den Einkauf aus dem Auto geholt hast, ist meiner Schwester versehentlich ein Schulbuch runtergefallen und hat ein knallendes Geräusch verursacht, und weißt du, was meine Hände getan haben?«

Kelsey schwieg. Das war keine Frage, auf die sie antworten sollte.

»Sie haben in die Luft nach einer Waffe gegriffen, Michelle. Als müsste ich meine gottverdammte Schwester entwaffnen.« Er schüttelte den Kopf. »Ich kann es nicht fassen, dass ich wieder hier bin, mit Meg im Supermarkt um die Wette renne und, na ja, dich küsse, nach all dem was ich erlebt und getan habe.«

Sobald er zu Ende gesprochen hatte, schloss Peter schnell den Mund, als hätte er etwas gesagt, das er nicht sagen sollte, und schaute sie an, um einzuschätzen, was sie wohl dachte.

Sie wusste nicht, was sie antworten sollte oder was er meinte. Aber sie würde versuchen, es eines Tages zu verstehen. Als sie den Arm um ihn legte, ließ er sich fallen.

Sie legte seinen Kopf in ihren Schoß, und er streckte sich im Gras aus, die Hände über der Brust verschränkt.

»Ich will nicht zurück«, sagte er ernst und ganz leise. Seine Augen fingen das Grau des Himmels auf. »Nicht, nachdem ich zu Hause war.«

Ich will auch nicht, dass du gehst, sagte sie beinahe, aber das würde ihm nicht helfen. Das würde niemandem helfen. Sie zwang sich, das zu sagen, was sie sagen sollte.

»Du musst. Hier ist hier und dort ist dort, du hast deinem Land gegenüber eine Verpflichtung.«

»So einfach ist das nicht«, erwiderte er.

Die Angst lastete schwer auf ihr und wog noch schwerer durch die Schuld und die Trauer über seine Abreise. *Glaub mir,* dachte Kelsey, *ich weiß, dass es nicht einfach ist.*

Sie neigte den Kopf, um ihn zu küssen, fuhr mit der Hand über seinen geschorenen Kopf, genoss die Nähe seines Geruchs, seinen Atem, seine Wärme inmitten dieser einsamen Prärie.

»Nichts ist einfach«, flüsterte sie ihm zu. »Aber im Moment müssen wir so tun, als wäre es das.«

KAPITEL 29

Wer an diesem Abend zufällig auf der Schnellstraße Richtung Osten fuhr, dem bot sich möglicherweise ein interessanter Anblick: ein Subaru, alle vier Fenster heruntergelassen, auf der Fahrerseite ein siebzehnjähriges Mädchen, das den Kopf und einen Arm in den Fahrtwind hinaus hängen ließ und mit der Hand den Beat auf die Autotür klopfte. Der junge Mann im militärischen Tarnanzug neben ihr mit seiner Segeltuchtasche auf dem Schoß tat dasselbe auf der Beifahrerseite.

Nicht so sehr das Paar an sich fiel auf, sondern der Zorn und die Traurigkeit, mit der sie sangen. Obwohl sie jung waren, sangen sie, als wären es die letzten Songs, die sie singen würden, so laut, dass man sie kilometerweit hörte.

Kelsey hatte angeboten, Peter zum Flughafen zu bringen, da sein Vater und seine Schwester bei Cathy im Krankenhaus waren. Sie konnte den Gedanken nicht ertragen, nicht jede Sekunde, die ihnen blieb, bei ihm zu sein.

Die beiden verbrachten die vierstündige Fahrt damit, ihre Sorgen mit Michelles Playlists zu übertönen.

Kelsey drehte die Lautstärke bis zum Anschlag auf, sodass sie ihre eigenen Stimmen nicht mehr hörten.

Sie schrien zu *Seven Nation Army* von den *White Stripes.*

Sie rappten zu *Jesus Walks* von *Kanye West.*

Sie summten, vermutlich schräg, zu *Baby* von den *Cicadas*, erst zur englischen Version, dann zur portugiesischen, hielten über die Sitze hinweg Händchen und dachten an die Nacht, in der sie in Paris getanzt hatten.

Der Flughafen war noch zwei Ausfahrten entfernt.

»Halt an«, sagte Peter.

Kelsey suchte hektisch den Horizont ab. »Wo?«

»Irgendwo«, sagte Peter. Sie schaute ihn an. »Bitte.«

Sie fanden eine Nothaltebucht zwischen den Ausfahrten, und während der Verkehr um sie herumwogte, schnallte Peter sich ab.

Er nahm Kelseys Gesicht in die Hände und zog sie zu sich, küsste sie auf die Lippen, die Wangen, die Nase, das Kinn, wohin er nur konnte.

»Es kommt mir vor, als hätte ich dich nur drei Sekunden lang gesehen«, sagte er zwischen den Küssen. »Da ist nicht fair.«

Sie fand seine Lippen und beruhigte ihn. »Im Handumdrehen ist es vorbei«, sagte sie und verwünschte die Mehrdeutigkeit des Satzes.

»So geht es mir, wenn ich dich sehe.« Peter fuhr ihr mit der Hand übers Haar bis zu ihren Schultern, ihrem Arm und wieder zurück, um sie sich einzuprägen. »Ich vergesse, wie Zeit funktioniert. Ich vergesse, dass wir nicht immer zusammen waren und nicht für immer zusammen sein werden.«

Als ein Sattelschlepper vorbeifuhr, schwankte der Subaru ein wenig, aber sie merkten es beide nicht.

Kelsey nahm seine Hand und küsste die Finger.

»Sag mir noch mal, dass wir zusammen sein werden.« Seine Augen wanderten über ihr Gesicht, die Wimpern waren feucht.

»Wir werden ...«, Kelsey hielt inne. Sie konnte nur sagen, was sie wusste, aber sie wusste genug. In ihrer Brust hatten sich Flügel ausgebreitet und drückten gegen die Rippen, zu groß für ihren Brustkorb. »Wir sind für immer. Egal, was passiert, alles, was wir haben, ist für immer.«

»Wir sind für immer«, wiederholte er und setzte sich im Sitz zurück, seine Hand lag in ihrer. Scheinwerfer streiften Peters Gesicht. Er war so wunderschön. Sie küsste seine glatte Wange.

»Ich liebe dich für immer«, sagte sie mit so viel Kraft, wie sie hineinlegen konnte, schaute nach vorne und legte den Gang ein.

»Ich liebe dich für immer«, wiederholte er, biss die Zähne zusammen und drückte ihre Hand, bis es wehtat.

Er hatte recht: Die Zeit verging anders, wenn es nur sie beide gab. Aber er würde bald wieder weg sein. Für immer heißt nicht immer *vorwärts.* Für immer heißt nicht immer *mit dir.* Für immer, wie Berge, an die man denken und die man durchfahren konnte. Zum Anschauen, aber nicht zum Mitnehmen.

Kelsey parkte den Wagen im Haltebereich. Peter würde zu seinem Gate rennen müssen. Ein Schluchzen drängte aus ihrer Brust und sie musste es hinunterschlucken.

»Ich wünschte, ich hätte irgendeinen Anhänger, den ich dir geben könnte, ein Andenken oder so was«, sagte sie, als er seine Tasche schulterte.

Peter lächelte sie gequält an. »Wie ein Taschentuch im Bürgerkrieg?«

»Oder eine Haarlocke von mir?«, sagte Kelsey.

»Ist ja eklig!«, schrie Peter, und sie machten beide ein Geräusch, das beinahe wie ein Lachen klang.

Er blieb stehen, als wäre er nicht in der Lage, die Beifahrertür zu schließen.

»Ich liebe dich«, sagte Kelsey.

»Ich liebe dich auch«, sagte Peter.

»Warte!« Kelsey durchsuchte ihre Taschen fieberhaft nach etwas, irgendetwas, das sie ihm geben konnte, aber alles, was sie hatte, war eine gammelige Packung Zimtkaugummi.

»Hier, von mir«, lachte sie und drückte ihm einen Streifen in die Hand.

Sie küssten sich für lange Zeit zum letzten Mal, zärtlich und voller Hingabe.

Er winkte, dann rannte er los. Sobald er außer Sicht war, schnappte etwas in Kelsey zurück wie ein Gummiband, sodass sie hin und her schwankte.

Sie verfuhr sich in dem Gewirr von Ausfahrten und vergaß, wo sie hergekommen war. An einer ruhigen Kreuzung bei den Mietauto-Parkplätzen drehte sie um und hielt noch einmal an. Sie fragte sich, ob das gerade wirklich alles passiert war.

Sie konnte nicht im Auto bleiben, wo es immer noch nach ihm roch, nach Segeltuch und Seife. Sie hockte sich auf den Bordstein, lehnte sich gegen den Vorderreifen und weinte.

Vor ihr tauchte Peters Gesicht auf, bevor er sich zum Gehen umwandte, und erneut durchfuhr sie die Angst, dass er ihr jeden Moment genommen werden könnte. Wenn ein Laster, mit dem er fuhr, die falsche Abzweigung nahm. Wenn er zwei Zentimeter zu weit rechts, direkt in der Flugbahn eines Geschosses stand.

Wenn sich ihre Ängste bewahrheiteten, wäre auch Peter ein Gespenst wie Michelle, noch ein verschwommener Fleck.

Vielleicht gehörten die beiden einer anderen Welt an. Immerhin hatten sie sich zuerst kennengelernt.

Warum hatte sie sich in ein Gesicht auf einem Bildschirm verliebt, eine schwindende Gestalt, die immer kleiner wurde? Warum reichte ihr jemand aus Fleisch und Blut nicht? Warum mussten es Gespenster sein?

Ein Paar mit einem Kleinkind, das sein Auto abholen wollte, rief über die Straße, ob alles in Ordnung sei. Kelsey antwortete nicht, weil sie es nicht wusste. Sie stützte die Ellbogen auf die Knie und versteckte ihr Gesicht in der Dunkelheit.

Bald purzelten wieder die Tränen, tropften aus ihren Augen und liefen ihr die Beine hinunter.

Michelle hatte in dieser Sache keine Wahl. Sie war tot und konnte nicht für sich selbst sprechen und trotzdem war sie immer noch am Leben, überall wo Kelsey hinging. Sie hatte immer gehofft, ihre Schwester hätte, wo immer sie war, ihren Frieden gefunden, was immer das bedeutete. Aber wie konnte eine Seele zur Ruhe kommen, wenn jemand anders sie ständig heraufbeschwor?

Ich kann nicht anders, sagte sie, *ich vermisse dich,* aber niemand würde jemals antworten, nicht wirklich.

Ich konnte mich nicht einmal verabschieden. Immer noch nichts. Hoffnung war etwas Schreckliches, entschied sie.

Ich vermisse dich und das war's. Deshalb sitzen wir in diesem Schlamassel.

Kein Zeichen, kein Gespenst, nur das Geräusch ihres Stöhnens und der Geschmack ihrer Tränen.

Deshalb sitze ich in diesem Schlamassel, korrigierte sie. *Ich sitze allein darin.*

Aus irgendeinem Grund fand sie diesen Gedanken tröstlich. Er bedeutete, dass all ihre Lügen nicht, wie sie es sich vorgestellt hatte, von außen ein Netz um sie herum bildeten, sondern von ihr selbst kamen, von ihrem zusammengebrochenen, tränenüberströmten Körper. Und das wiederum bedeutete, dass nur sie allein alles wieder in Ordnung bringen konnte.

Sie hatte so lange damit verbracht, den *richtigen* Zeitpunkt zu finden. Dabei hatte sie die ganze Zeit die Möglichkeit gehabt, die Sache richtigzustellen, von dem Augenblick an, als sie in Michelles Namen den Skype-Anruf entgegengenommen hatte.

Sie hatte nur nicht die Kraft gehabt, sich den Konsequenzen zu stellen.

Es war nicht gelogen, als sie Davis gesagt hatte, sie hätte sich verändert. Das hatte sie. Und wenn sie den Mann, den sie liebte, in den Krieg schicken konnte, ohne vor ihm zu weinen, wenn sie die Namen aller bedeutenden Künstler der vergangenen Jahrhunderte nennen konnte, wenn sie die letzten drei Jahre auf den Treppenstufen einer Verbindung zurücklassen konnte, wenn sie einen 1+-Aufsatz schreiben konnte, nun ja … dann konnte sie auch einen Brief schreiben. Sie konnte einen Brief schreiben, der vielleicht der wichtigste ihres Lebens sein würde.

Kelsey fuhr die halbe Stunde nach Hause und bog in ihre Einfahrt. Sie rannte die Stufen zu ihrem Zimmer hinauf und zog das gravierte Briefpapier aus der Schublade – ihr eigenes Briefpapier, mit ihren eigenen Initialen.

Sobald der Stift über dem Papier schwebte, wusste sie nicht, wo sie anfangen sollte.

Lieber Peter, stand da.

Schreib, wie du sprichst, hörte sie ihre Schwester sagen.

Aber Kelsey schrieb nicht. Michelle hatte Peter Briefe geschickt. Kelsey hatte Peter belogen, mit Worten, die sie durchgestrichen und nachgeschlagen und aus dem Leben ihrer Schwester gestohlen hatte. Und sogar wenn sie selbst gehandelt hatte, sah er alles an ihr durch den falschen Anfang, die falschen Erinnerungen, den falschen Namen gefiltert.

Sie würde es ihm von Angesicht zu Angesicht sagen, wie sie es in Paris vorgehabt hatte, oder jedenfalls soweit das eben ging.

Sie klappte ihren Laptop auf, schaltete die Kamera ein und wartete darauf, dass das Bild lud. Eine winzige grüne Glühbirne leuchtete oben auf dem Monitor auf. Ihr eigener Anblick überraschte sie.

Wenn Kelsey mit Peter skypte, war ihr Bild normalerweise auf ein kleines Viereck in der rechten unteren Ecke des Bildschirms begrenzt. Nun sah sie sich selbst in voller Größe gegenüber, mit glasigen Augen und blasser als je zuvor, ihre Haare waren ungewaschen und gewellt. Sie war bereit. Sie band die Strähnen zu einem ordentlichen Dutt zusammen und drückte auf *Aufnahme*.

»Hi«, begann sie, und als sie sich selbst sah, so wie sie wirklich war, wie Peter sie gesehen und an sie geglaubt hatte, verschlug es ihr die Sprache. Diesmal nicht. Sie schüttelte den Kopf. »Das wird jetzt nicht schön, also musst du eine Menge Unterbrechungen verkraften und … egal.«

Sie konzentrierte sich auf ihre Lippen, die winzigen Pixel, aus denen sie zusammengesetzt waren und endlich formten sie die Worte.

»Michelle ist tot.«

Sie begann mit dem Tag der Party, an dem sie ihn kennengelernt hatte. Dem nächsten Tag, an dem sie ihnen von der Treppe aus *tschüss* gesagt hatte. Den Stunden, die verstrichen.

Dem Polizisten, der bei ihnen aufgekreuzt war und mit seiner Nachricht dafür gesorgt hatte, dass sich das Leben, wie sie es kannte, in eine gigantische Flut aufgelöst hatte, die sie seither überschwemmte.

»Ich war schwach. Aber das ist keine Entschuldigung. Oder vielleicht ist es eine. Ich weiß es nicht. Ich bin ganz durcheinander. Ich kriege mein Leben absolut nicht auf die Reihe. Und dann warst du da.«

Als sie fertig war, lud sie die Datei auf einen USB-Stick, packte ihn in einen Umschlag und versiegelte ihn. Ihr fiel ein, wie Peter ihr erzählt hatte, dass die Frauen und Kinder seiner Freunde häufig CDs oder USB-Sticks mit Bildern schickten, die sie hochladen und anschauen konnten, auch wenn es keine Internetverbindung gab. Sie schrieb die Adresse seines Stützpunkts darauf, obwohl sie wusste, dass er an einen unbekannten Ort versetzt worden war. Irgendwann würde der Umschlag bei ihm ankommen.

»Vielleicht bin ich ein Monster«, hatte sie ihm gesagt. »Aber ich liebe dich trotzdem. Erinnerst du dich? Für immer. Und es tut mir so leid. So unendlich leid. Ich verspreche, dass ich dich nie wieder anlüge. Und glaub mir, ich weiß wie es ist, tagtäglich mit jemandem zu reden und jemanden zu lieben und es dann auf einmal nie wieder zu tun. Wenn es nie wieder wie früher ist. Und du weißt es auch. Aber wenn du mir verzeihst, halte ich mein Versprechen für immer, egal, ob du mich liebst oder ob du nie wieder mit mir sprichst. Ich liebe dich für immer, so oder so. Ich weiß jetzt, wie das geht.«

Als Kelsey den Umschlag in den Briefkasten warf, dämmerte der Morgen in Rosa, Orange und Blau.

Obwohl es nicht kalt war, fröstelte sie. Der Sommer rückte näher.

Hoffnung und Angst waren eine seltsame Mischung, aber es war besser als vorher. Vielleicht würde er ihr verzeihen und vielleicht auch nicht, aber, was immer er empfand, wäre wenigstens echt.

KAPITEL 30

Kelsey erwachte später an diesem Morgen im hellen, kahlen Chemieraum, ihre Wange lag platt auf dem Pult und um ihren Mund hatte sich Speichel gesammelt. Sie setzte sich auf und entdeckte jemanden neben sich, der ihr über den Rücken strich.

Gillian.

»Hey«, sagte sie. »Die Stunde ist vorbei.«

»Oh, ja«, Kelsey wischte sich übers Kinn und fuhr mit den Fingern durch ihre Haare. »Peinlich.« Auf ihrem Handy sah sie eine Nachricht von Meg, die sich vorstellte und um ein Treffen bat, um ihre Schritte zu üben. Sie hatte Peters kleiner Schwester extra *Kelseys* Nummer dagelassen. Kelsey war gerührt, aber nur halb wach konnte sie sich jetzt nicht darum kümmern.

Über ihr verzog sich Gillians Mund zu einem Grinsen. »Als deine ehemalige Labor-Partnerin kann ich dir versichern, dass du heute nicht zum ersten Mal in Chemie weggepennt bist.«

Kelsey erhob sich und setzte ihren Rucksack auf. »Ja, aber diesmal warst du nicht da und hast mich unter dem Tisch getreten.«

»Ich weiß nicht, ob das was gebracht hätte, ehrlich gesagt«, sagte Gillian. »Du hast beinahe geschnarcht.«

»Aha, na ja«, sagte Kelsey und glättete ihr zerknittertes Kleid. Sie war nicht in der Stimmung für eine Strafpredigt. Gähnend schlurfte sie los und fragte sich, wie sie es durch den Tag schaffen sollte.

Gillian hielt sie mit einer Hand an der Schulter zurück und besah sich ihr Gesicht genauer. »Hast du überhaupt geschlafen gestern Nacht?«

Statt zu antworten zeigte Kelsey auf den Sabber auf ihrem Pult.

»Du brauchst Kaffee«, stellte Gillian fest. »Und Zucker.«

»Ich hatte heute Morgen keine Zeit, welchen zu holen. Also denk ich mal …«

»Lass uns gehen.« Gillian schob sie vor sich her.

»Wir haben aber erst die dritte Stunde. Mittagessen ist erst …«

»Hab ich was von Mittagessen gesagt?« Gillian lächelte.

Unwillkürlich hoben sich Kelseys Augenbrauen und auch ihre Mundwinkel wanderten nach oben. Tausend Kilo fielen ihr von den Schultern. Ihr wurde bewusst, dass sie in den letzten Wochen nicht gelächelt oder gar irgendetwas gefühlt hatte, das nicht mit Peter zu tun hatte. Gillian war keines von Kelseys Gespenstern. Sie war so dreidimensional, so real neben ihr und hatte offenbar beschlossen, dass Kelsey doch kein verlogenes Miststück war.

»Warum …«, begann sie. Gillian blieb stehen und wandte sich zu ihr um. »Warum redest du wieder mit mir?«

Gillian schürzte die Lippen, dachte nach und ging dann weiter, sodass Kelsey ihr folgen musste. »Weil du heute anders bist. Und weil ich heute anders bin. Ich fühle mich einfach anders. Beste Freundinnen spüren so was irgendwie, denke ich. Ich wünschte, ich könnte das wissenschaftlich erklären, kann ich aber nicht …«

»Gil, du hast recht.« Kelsey entfuhr ein erleichtertes Lachen, als sie versuchte, Schritt zu halten. »Ich hab's ihm gestern Nacht gesagt. Also, ich hab ein Video von mir gemacht, in dem ich es ihm sage. Es hat sich zu seltsam angefühlt, einen Brief zu schreiben. Jedenfalls hab ich es mit der Post geschickt. Er bekommt es bald, hoffe ich.«

»Ich denke eigentlich nicht, dass es eine Rolle spielt, wann er es erfährt.«

»Wie meinst du das?«

»Du warst ehrlich mit dir selbst.«

»Und du wolltest mich einfach so lange ignorieren, bis du dich anders fühlst? Bis du etwas spürst?«

Gillian überlegte einen Moment. »Erinnerst du dich, als ich vor dir wusste, dass du deine Periode bekommen hast?«

Das stimmte. Eines Tages in der Zehnten hatte sie Kelsey einfach so einen Tampon gegeben. »Trotzdem. Das ist verrückt.«

Gillian verengte die Augen und lächelte Kelsey an, als wollte sie sagen: *Musst gerade du sagen.*

»Na gut«, sagte Kelsey kopfschüttelnd.

»Wir müssen bei Ingrids Theaterkurs vorbeischauen«, sagte Gillian so ungezwungen wie möglich. »Dann kannst du uns zeigen, wie man Schule schwänzt.«

Kelsey grinste. »Das ist leicht, echt …«

Der Theaterkurs fand in der hallenden Aula am anderen Ende der Schule statt. Nachdem es zur vierten Stunde geläutet hatte, schlichen Kelsey und Gillian sich in die letzte Reihe, darauf bedacht, nicht die Aufmerksamkeit des Theaterlehrers zu erregen, der mit dem Rücken zu ihnen saß. Das Licht im Zuschauerraum war gedimmt.

Als Ingrid in die Mitte der Bühne ging, krabbelten Kelsey und Gillian weiter und duckten sich hinter die Sitzreihen.

»Mein Name ist Ingrid Krakowski und ich trage einen Monogog aus Neil Simons zeitlosem Stück von 1991, *Lost in Yonkers* vor.«

Gillian spuckte beinahe, um nicht laut loszulachen. Kelsey stieß sie mit dem Ellbogen an.

»Tut mir leid«, flüsterte Gillian, »aber hat sie gerade *Monogog* gesagt?«

Ingrid runzelte die Stirn und fing an, aber sie stolperte über die Wörter und sprach mit dem schlechtesten New Yorker Akzent, den Kelsey je gehört hatte. »*Vor fünfunddreißig Jahren hätte ich kämpfen können …*«

Kelsey stand abrupt von ihrem Platz hinter Ingrids Theaterlehrer auf, winkte hektisch und legte einen Finger an die Lippen. Gillian tat es ihr nach.

Ingrid riss die Augen auf, räusperte sich und fuhr lauter fort. »*Denkt daran. Es gibt eine Menge Deutsche in diesem Land, die für Amerika kämpfen …*«

Kelsey hatte eine Idee. Sie hielt sich den Bauch, tat so, als würde sie sich übergeben, zeigte auf Ingrid und dann auf den Ausgang.

Ingrid schaute sie verwirrt an. Der Theaterlehrer drehte sich um und Kelsey und Gillian duckten sich hinter die Sitze.

»Ähm«, sagte Ingrid auf der Bühne und kniff die Lippen zusammen. »Ich fühle mich nicht so gut.«

»Brauchst du einen Moment?«, fragte der Lehrer.

»Ja, meine Freundin muss sich übergeben. Ich meine, ich muss mich übergeben.«

Sie rannte von der Bühne.

Die drei Mädchen trafen sich auf dem Gang, eilten durch die Schule und durch die Turnhalle, die nur matt beleuchtet war, da keiner sie nutzte. Kelsey sah sich verstohlen um, bevor sie den Notausgang aufschob und geblendet in die Vormittagssonne blinzelte.

»Löst das nicht den Alarm aus?«, flüsterte Ingrid.

»Falls ja, ist der komplett geräuschlos und niemand unternimmt je was dagegen«, erwiderte Kelsey, als sie über den hinteren Parkplatz joggten. »Ich benutze diesen Ausgang nämlich seit Jahren.«

»Gut zu wissen, dass unsere Schule es ernst meint mit der Sicherheit«, sagte Gillian.

»Wohin?«, fragte Kelsey hinter dem Steuer des Subaru.

»Tazza?«, fragte Ingrid.

In der Stadt nahmen die Mädchen ihre geeisten Mokkas mit nach draußen auf die Bänke und blinzelten gegen das Licht. Früher hatten sie im Sommer jeden Tag hier gesessen, die vorbeigehenden Passanten beobachtet und die Jungs auf einer Skala von eins bis zehn bewertet.

»Das haben wir seit einer Ewigkeit nicht mehr gemacht«, sagte Kelsey.

»Du hast seit einer Ewigkeit dein Haus nicht verlassen«, sagte Ingrid. »Wir haben uns Sorgen um dich gemacht.«

Gillian, die auf der anderen Seite neben Ingrid saß, beugte sich nach vorne und fing Kelseys Blick auf. »Was ist passiert mit … Ich meine …« Sie schaute zu Ingrid, unsicher, ob Kelsey bereit war, ihr zu erzählen, was sie getan hatte. »Du weißt, was ich meine«, schloss Gillian.

Kelsey seufzte. Der Umschlag hatte den Briefkasten inzwischen wahrscheinlich verlassen und war unterwegs zu Peter.

Obwohl sie ihn erst gestern gesehen hatte, schien er so weit weg.

»Kels?«

»Ich weiß nicht« Kelseys Müdigkeit holte sie wieder ein. Ihre Stimme zitterte. »Wir sind verliebt, Gil.«

Gil beugte sich über Ingrid, um Kelseys Knie zu berühren.

Kelsey versuchte ihre zitternde Lippe ruhigzustellen.

»Oder zumindest denke ich, dass wir das sind. Er weiß noch nicht, dass ich es bin, oder vielleicht doch. Vielleicht weiß er es auch und will nie wieder mit mir reden …«

»Stopp«, sagte sie nachdrücklich. »Nicht weinen.«

Kelsey presste den Mund zusammen. Gillian verfiel in einen mütterlichen Tonfall.

»Tief durchatmen.«

Kelsey gehorchte. Das tat gut. Sie holte noch einmal tief Luft.

»Und jetzt erzähl uns alles.«

Das tat sie. Und sie ließ kein einziges Detail aus. Jedes Mal, wenn ein Stück der Wahrheit sie verließ, fühlte sie sich stärker, als würde ein Gift aus ihren Adern fließen.

»Also, am Anfang wusstest du nicht, dass du ihn magst?«, fragte Ingrid.

»Du hast einfach nur Michelle vermisst.«

»Und jetzt werde ich noch verrückter, als ich ohnehin schon bin.« Kelsey rieb sich die Stirn. »Ich weiß nicht, ob er damit leben kann oder ob er mich liebt oder mich hasst oder was.«

Gillian und Ingrid sahen sie schweigend an.

»Also?«, presste Kelsey hervor. »Was denkt ihr?«

Gillian runzelte die Stirn. Ingrid saugte den Rest ihres Mokkas durch den Strohhalm.

»Ich bin einfach nur froh, dass du ihm die Wahrheit gesagt hast«, sagte Gillian schließlich.

Kelsey schüttelte den Kopf und ballte die Fäuste. »Ich musste. Ich hab's nicht mehr ausgehalten. Ingrid, was denkst du?«

»Ich denke, mir ist das eigentlich egal, weil ich diesen Kerl nicht kenne und du so oder so klarkommst.«

Gillian boxte sie in die Schulter. »Ingrid!«

Ingrid zuckte mit den Achseln. »Na ja?«

»Weiß du, wie es ist, verliebt zu sein?«

»Ja, wahrscheinlich. Ich weiß nicht. Wahrscheinlich nicht.«

Kelsey konnte Ingrids Gleichgültigkeit nicht begreifen. Sie hatte vergessen, wie es war, gleichgültig zu sein. Sie fragte sich, ob sie an ihrer Stelle dasselbe gesagt hätte. Wenn Ingrid im letzten Jahr einfach abgetaucht wäre, so wie Kelsey, vielleicht wäre es ihr dann auch egal gewesen.

»Was machst du jetzt?«, fragte Gillian.

Kelsey überlegte einen Moment. Seit dem Morgen hatte sie das schreckliche Gefühl, in der Schwebe zu hängen, und sogar jetzt verließ es sie nicht. »Ich weiß nicht. Abwarten, schätz ich mal.«

Gillian stellte die Füße nebeneinander und stand auf. »Nun gut, dieses Mal lassen wir es nicht zu, dass du dich in deinem Zimmer einschließt. Der gesamten Gesellschaft zuliebe. Wer weiß, auf welche Gedanken du kommst?«

Kelsey lächelte und wollte ihr danken.

»Ich mein's ernst.« Kelsey war noch nie so dankbar für den herrischen Ton ihrer besten Freundin gewesen wie jetzt. Oder Ingrids unbekümmerte Ahnungslosigkeit, was diese Dinge betraf, und dass sie, ohne nachzudenken, einfach drauflosplapperte. Sie wünschte, sie wäre in mancher Hinsicht mehr wie die beiden.

War sie aber nicht, denn so funktionierten Menschen nicht. Sie waren verschieden, alle drei, und Kelsey schaute an diesem Punkt nicht mehr zurück.

So oder so, sie standen hinter ihr.

Obwohl sie es eigentlich nicht verdient hatte.

Sie stand auf, um ihre Freundinnen zu umarmen, und einen Moment lang hatte sie das Gefühl, festen Boden unter den Füßen zu haben.

KAPITEL 31

Als Kelsey an diesem Abend das Haus betrat, dachte sie wieder, sie würde träumen. Nein, es roch wirklich nach Abendessen. Die Lieblingsmusik ihrer Vaters schallte durchs ganze Haus. Ihre Mutter schnippelte Gemüse auf einem hölzernen Schneidebrett und warf die Stücke dann in eine riesige Metallschüssel.

Als Kelsey näher kam, fiel ihr auf, dass der Tisch gedeckt war, mit Servietten und allem.

Ein solcher Anblick hatte sich Kelsey seit langer Zeit nicht geboten.

Ihr Vater hatte sich spät nachts Reste aus dem Restaurant in der Mikrowelle aufgewärmt und sie und ihre Mutter blieben sich selbst überlassen, in Kelseys Fall hieß das meistens Pizza vom Lieferservice oder Nudeln mit Käse.

»Ist das für die Leute von der Gruppentherapie?«, rief Kelsey über die Musik hinweg.

»Kelsey!« Ihre Mutter zuckte beim Klang ihrer Stimme zusammen. Sie war so mit dem Kohl beschäftigt gewesen, dass sie nicht gemerkt hatte, wie sie hereingekommen war.

»Was hast du gesagt?«

»Ich sagte …«

»Rob, stell mal den Krach leiser, bitte«, rief ihre Mutter und klatschte ihrem Vater auf den Hintern.

Ihr Vater drehte sich um, sah Kelsey und zog die Augenbrauen hoch, seinen Pfannenheber hielt er in die Höhe. »Hallo, Süße!«

»Was soll das alles?«, fragte Kelsey, die Folk-Musik war nun auf vernünftiger Lautstärke.

»Wir essen gemeinsam zu Abend«, verkündete ihr Vater.

»Wirklich?«

»Setz dich.« Ihre Mutter hatte die Brille in ihre zerzausten grauen Haare gesteckt.

»Bleib ein bisschen«, sagte ihr Vater, ließ eine Frikadelle auf einen großen Teller gleiten und drehte die anderen um.

Kelsey ließ sich auf einen Stuhl plumpsen und vergaß vor lauter Übermüdung den Rucksack abzusetzen. Ihre Mutter nahm ihn ihr ab. Kelsey zuckte fast zurück, als ihre Mutter sie berührte, aber nur fast. Sie lächelten einander verhalten an.

»Wir müssen mit dir über etwas reden«, sagte ihre Mutter.

Kelsey hatte keine Ahnung, worum es ging, aber diese Worte waren selten ein gutes Zeichen.

»Heute war was in der Post.« Ihre Mutter stand auf und ging zu ihrem Schreibtisch.

Bei Kelsey läuteten die Alarmglocken. Sie umklammerte die Tischkante. Auf dem Weg ins Haus hatte sie in den Briefkasten geschaut; der war ziemlich sicher leer gewesen. Hatten sie den Brief an Peter gefunden? Wussten sie es?

»Überraschung«, sagte ihre Mutter hinter ihr, ließ einen Umschlag neben ihren Teller fallen und setzte sich wieder neben sie.

Der Umschlag trug den Stempel vom College und er war ziemlich dick.

»Du bist drin!«

In dem seltsamen Wirbel der vergangenen paar Monate hatte Kelsey fast vergessen, sich zu bewerben. Hatte es aber doch auf den letzten Drücker getan und war dann davon ausgegangen, dass sie aufgenommen wurde, weil Ingrid vor ein paar Tagen aufgenommen worden war und Ingrid war, na ja, Ingrid.

»Wow«, war alles, was Kelsey herausbrachte, während sie den förmlichen Brief überflog.

»Glückwunsch, Schätzchen«, sagte ihre Mutter.

Als sie alle saßen und gegrillte Frikadellen und Krautsalat aßen, musste Kelsey einen Moment lang innehalten. Sie war auch vor Michelles Tod nicht immer perfekt mit ihren Eltern klargekommen, aber als die beiden ihr jetzt gegenübersaßen und sich die Weinflasche reichten, wurde ihr doch ganz warm ums Herz.

Ihr Vater schüttelte den Kopf und lächelte in sich hinein. »Ich erinnere mich noch gut an deinen ersten Schultag.«

»Ha!«, stieß ihre Mutter hervor. »Was für eine Geduldsprobe.«

»Die eine wollte morgens in die Vorschule, die andere nachmittags.«

Kelsey lachte mit ihren Eltern. »Und dann nach zwei Tagen wollten wir zusammen in eine Klasse. Das weiß ich noch.«

»Ihr zwei Flatterhaften. Echte Zwillinge.«

Als die Teller leer geputzt waren, wie immer, wenn ihr Vater kochte, schaute ihre Mutter ihren Vater an und faltete die Hände unter dem Kinn. »Wir sind so stolz auf dich.«

»Aber das ist nicht alles …«, sagte ihr Vater, nahm einen Schluck Wein und zeigte auf ihre Mutter.

»Rob! Verdammt noch mal. Ich wollte bis zum Nachtisch damit warten.«

»Oh«, sagte er achselzuckend. »Ups.«

»Ich hab die hier machen lassen«, ihre Mutter war auf einmal ganz feierlich. »Ich hoffe, sie gefallen dir.«

Sie holte eine Box hervor und darin fand Kelsey einen Stapel Einladungskarten.

Bitte feiert mit uns den Schulabschluss von Ms Kelsey Maxfield, stand dort in goldglänzenden Buchstaben, den gleichen, die ihr Briefpapier zierten. Dann die Uhrzeit und der Ort: Ihr Garten, ein Nachmittag im Mai, nur Stunden, nachdem sie die Schule für immer hinter sich haben würde. Die Einladung war in Blau und Purpur gehalten, den Farben des College.

Kelsey schlug sich die Hand vor den Mund und umarmte ihre Mutter.

»Du kannst so viele Leute einladen, wie du willst«, sagte ihre Mutter.

»Und ich koche, was immer du willst«, sagte ihr Vater von der anderen Seite des Tischs. »Müssen nicht unbedingt Burger sein.«

»Wir könnten auch von *La Parrilla* liefern lassen«, fügte ihre Mutter hinzu.

Sie plauderten weiter über ihre Pläne, und Kelsey wusste, dass sie alle sich bemühten, sich auf die Feier zu freuen. So sehr, wie sie sich bemühten, nicht allzu genau darüber nachzudenken.

Michelles Abwesenheit lauerte in den Nebensächlichkeiten. Die Tatsache, dass ihre Schwester ausdrücklich keine große schicke Party gewollt, oder die Nase gerümpft hatte, als Kelsey eine Taco-Bar von La Parrilla vorschlug.

Nun stand niemand Kelsey im Weg. Sie konnte ihren Abschluss genau so feiern, wie sie es wollte.

Kelsey mochte nicht daran denken, was durch den Festschmuck, die fröhlichen Gäste und das mexikanischen Essen nur oberflächlich überdeckt werden würde: Ohne Michelle konnte es sowieso niemals so sein, wie sie es gern wollte.

KAPITEL 32

Meg wartete bereits in einem Top und ausgeleierten Basketballshorts, das Haar zu einem hohen Pferdeschwanz hochgebunden im Vorgarten der Farrows, als der Subaru in die Einfahrt fuhr. Kelsey stieg aus dem Auto, blickte zu den umliegenden Häusern und tat so, als würde sie Meg zum ersten Mal sehen. Sie löste ihr Versprechen ein, Peters kleiner Schwester bei ihren Tanzschritten zu helfen, aber dieses Mal war sie Kelsey, das weniger künstlerische, weniger akademische Partygirl, das mit Michelle außer der DNA nichts gemeinsam hatte. Im Grunde genommen sie selbst vor acht Monaten. Das würde sie hinkriegen.

Das ist das letzte Mal, hatte sie sich auf der Hinfahrt versichert, und es war ihr ernst damit. Ihr Plan war, die Eltern zu meiden und möglichst wenig zu reden.

Meg winkte. Kelsey ging in ihren schneeweißen Sportschuhen und einem Lions-T-Shirt über den Hof auf sie zu. »Kelsey.« Sie streckte mit einem schmallippigen Lächeln die Hand aus.

Meg musterte sie von oben bis unten und schaute ihr einen entsetzlichen Augenblick lang direkt in die Augen. Kelseys Hand fühlte sich an, als hätte sie stundenlang in der Luft geschwebt.

Dann ergriff Meg sie. »Ich bin Meg«, sagte sie lächelnd. »Ich hab viel von dir gehört.«

»Ebenso.«

Kelsey hob die Schultern und gestikulierte unbestimmt. »Also ...« Sie fragte sich, ob Meg merkte, dass sie nervös war. »Zeigst du mir deine Nummer?«

Sie gingen in den Garten, wo Meg tragbare Lautsprecher aufgestellt hatte, und Kelsey musste jedes Quäntchen Willenskraft aufbringen, um nicht Richtung Wald und zum Schlangen-Land zu schauen.

Eine Stunde lang arbeiteten sie an Megs Schwierigkeiten mit Pirouetten. Kelsey stellte fest, dass sie zu zappelig und ihr Rücken zu krumm war, eher eine Sportlerin als eine Tänzerin, aber das würde sie nicht aufhalten. Ihre Beinarbeit war makellos.

»Du musst nur ein bisschen lockerer werden.« Kelsey ließ die Schultern kreisen. Meg tat es ihr gleich. »Verlass dich auf deine Balance, aber verlass dich nicht zu sehr darauf, sonst verlierst du sie und dann überschlägst du dich, ungefähr so ...«

Kelsey ließ es zu, dass sie bei ihrer Pirouette ins Schleudern geriet und stürzte ins Gras. Meg lachte.

»Versuch's noch mal«, ermunterte Kelsey sie. Während sie Meg zusah, ging die Hintertür auf.

Peters Mutter Cathy stand in der Türöffnung. Ihr Gesundheitszustand schien sich seit letzter Woche, als Kelsey sie regungslos in ihrem Krankenhausbett gesehen hatte, gebessert zu haben. Ihre Augen leuchteten und sie schob sich sicher an den Terrassenmöbeln vorbei.

»Seid ihr fleißig, Mädels?«, rief sie.

»Ja«, sagte Kelsey. »Ihre Tochter hat gerade eine schwierige Drehung gemeistert.«

»Also, ich kann dir gar nicht genug danken, dass du den weiten Weg hierhergekommen bist.«

»Kein Problem.« Kelsey kickte mit dem Fuß gegen den Boden, als müsste sie einen unsichtbaren Gegenstand beiseitetreten.

»Ich habe letzte Woche wohl deine Schwester kennengelernt, aber dich noch nicht, oder?«

Sie stellten sich einander vor, und Kelsey fragte sich, wie viel Cathy noch wusste, hauptsächlich, ob sie sich noch an das undeutliche *Hallo* im Krankenhauszimmer erinnerte, als sie ihren Sohn das letzte Mal gesehen hatte. Es fiel ihr schwer, Peters Mutter anzusehen, deren linke Gesichtshälfte, aus der Nähe betrachtet, immer noch schlaff herunterhing. Eine Nachwehe des Schlaganfalls.

Sie setzten sich und tranken Limonade und Meg schwärmte ihrer Mutter und Kelsey von *Michelle* vor, wie lustig sie war und wie *schwer verliebt* Peter.

Kelsey bemühte sich Neugier zu zeigen, als Cathy sich darüber amüsierte, dass Michelle am *Supermarkt-Rennen*, wie sie es nannte, teilgenommen hatte, und dann mit ihrer Tochter in Erinnerungen schwelgte, zum Beispiel als Peter die Zutaten für Lasagne holen sollte und stattdessen mit einer fertigen Tiefkühllasagne zurückkam.

Kelsey wünschte, sie könnte ihnen sagen, dass Peter ihr diese Geschichte auf dem Weg zum Flughafen auch erzählt hatte und immer noch der Ansicht war, dass man ihn um einen Rekord betrogen hatte.

Aber das war nicht Kelseys Geschichte.

Als die Schatten über dem Garten länger wurden, wollte Kelsey mehrere Male aufstehen, sich auf die Brust schlagen und schreien: *Ich bin das!*

Sie wollte rennen, bis sie nicht mehr konnte, tief hinein ins Schlangen-Land. Dort würde Peter sein, all ihre Sünden wären vergeben und sie würden gemeinsam durch den Weizen Richtung Horizont gehen, hinein in den Rest ihres Lebens.

Jetzt musste sie sich erst einmal damit begnügen, ihre Limonade leer zu schlürfen.

»Ich sollte jetzt wohl zurückfahren«, sagte Kelsey. Sie wandte sich an Meg. »Bist du zufrieden mit den Pirouetten?«

»Sehr zufrieden.« Meg nickte.

»Vielen Dank.« Cathy zog Kelsey in eine Umarmung. »Und dank deiner Schwester auch von mir. Sag ihr, sie soll wieder vorbeischauen, damit ich sie richtig kennenlernen kann.«

»Mach ich.« Kelsey klatschte Meg kräftig ab.

Vielleicht war es das schwindende Licht, aber es sah so aus, als läge in den Augen von Peters Schwester eine seltsame Traurigkeit, die zuvor nicht dort gewesen war. Aber das bildete Kelsey sich wohl nur ein. Sie bildete sich in letzter Zeit so viel ein.

»Viel Glück! Erzähl mir, wie es so läuft!«, rief sie Meg zu, als sie den Hinterhof verließ.

Sie waren gute Menschen, dachte sich Kelsey, daran gab es keinen Zweifel. Hoffentlich waren sie auch gnädig, aber auf ihre Reaktion hatte Kelsey keinen Einfluss. Es lag jetzt alles in Peters Händen.

KAPITEL 33

Die wenigen Teilnehmer an Mrs Wallace' Kurs verschwammen zu undeutlichen Schemen, als Kelsey mit dem Gesicht zum Projektor vor ihnen stand. Ihr Baby-Doll-Kleid und die Gogo-Stiefel, eine Hommage an die Muse des Künstlers, waren in das helle rot-weiße Licht einer *Campbell*-Suppendose getaucht, die auf die Leinwand projiziert wurde.

Es war ihr letzter Schultag als Zwölftklässlerin und sie hatte sich erst am Abend zuvor für das Thema ihrer Abschlusspräsentation in Kunstgeschichte entschieden, Michelles alte Bücher durchforstet und die Werke ausgesucht, die ihr am besten gefielen. Das lenkte ihre Gedanken von Peter ab, oder vielmehr von Peters Abwesenheit. Er hatte zwei Wochen lang nicht gemailt, nicht angerufen oder war überhaupt online gewesen. Es war wie Folter.

Kelsey riss sich zusammen und versuchte sich zu konzentrieren.

»Anstatt euch nutzlose biografische Fakten zu referieren, die ihr wahrscheinlich ohnehin vergesst«, las Kelsey dem stillen Raum von ihren Karteikarten vor, »will ich euch erzählen, was ich an Andy Warhol besonders interessant finde.«

Sie nickte Mrs Wallace zu, die auf das Zeichen hin ein Bild

weiter klickte. Das nächste Foto zeigte einen Mann mit weiß gebleichten Haaren, der sogar drinnen eine Sonnenbrille trug. Neben ihm saß das Mädchen, als das sie sich verkleidet hatte und das sie in vielen seiner Kurzfilme gesehen hatte.

»Mir hat das erste Mal jemand von Andy Warhol erzählt, den ich sehr geliebt habe, der jetzt nicht mehr unter uns ist. Meine Schwester. Sie hat immer diese wunderschönen Motive gemalt, zum Beispiel perfekte Bilder von unserem Garten oder unserem Haus oder dem Campus, aber dann hat sie diese verrückten Neonfarben verwendet. Ich habe nie verstanden, warum. Ich habe sie immer gefragt, warum sie nicht das malte, was sie sah. Ich dachte, sie wolle einfach nur nerven.«

Ein paar Leute kicherten.

»Dann hab ich das hier entdeckt.«

Sie nickte Mrs Wallace zu, die zu einer Ansicht wechselte, die drei Bildreihen des Filmstars Marilyn Monroe zeigte, jedes Quadrat war ein identischer Abzug von ihrem Gesicht, aber die Färbung wechselte bei jedem, sodass alle eine unterschiedliche Farbkombination aufwiesen. »Das nennt sich *Pop Art* und dafür ist Andy Warhol berühmt. Hier wird aus Werbung oder Marken Kunst gemacht. Michelle machte gewissermaßen das Gleiche. Sie nahm etwas, das jeder kannte, wie ein Haus oder eine Veranda, und benutzte Farbe, damit die Leute anders darüber nachdachten. Damit die Leute begreifen, dass die Dinge, die sie jeden Tag sehen, etwas Besonderes sind. Andy Warhol schaffte das, indem er bekannte Bilder immer wiederholte oder ihre Farbe veränderte, und das hat mich auf den Gedanken gebracht, na ja, dass jeder das kann.

Und ich hab immer gedacht, das wäre Schwachsinn, aber in Wirklichkeit ist es spannend.« Sie spähte zu Mrs Wallace und hoffte, sie hatte sie nicht gekränkt. Die Lehrerin hielt sie nickend dazu an fortzufahren.

»Solange man etwas hat, das die Leute wiedererkennen, einfach einen alltäglichen Gegenstand, zum Beispiel, wie in meinem Fall, Popsongs und Tanzschritte …« Kelsey lief rot an. »Kann man ein bisschen daran herumfeilen und auf einmal ist es etwas ganz Besonderes. Oder man kann ganz viel daran herumfeilen. Der Punkt ist, man muss dafür sorgen, dass die Leute zweimal hinschauen. Sie können sich dabei an etwas festhalten, das sie kennen, denken aber gleichzeitig intensiver darüber nach. Es muss ihnen nicht gefallen, aber es ist da.«

Kelsey las jetzt nicht mehr von ihren Karteikarten ab.

»Wir lassen so vieles vorbeiziehen, ohne es zu würdigen«, sagte sie und merkte, dass sie über viel mehr sprach als nur Andy Warhol.

»Wie auch immer«, sie räusperte sich. »Die Leute sagen, Andy Warhol habe es für Ruhm und Reichtum gemacht und vielleicht hat er das auch, aber er hat nicht aufgehört zu arbeiten, als er reich war, daher denke ich nicht, dass es nur das war. Er wollte einfach, dass die Menschen zweimal hinschauen.«

Sie konnte die Gesichter ihrer Klassenkameraden immer noch nicht sehen, aber es war ihr egal, ob sie zugehört hatten. Sie hatte erklärt, was sie ihnen deutlich machen wollte.

»Ende«, sagte sie, und in diesem Moment hatte sie tatsächlich das Gefühl, etwas abzuschließen. Sie war nun fertig mit der Schule. Und vielleicht auch mit Peter, auch wenn sie versuchte, die Hoffnung nicht aufzugeben, trotz seines Schweigens. Sie ging nicht mit den besten Noten ab, aber ihre Lehrer würden sie nicht durchfallen lassen und sie war an der Uni angenommen worden. Und das Wichtigste war, dass sie zu einer Erkenntnis gelangt war: *Auch sie konnte eines Tages eine Künstlerin sein.*

Sie verließ das Klassenzimmer, blieb aber, bevor der nächste Schüler dran war, vor Mrs Wallace' Pult stehen. »Danke«, flüsterte sie der Lehrerin zu. »Ich gehe jetzt.«

Und Mrs Wallace flüsterte zurück: »Deine Präsentation war ein bisschen kurz für meinen Geschmack, aber gut gemacht. Viel Glück, Ms Maxfield.«

Kelsey wanderte durch die leeren Gänge. Sie machte sich nicht die Mühe, ihr Sixties-Outfit auszuziehen, sondern nahm ihr Handy aus dem Schließfach, um Gillian und Ingrid zu schreiben, hielt aber inne, als sie die E-Mail sah, die dort wartete.

Sie öffnete sie, las sie und dann zur Sicherheit noch einmal.

Dann knallte sie ihr Schließfach zu und stürmte los.

Sie rannte über den Parkplatz, wich ihren Mitschülern aus, die sie in ihren Gogo-Stiefeln und mit den aufgeklebten Wimpern anstarrten. Sie fand ihr Auto, ließ die Fenster herunter, stieg aufs Gas, fuhr rückwärts aus der Parklücke, sauste auf die Straße und ließ ihren mit Haarspray vollgesprühten Dutt im Mai-Wind wehen.

Sie parkte irgendwo auf der Straße vor ihrem Haus, rannte die Treppe hoch und klappte ihren Laptop auf.

Peter hatte schon zweimal angerufen. Beim dritten Versuch ging sie dran, klickte immer wieder mit dem Cursor auf den Bildschirm und flehte ihn an, das Gesicht zu zeigen, von dem sie jede Nacht, jeden Tag, jede Sekunde geträumt hatte.

»Hallo?« Ihre Ohren summten und ihr Gesicht war heiß, so sehr hatte sie sich beeilt.

Vom anderen Ende ertönten nur abgehackte Geräusche, und als er endlich vor einer Bretterwand auftauchte, wo sonst ein grünes Zelt gewesen war, erstarrte das Bild. Er war wohl an einem neuen Standort mit einer schlechten Internetverbindung. Sie verfluchte den Ort, wo immer er war.

Aber Peter sah aus, als wäre er froh, sie zu sehen. Sein Bild bewegte sich wieder, aber nur schwach.

»Hast du mein Video bekommen?«, rief sie und hoffte, er konnte sie hören.

Sein Ton kam eine Sekunde lang und war dann wieder weg.

»Verbindung ist schlecht …«, hörte sie. Dann: »Ich … die Video… ist … Ich wusste es.«

Sie wartete, hielt beinahe die Luft an.

»Es ist okay …«, sagte Peter, und obwohl der Ton wieder weg war, breitete sich Erleichterung in ihr aus. Sein Mund formte Worte, während er sich den Kopf rieb und etwas erklärte.

»Versuch's noch mal! Ich kann dich nicht hören«, rief sie.

Plötzlich hörte sie die zwei Silben, die sie herbeigesehnt hatte.

»Kelsey …«

Kelsey. Kelsey. Er hatte ihren Namen gesagt. Endlich kannte er sie, so wie sie war, und nicht, wie sie vorgab zu sein.

Ich bin Kelsey und du liebst mich.

»Ich liebe dich, Peter«, sagte sie und endlich schien er sie gehört zu haben.

»Ich liebe dich auch …« Er beugte sich näher zum Bildschirm, aber in diesem Augenblick brach der Anruf ab.

Sie sprang von ihrem Schreibtischstuhl auf, hüpfte darauf und schrie, bis ihre Lungen leer waren. »JA! Ja, ja, ja, ja!«

Dann öffnete sie die Fliegengittertür zu ihrem Balkon und widerstand dem Drang, die Regenrinne hinauf aufs Dach zu klettern.

Ihre Zukunft war noch immer ungewiss, genau wie seine, aber sie würden zusammen sein. Erst hier und dann, wer weiß? Sie schloss die Augen und spürte den Wind.

Die Sonne war über einem Weg aufgegangen, auf dem sie Peter sah, und er war bereit, ihn mit ihr zu gehen. Sie war frei.

KAPITEL 34

Kelsey, Gillian und Ingrid schauten von oben auf die Partygäste hinunter, ihre Abschluss-Roben lagen in einem zerknitterten Haufen auf dem Boden von Kelseys Zimmer. Kelsey trug ein schlichtes Skaterkleid, das sie zusammen mit ihren Freundinnen im Einkaufszentrum in der Stadt ausgesucht hatten. Es war leuchtend purpurfarben und passte zu den blauen und purpurfarbenen Ballons, die ihre Mutter überall im Haus aufgehängt hatte, sodass es aussah wie ein riesiger Luftballonpalast.

Außer der Trauergruppe waren seit Michelles Gedenkfeier keine Gäste da gewesen und bis gestern hatte man das dem Haus auch angesehen. Ihre Mutter hatte die Abschlussprüfung ihrer Studenten verlegt, um am Morgen mit Kelsey die Pizzakartons wegzuräumen, sauber zu machen und kränkliche Zimmerpflanzen aus ihrem Elend zu erlösen.

Sie hatten wenig gesprochen, sich gegenseitig die Kehrschaufel gereicht und leise gelächelt, wenn ihre Blicke sich trafen. Als sie fertig waren, erinnerte Kelsey ihre Mutter daran, die Jade-Statuen zu verstecken.

Auf das Putzen folgten Glanz und Gloria: Händeschütteln mit dem Rektor, den sie kaum kannte, Fotos, auf denen sie ihr Abschlusszeugnis hochhielt, und ihr Lieblingspart, als alle ihre Kappen in die Luft warfen und es aussah wie ein Schwarm Vögel.

»Oh, schaut mal!« Gillian zeigte vom Balkon aus in den Garten. »Da ist dieser Typ aus Chemie. Den hast du eingeladen?«

»Klar.« Kelsey bemühte sich, ihren Lippenstift nicht mit dem Strohhalm zu verwischen. »Ich hab alle eingeladen. Warum nicht?«

»Sogar Davis?«

»Was? Wo?« Kelsey suchte die Menge ab und fand ihn augenblicklich. Er stand mit ein paar Jungs aus seiner Verbindung neben Anna und George und quatschte ihren Vater an.

»Ich hab ihn eigentlich nicht eingeladen.« Wahrscheinlich hatte ihre Mutter ihrem Ex-Freund anstandshalber Bescheid gesagt.

Als er merkte, dass sie ihn anschaute, winkte er. Sie winkte zurück.

Davis machte eine ausladende Bewegung mit der Hand vom Kopf bis zu den Füßen und zeigte auf sie. *Wunderschön,* formte er mit den Lippen.

Danke, schickte Kelsey lächelnd zurück.

Alles war wunderschön. Dieser Nachmittag unter den üppig grünenden Bäumen entfaltete seine volle Pracht. Kelseys Mutter hatte rote Wimpelgirlanden zwischen die Blätter gespannt wie zu Weihnachten. Sogar die lustlosen Pfingstrosen, die ihr Vater vor langer Zeit gepflanzt hatte, sahen fruchtbar und zufrieden aus und trugen dicke weiße Blüten. Bienen wimmelten um die zuckrigen Ränder der Margarita-Gläser.

»Die Verbindungsjungs futtern alle Tacos weg«, jammerte Ingrid und begutachtete ihre manikürten Nägel.

»Lass sie doch Tacos essen.« Kelsey machte eine huldvolle Geste wie eine Königin gegenüber ihren Untertanen. Die meisten Leute, die sich um die Lautsprecher drängten, aus denen Beyoncé wummerte, kannte sie nicht oder zumindest kaum noch. Aber bis jetzt hatte sie sich ja selbst kaum gekannt. Heute war sie schwerelos.

Sie hatte ihren Abschluss. Sie würde in Zukunft bei Uni-Cheerleadern mittanzen. Und sie war in Peter verliebt, der in wenigen Monaten nach Hause kommen würde.

Das erinnerte sie an etwas.

»Bin gleich wieder da«, sagte sie zu Gillian und Ingrid und ging nach drinnen, um ihr Handy zu holen.

Meg hatte ihr vorhin geschrieben und gefragt, was sie heute vorhabe.

Kann nicht kommen und mit dir üben, tippte Kelsey, weil sie sich nicht vorstellen konnte, warum Meg sonst fragte. *Meine Eltern schmeißen eine Abschlussfeier für mich!*

Bevor sie auf *Senden* drückte, fiel ihr etwas ein und sie zögerte. Meg wusste ja noch nicht, was mit Michelle passiert war.

Sie überlegte und änderte die Nachricht dann, sodass dort: *Meine Eltern schmeißen eine Abschlussfeier für uns!,* stand und schickte sie ab. Wenn Peter erst mal zu Hause war und es ihr erklärte, würde Meg es schon verstehen.

Sie ging auf ihre Seite des Balkons zurück, die immer ihre Seite bleiben würde. Sogar Gillian und Ingrid hatten sich nicht auf Michelles Seite ausgebreitet – aus Gewohnheit oder vielleicht auch in stillem Gedenken.

»Auf Mitch«, sagte Kelsey und hob ihr Glas.

»Auf Mitch«, wiederholten die beiden und Gillian legte ihr die Hand auf die Schulter.

Kelsey fühlte sich in die Zeit vor einem Jahr zurückversetzt, als sie zusammen auf Davis' Abschlussfeier gewesen waren: *Kelsey und Michelle wurden in wenigen Minuten siebzehn. Sie hatten sich alle um ein gigantisches Blech mit Kuchen versammelt. Kelseys Mutter, Davis' Eltern und seine Großeltern schossen Bilder von ihnen. Einige Minuten vernebelten die Blitzlichter ihnen die Sicht, sie waren zusammen, aber sie berührten einander kaum, weil sie annahmen, es seien einfach weitere fünf Minuten ihres Lebens, die sie zusammen verbrachten. Einfach zusammen, siebzehn Jahre alt, und mehr nicht.*

In diesem Moment hatte Michelle Kelsey zugeflüstert: »Nächstes Jahr um diese Zeit bin ich längst weg.«

»Ja, klar«, hatte Kelsey zurückgeflüstert. »Deine eigene Abschlussfeier verpassen? Wo willst du denn hin?«

»Ich weiß nicht. Ostküste. Europa vielleicht.«

Kelsey hatte ihre Schwester angeschaut und ironisch die Augenbrauen hochgezogen. »Schön. Auf Nimmerwiedersehen.«

Der Stein in ihrer Magengrube riss Kelsey zurück in die Gegenwart. Gillian und Ingrid standen neben ihr und genossen die Wärme des Nachmittags.

Sie wünschte sich jetzt, sie hätte etwas anderes gesagt. Nein, etwas gefragt. Sie wünschte, sie hätte Michelle gefragt, was sie dort tun wolle, welche Art von Kunst sie machen, wer sie sein wolle. Wenn sie gefragt hätte, wäre ihre Schwester ihr jetzt in der Gegenwart nicht ein solches Rätsel.

Andererseits hatte Michelle es vielleicht auch nicht gewusst. Vielleicht wäre sie heute ein völlig anderer Mensch. In einem Jahr konnte sich so viel verändern. In ein paar Sekunden konnte sich so viel verändern.

Danke, dachte Kelsey, obwohl sie nicht wusste, wem oder was sie dankte. Auf jeden Fall war sie dankbar für die Erinnerungen, die ihr für immer blieben, ohne sie zu verfolgen.

Nicht alle Gespenster machen einen traurig oder erschrecken einen.

Sie war dankbar, dass die Zeit verging.

»Ich wünschte, Peter wäre hier«, dachte Kelsey laut.

Gillian sah sie blinzelnd an. Nach Peters Anruf am vorigen Tag hatte sie Gillian und Ingrid auf der Stelle davon erzählt. Sie hatten sie mit Fragen gelöchert: Was würde sie machen, wenn er zurück war? Zog er zu ihr hierher? Folgte sie ihm an die Ostküste? Würden sie den Sommer zusammen genießen und es dann dabei belassen?

Kelsey wusste es nicht. Die Liebe hatte es so an sich, alles aus der Realität zu verbannen, was dem Gefühl entgegenstand. Also gab sie sich einfach dem Gefühl hin.

Sie wusste nur, dass sie in zwei Tagen am offiziellen Vortanzen der Uni-Cheerleader teilnehmen würde. Sie hatte die verlangte Choreografie stundenlang geübt, bis sie in ihr Körpergedächtnis übergegangen war. Das Einzige, was fehlte, war der richtige Gesichtsausdruck, hatte Ingrid gesagt, als sie ihr zugeschaut hatte. Kelsey sah nicht so aus, als würde ihr das Tanzen Spaß machen.

In zwei Tagen fing Ingrid ihren Ferienjob an, Rettungsschwimmerin im hiesigen Schwimmbad.

Gillian verließ in zwei Tagen die Stadt und besuchte ihre ältere Schwester in New York.

Aber zwei Tage zählten jetzt nicht.

Jetzt schlürften sie Margaritas zusammen und trugen hohe Schuhe, in denen sie einige Zentimeter größer waren als sonst.

Ingrid stieß sie an.

»Wir müssen runter«, quietschte sie.

»Bitte nicht noch ein Foto!« Kelsey verdrehte die Augen und schaute in ihr leeres Glas.

»Mein Mund tut schon weh vom Lächeln.«

Gillian japste ebenfalls und zog Kelsey vom Balkongeländer weg in ihr Zimmer. Sie leckte ihren Daumen ab und rieb einen Klecks Taco-Soße von Kelseys Wange.

»Was zur Hölle, Gil?« Sie hatten wohl etwas gesehen, das ihr entgangen war. Sie steuerte wieder auf den Balkon zu, aber die beiden hielten sie fest.

»Runter. Und zwar sofort«, sagte Gillian.

Sie folgte ihnen zügig die Treppe hinunter, immer darum bemüht, auf ihren hohen Hacken nicht zu stolpern. In der Küche öffnete Ingrid die Hintertür und Gillian zog Kelsey nach draußen.

Dort stand er an den Zaun gelehnt und war in seiner blauen Ausgehuniform beinahe nicht wiederzuerkennen. Er hielt sein Barett in der einen und einen Strauß Rosen in der anderen Hand und suchte sie in der Menge.

Endlich trafen sich ihre Blicke.

KAPITEL 35

»Peter.«

Er drängte sich durch die Gäste hindurch und war auf einmal in ihren Armen, hielt ihren Körper an die Knöpfe seiner Jacke gepresst und wiegte sie hin und her.

»Wir wurden abgezogen«, flüsterte er ihr ins Ohr. »Meine Kompanie wurde vorzeitig zurückbeordert.«

»Wann bist du angekommen?«, fragte sie noch immer an seine Schulter gedrückt.

»Gerade eben. Bin gerade erst gelandet. Ich hab Meg gefragt, wo du bist. Ich wollte dich überraschen.« Er fuhr ihr mit den Fingern durchs Haar.

»Das hast du!«, sagte sie lachend.

Sie wollte möglichst alles von ihm in sich aufnehmen, sodass sie kaum wusste, was sie zuerst anschauen sollte. Sein süßes Lächeln, verschmitzt und stolz, oder seine dunkelblauen Augen. Sie entdeckte ihre Lieblingsstelle, die weißblonde Strähne in seiner Augenbraue und strich mit dem Daumen darüber.

Die Leute schauten, aber es war ihr egal.

Sie zog ihn in weg von der Menge in eine Ecke des Gartens. »Lass dich ansehen.« Sie schob ihn ein bisschen von sich weg.

Peter betrachtete die Blumen in seiner Hand. »Ich wusste

nicht, ob du Rosen magst, aber ich schätze mal, wer mag keine …«

»Jeder mag Rosen«, sagte sie kichernd. Sie führte ihn nach drinnen. Schauer durchfuhren sie von der Brust bis hinunter zu ihren Füßen, sodass sie ganz ruhig, beinahe schläfrig wurde vor Glückseligkeit.

Sie schafften zwischen den Ballons Platz auf der Couch und setzten sich ins stille Haus.

»Mir kommt es vor, als wäre ich im Weltall oder so.« Er schaute sich um.

»Einfach perfekt«, sagte sie leise. »Für wie lange bist du da?«

»Bis sie mich wieder einberufen. Vielleicht in ein paar Monaten, vielleicht auch nie.«

»Sagen wir nie.« Rotes und blaues Licht fiel durch die Ballons. Kelsey zog sein Gesicht zu sich heran und küsste ihn. »Ich liebe dich so sehr«, sagte sie und seine Augen leuchteten auf.

Ihre Köpfe berührten sich.

»Ich liebe dich auch, Michelle.«

In ihrem Kopf detonierende etwas wie eine Bombe.

Kelsey wich zurück. Sie war nicht sicher, was sie gerade gehört hatte.

»Was?«

»Was?«, wiederholte Peter und lehnte sich zurück, um sie anzuschauen. Seine Brauen zogen sich zusammen und er lächelte verdutzt. Er stupste einen blauen Luftballon von seiner Schulter.

Kelsey suchte sein Gesicht ab und konnte das panische Klingeln in ihren Ohren nicht ignorieren. »War das ein Versehen?«

»Ein Versehen?«

»Du hast mich Michelle genannt.«

Er verfiel in einen scherzhaften Ton. »Das war kein Versehen. Es ist ziemlich normal jemanden bei seinem Namen …«

»Peter«, sagte sie leise. »Ich bin Kelsey. Du weißt, dass ich Kelsey bin. Du hast gesagt, du hättest mein Video bekommen, als wir letzte Woche gesprochen haben.«

»Welches Video?« Seine Augen verengten sich und sein Lächeln verschwand. »Was meinst du mit *Ich bin Kelsey*?« Er sprach langsam. »Wenn du Michelles Schwester bist …«

Kelsey Herz hämmerte wie ein Presslufthammer. »Ich hab dir ein Video geschickt, um es dir zu erklären. Du hast gesagt, du hättest es bekommen.«

Peter stieß ungläubig die Luft aus. »Ich habe nie ein Video bekommen, Kelsey! Soll das ein Witz sein?« Er runzelte die Stirn. »Ich weiß ehrlich nicht, was du meinst.«

»Okay«, begann sie und spürte, wie die Scham sie zu überwältigen drohte. »Versuch dich bitte an das Video zu erinnern. Daran, wie wir von dem Video gesprochen habe.«

Sie sah ihr Bild vor sich, das er auf dem Bildschirm hätte sehen sollen, und es schmerzte in ihrem Kopf.

Sie hatte den Mund geöffnet und ihren schiefen Schneidezahn in die Kamera gehalten. *Siehst du das?* hatte sie Peter gefragt. *Und das?* Sie war aufgestanden und hatte sich umgedreht, um ihm den Leberfleck auf ihrem Rücken zu zeigen. Das sind die einzigen Unterschiede. Waren. Waren die einzigen Unterschiede.

»Video? Ich hab nie irgendwas gesagt von … Oh. Ich hab zu Michelle gesagt, dass die Videoübertragung bei unserem Skype-Telefonat schlecht ist. Das war das einzige Mal, dass ich irgendwas in der Art gesagt habe.«

»Ich dachte, du würdest es verstehen. Ich …« Kelsey schluckte.

Peters Gesichtszüge wurden weicher. Er versuchte wirklich, dahinterzukommen, was vor sich ging. Er legte ihr die Hände auf die Arme. »Das sagst du die ganze Zeit. Ich hab keine Ahnung, wovon du redest. Das ist verrückt. Wo ist Michelle?«

Er ließ den Blick schweifen, als wäre sie hier, irgendwo im Haus.

Kelseys Atem ging langsam und stoßweise.

Sie fühlte sich so verloren wie direkt nach Michelles Tod. Doch hier und jetzt, in einem Meer aus Luftballons und mit den lachenden und plaudernden Leuten im Garten, das konnte einfach nicht sein.

»Sag was!«, platzte er heraus. »Bitte sag mir, was du hier treibst!« Er zerknüllte das Barett in seiner Faust.

Langsam standen sie beide auf.

Kelsey konnte nicht sprechen. Es kostete sie all ihre Willenskraft, zum Kaminsims zu gehen, wo seit acht Monaten ein gefaltetes Stück Papier lehnte. Sie reichte es Peter und wartete mit gesenktem Blick, nur einen Schritt von der Stelle entfernt, wo sie an jenem Tag im Oktober gestanden hatte.

Es war das Programm von Michelles Trauerfeier. Kelsey hatte die Textstelle aus dem Neunen Testament, die darin stand, auswendig gelernt und vorgetragen.

Sie erinnerte sich an eine Passage besonders gut: *Siehe, ich sage euch ein Geheimnis: Wir werden nicht alle entschlafen, wir werden aber alle verwandelt werden.*

Sie versuchte, den Klang ihrer Stimme zu verdrängen, die damals mechanisch diese Worte aussprach, aber ihr Gehirn ließ nicht zu, dass sie diesen kalten Tag vergaß. Als wollte es sie bestrafen. Ausgerechnet jetzt.

Peter las das Programm, blätterte zurück und las es noch einmal, den Brief, den sie ihm gleich hätte schicken sollen.

»Sie ist gestorben?« Seine Stimme klang erstaunlich leicht und er fragte mit der unschuldigen Offenheit eines Kindes. »Sie ist tot?«

Kelsey versuchte eine Antwort hervorwürgen, aber ihr Gehirn war völlig leer.

Ihre Mutter betrat den Raum und stieg über die Luftballons.

»Kelsey, was ist los?«

»Sei still!«, sagte sie laut, und ihre Mutter sah sie an, als wäre sie ein wildes Tier. »Ich bin so dumm«, murmelte sie. Kalter Schweiß klebte auf ihrer Haut. »Ich dachte, du wüsstest es. Ich dachte, du hättest mir verziehen.«

Peters Kiefermuskeln arbeiteten.

»Dir verziehen? Wie soll ich dir verzeihen?«

Kelseys Mutter nahm sie behutsam an den Schultern und drehte sie zu sich, damit sie ihr ins Gesicht blickte. »Kels, sieh mich an. Was ist passiert?«

Aber Kelsey konnte den Blick nicht von Peter abwenden. Sie wünschte, er würde sie nur eine Sekunde anschauen, eine Millisekunde, damit ihm wieder einfiel, wer sie wirklich war. Seine beste Freundin. Seine große Liebe.

Peters Stimme durchschnitt den Raum.

»Ich kann's nicht glauben, dass du mir das angetan hast.« Er lachte, aber in seinem Lachen lag nichts Gutes. Nichts Fröhliches.

»Das ist doch … total gestört.«

Ihre Mutter verstärkte den Griff um ihren Arm.

»Peter, bitte!«, rief Kelsey mit erstickter Stimme.

Als er ihr endlich in die Augen sah, war sein Blick ausdruckslos. »Ich verkrafte das nicht.« Er stellte das Programm vorsichtig zurück auf den Kaminsims.

Kelsey versuchte, einen Schritt an ihrer Mutter vorbei zu

machen, aber die hielt sie an den Schultern fest. »Wie hätte ich es dir sagen sollen?«

»Ich muss ...« Peter hielt sich mit der Hand die Stirn und suchte nach dem Ausgang. »Ich denke, es ist das Beste für alle, wenn ich gehe.«

»Geh nicht!« Kelsey schrie jetzt beinahe.

Die Worte sprudelten aus ihr heraus, bevor sie sie zu Ende gedacht hatte, schnell und undeutlich. »Das hier bin immer noch ich ... Egal, wie du mich genannt hast ... Ich bin immer noch die Person, mit der du gesprochen und der du geschrieben hast ... Ich liebe dich wirklich ... ich hab versucht, damit aufzuhören, aber ich konnte nicht ... Ich ...«

Ihre Mutter beugte den Kopf und sagte dicht an Kelseys Ohr. »Du solltest jetzt besser still sein. Lass ihn.«

Peter ging um den Tisch und die Couch herum, machte einen möglichst großen Bogen um sie und kickte Luftballons aus dem Weg.

Die Tür knarrte und fiel ins Schloss. Dann war er weg.

***

Liebe Michelle,

meiner Taschenlampe ist gestern Nacht der Strom ausgegangen, so oft habe ich deinen Brief gelesen. Das hab ich gar nicht vorgehabt, aber als ich ihn gelesen hatte, schien es mir das Natürlichste auf der Welt, wieder von vorne anzufangen. Wegen dir muss ich mitten in der Nacht viel zu laut lachen. Du bringst mich in Schwierigkeiten.

Ich habe mal gehört, dass Komiker eigentlich sehr traurige Menschen sind und sich in die Komik flüchten, weil ihre Welt so dunkel und absurd ist, dass sie keinen Sinn darin sehen, und man schwer leiden muss, um lustig zu sein, oder so was in der Art. Über Künstler sagt man so was übrigens auch. Vincent van Gogh hat sich verdammt noch mal das Ohr abgeschnitten. Was ich sagen will: Du bist lustig und eine Künstlerin, und ich hoffe, dass der Teil mit der Traurigkeit für dich nicht gilt.

Aber ich würde es auch verstehen, wenn es anders wäre. Ich bin selbst schon immer ein bisschen melancholisch gewesen, auch schon bevor ich beschlossen habe, dass eine kostenlose Hochschulbildung es wert ist, neun Monate in diesem Dreck zu verbringen. Ich hasse es, wenn ältere Leute sagen, wir hätten keinen Grund traurig zu sein, weil wir jung sind und gar nicht wissen, was wahre Traurigkeit ist. Vielleicht hat das ja noch niemand zu dir gesagt. Aber wahrscheinlich schon, da könnte ich wetten. Wie auch immer, wenn ich hier was gelernt habe, dann von den Kindern, die alleine in den ausgebrannten Häusern herumhängen und niemanden zum Reden haben außer einem Hund und einem kaputten Fußball. Sie haben ihre Mütter und Väter und Brüder und Schwestern verloren. Wer würde behaupten, sie wüssten nicht, was wahre Traurigkeit ist? Traurigkeit kann man nicht in Jahren messen. Meiner Meinung nach kann man Gefühle überhaupt nicht messen. Wir sind einfach nur Wesen, die Vermutungen über andere Wesen anstellen. Darum gibt es Songs, Bilder und Gedichte. Sie sind die besten Vermutungen.

Ich hab mal zu dir gesagt, dass mich der Gedanke, dass du irgendwo glücklich bist, aufrecht hält, aber der Gedanke, dass du irgendwo unglücklich bist, ist auch in Ordnung. Ich meine, ich will nicht, dass du traurig bist, und wenn du es nicht bist, ist das gut, aber ich denke einfach an dich, genauso wie du bist. Ganz egal, wie du bist.

Bist du traurig?

Du musst es mir nicht sagen. Aber ich bin für dich da, so wie du für mich da bist. Wenn du traurig bist, will ich dich glücklich machen. Wenn du glücklich bist, will ich dich glücklicher machen. Dem Stift geht die Tinte aus. Muss neuen Stift kaufen.

Dein Peter

KAPITEL 36

Ein Klopfen an der Tür weckte Kelsey aus einem traumlosen Schlaf. Draußen war es dunkel, aber das Licht in ihrem Zimmer brannte immer noch. Sie hatte keine Ahnung, wie lange sie geschlafen hatte, aber die Partygäste waren weg. Neben ihr auf dem Bett lag einer von Peters Briefen.

Ihre Mutter kam herein. Statt ihrem schicken Kleid trug sie jetzt Jogginghosen und die Brille auf der Nasenspitze.

»Steh auf«, sagte sie.

»Danke Mom, aber mir ist gerade echt nicht nach Reden.« Kelsey vergrub sich tiefer in ihre Kissen.

»Steh auf.«

»Wie spät ist es?«, fragte Kelsey.

»Es ist Zeit, dass du für deine Taten geradestehst. Steh jetzt auf.«

Der Ton ihrer Mutter gab Kelsey das Gefühl, wieder sieben Jahre alt zu sein, und sie hasste es, aber sie gehorchte.

»Zieh dir was über.«

Sie folgte ihrer Mutter wortlos zur Haustür. Die Nachtluft roch, als hätte es geregnet, das Rauschen des Windes begleitete sie auf ihrem Weg Richtung Fluss. Die gestrigen Ereignisse waren ihr immer noch gegenwärtig. Für Michelles Tod konnte sie nichts. Er war ein Unfall gewesen, ein tragischer Unfall. Aber dass sie Peter angelogen hatte, erfüllte sie mit einer tiefen Scham, die sie wie eine unheilbare Krankheit befallen hatte. Sie würde niemals vergessen, was sie ihm angetan hatte.

Als sie einem Jogger auswichen, merkte Kelsey, dass es schon dämmerte.

»Ich habe die ganze Nacht nicht geschlafen«, sagte ihre Mutter neben ihr.

»Warum?«, fragte Kelsey. Vom Weinen fühlte sich ihre Kehle kratzig an.

Beim Gehen vergrub ihre Mutter die Hände in den Taschen ihres Sweatshirts und seufzte. »Ich weiß nicht, ob ich die Mutter von diesem Jungen anrufen oder dich zu einem Psychiater schicken soll.«

Kelsey blieb stehen. »Was? Nein.«

Ihre Mutter hob die Hände. »Du hast den Tod deiner Schwester offensichtlich nicht verarbeitet …«

»Keiner von uns hat Mitchs Tod verarbeitet!« Kelseys Stimme hob sich und sie ballte die Fäuste. Jetzt ließ sie alles raus. Die Wut, den Schmerz, das Gefühl, ihre Mutter vom Grund eines Brunnens aus anzuschreien, denn die sollte ihr *verdammt noch mal heraushelfen*! »Du mäkelst die ganze Zeit an mir rum! Du stopfst unser Haus mit Fremden voll, mit denen du mehr sprichst als mit mir!«

Sie machte eine Pause, um Luft zu holen, und sah, wie das Gesicht ihrer Mutter in sich zusammenfiel. Aber Kelsey war noch nicht fertig.

»Du hast mich nicht mal lieb!«

»Das stimmt überhaupt nicht«, widersprach ihre Mutter sanft. »Ich habe dich sehr lieb.«

Kelsey putzte sich die Nase. »Warum fühlt es sich dann nicht so an?«

Im Licht der Straßenlaternen konnte sie das Gesicht ihrer Mutter nicht erkennen, nur die Umrisse ihrer Haarmähne und ihres Körpers, der selbstsicherer wirkte als ihr eigener. »Gehen wir weiter.«

Kelseys Gesicht war noch immer rot vor Zorn. »Warum?«, fragte sie.

»Weil.«

Diesem Wortwechsel lag ein Übereinkommen zugrunde, das es schon gegeben hatte, bevor sie ihren Namen schreiben konnte. Wenn ihre Mutter sagte: *Tu dieses oder jenes,* fragten sie und ihre Schwester: *Warum?,* und sie antwortete: *Weil,* und damit war die Diskussion beendet und sie taten, was sie tun mussten.

Aber heute war kein gewöhnlicher Tag. »*Weil* warum?«, wollte Kelsey wissen.

In den Worten ihrer Mutter ließ sich ein Lächeln erahnen. »Ich stecke dich nicht in die Klapse, Kels.«

Sie gingen weiter bis zum Fluss und bogen dann direkt auf den Kiesweg zum Nordufer ab, tief in den Wald hinein, wo zwischen den Zweigen der Tag anbrach. Der Kies knirschte unter ihren Füßen, die Vögel zwitscherten. Die Stille war beruhigend. Vielleicht fand ihr Körper wieder zu einem Rhythmus, weil sie zu Fuß ging und das Tempo selbst bestimmte. Vielleicht hatte sie vergessen, wie gut sie auf ihren Körper hören konnte. Vielleicht wusste ihre Mutter einfach, was das Beste für sie war. Als sie am großen, rostigen Tor am Ende des öffentlichen Bereichs ankamen, lehnte ihre Mutter sich dagegen und Kelsey tat es ihr gleich. Sie sahen sich an, zwei Augenpaare, die sich glichen: eins mit verschmierter Wimperntusche, eins mit ersten Fältchen.

Ihre Mutter wartete und fragte lautlos: *Warum?*

Kelsey könnte die Geschichte von Anfang an erzählen, wie ihren Freundinnen oder auf dem Video. Oder einfach antworten.

»Ich hab sie vermisst«, sagte sie schließlich. »Ich wollte wirklich nicht so tun, als wäre ich sie. Ich war nicht mal gut darin. Hauptsächlich wollte ich ihr einfach wieder nahe sein, verstehst du? Sogar noch näher als vor ihrem Tod.«

Ihre Mutter sah sie nachdenklich an. »Und Peter wollte ihr auch nahe sein.«

»Ja, ich denk mal. Und ich konnte es ihm einfach nicht sagen. Ich konnte ihm nicht wehtun. Ich bin ihm nachgelaufen, weil …«

Sie hatte bereits gesagt, dass sie Michelle vermisst hatte. Ihre Mutter wusste, wie es war, Michelle zu vermissen. Sie grub tiefer.

»Ich wollte etwas tun. Ich wollte nicht nachdenken. Immer wenn ich zu viel nachgedacht habe, wollte ich mich hinsetzen und …« Kelsey dachte an den Abend mit Davis und seinen Eltern, als sie auf dem Bordstein gesessen hatte. »… mich nie wieder bewegen. Einfach nur verrotten. Nein, verrotten wäre zu langsam.« Sie schluckte. »Ich wollte sterben.«

»Ich weiß, wie dir zumute ist«, erwiderte ihre Mutter.

Kelsey schaute erschrocken auf. Sie konnte sich nicht vorstellen, dass ihre Mutter so etwas dachte, so etwas Befremdliches und Düsteres und Unerklärliches. Ihre Mutter führte Listen. Wer Listen führt, hat keine solchen Gedanken.

Ihre Mutter nickte. »Ich wollte auch etwas tun, vermute ich. Aber für mich war das einfach. Ich habe einen Beruf.«

»Genau das ist das Problem«, warf Kelsey ein und schlug mit der Hand gegen das Eisengeländer. »Es reichte nicht, einfach mehr von den Dingen zu tun, die ich schon gemacht habe, als sie noch am Leben war. Ich wollte irgendwie …« Den Brief aufmachen. Peter trösten. Nach Paris fahren. »… an ihrer Stelle Dinge tun. Weil sie es nicht konnte.«

Ihre Mutter streckte die Hand aus und streichelte ihren Arm. »Was wir für andere Menschen tun können, hat seine Grenzen. Wir können nicht alles für alle tun. Und du musst tapfer sein, bei dem, was ich dir jetzt sage, Süße.«

Kelsey holte tief Luft.

»Du hast das Falsche getan. Für Peter, für Michelle, für dich selbst. Egal, was du empfunden hast, es war nicht richtig. Was dachtest du, würde passieren? Es muss dir doch klar gewesen sein, dass du ihm am Ende das Herz brechen würdest.«

Kelsey öffnete den Mund. »Aber …«

»Keine Ausflüchte mehr. Sprich mir nach: *Es war falsch, was ich getan habe.*«

Kelsey hielt einen Augenblick inne. Die ganze Zeit über, die sie mit Peter geredet hatte, hatte sie es nie ausgesprochen. Sie hatte sich nie eingestanden, dass es falsch war. Weil sie nicht wollte. Sie seufzte.

»Es war falsch, was ich getan habe.«

»Es war egoistisch.«

Kelsey ließ den Kopf hängen.

»Sprich mir nach«, hörte sie ihre Mutter sagen.

»Es war egoistisch.«

»Es war grausam.«

Kelsey vergrub das Gesicht in den Händen. »Es war grausam.«

Ihre Mutter nahm ihre Hände, hielt sie fest und drückte sie. »Du bist eine wundervolle junge Frau, die ein bisschen durcheinander war.«

»Ein bisschen mehr als ein bisschen.«

»Ganz schön durcheinander. Aber weißt du, wer eigentlich für junge Frauen da sein sollte, wenn sie durcheinander sind?«

Kelsey schaute auf.

»Ihre Mutter. Und ich war nicht für dich da.« Ihr Kinn zitterte.

Kelsey legte die Finger unter die Augen ihrer Mutter und fing ihre Tränen auf. »Nicht weinen, Mom.«

»Und dein Vater auch nicht. Wir waren so sehr mit unserer eigenen Trauer beschäftigt, dass wir unsere eigentliche Aufgabe vernachlässigt haben. Wir hatten keine Ahnung, wie schlimm es für dich ist. Du warst immer eine Kämpferin. Michelle war die Sensible, die alles so schwer nahm, aber du warst taff.«

»Ich bin immer noch taff«, verkündete Kelsey, aber aus ihrem Mund klang das gerade albern, mit ihrer roten Nase und der rosa Strickjacke, die sie über ihrem Abschlusskleid trug.

»Ach Kels.« Ihre Mutter streckte die Arme aus und zum ersten Mal seit langer Zeit schmiegte Kelsey sich an sie und der Schmerz ließ ein bisschen nach. Aber es tat immer noch weh. Es hatte wehgetan, bevor sie Peter kannte, und würde für immer wehtun.

»Es tut mir leid«, sagte sie leise.

»Mir auch«, sagte ihre Mutter.

»Ich vermisse sie einfach so sehr.«

»Ich auch.« Kelsey spürte, wie die Brust ihrer Mutter sich verkrampfte, Tränen fielen ihr ins Haar. Kelsey kuschelte sich noch dichter an sie.

Ein wenig später gingen sie weiter, im Gleichschritt in Richtung Osten, dem Sonnenaufgang entgegen.

Kelsey fiel auf, dass der Schmerz in ihrem Inneren nicht nur Trauer war, da war noch etwas anderes, etwas viel Simpleres.

Sie brach das Schweigen. »Ich hab Hunger. Können wir Eis essen gehen?«

Beim krächzenden Lachen ihrer Mutter zuckte Kelsey zusammen. In letzter Zeit hatte sie es so selten gehört.

»Es ist sieben Uhr morgens«, erwiderte ihre Mutter. Aber dann dachte sie nach und fragte: »Glaubst du, die Läden haben schon geöffnet?«

KAPITEL 37

Kelsey stand mitten im Stadion in einer Reihe von Tänzerinnen, ihre Locken waren vom Haarspray so starr, dass sie beinahe klapperten, wenn sie den Kopf bewegte. Die Wimpern waren dick getuscht und ihre Lippen ganz klebrig von einer frischen Schicht Farbe. Sie lächelte die unzähligen Sitzreihen ringsum an, als säßen dort Tausende von begeisterten Fans. Außer Hallo und ihrem Namen hatte sie zu niemandem ein Wort gesagt. Sie verhielt sich wie eine Maschine, denn das war nötig, um sich hier zu behaupten.

Jetzt zahlte sich alles aus. Sie war eine von zwölf, die nach dem ganztägigen Vortanzen, das mit Hunderten begonnen hatte, noch dabei waren. Nach den Grundschritten in der ersten Runde war die Hälfte direkt rausgeflogen. In der zweiten Runde schafften sie es reihenweise nicht, sich eine einfache, zweiminütige Schrittfolge in der vorgegebenen Zeit einzuprägen. Sie blieb dabei. Nicht, weil sie herausstach oder irgendetwas Besonderes an sich hatte. Das konnte man von den Zuschauerrängen ohnehin nicht sehen. Sie war immer noch dabei, weil sie funktionierte.

Eine Rothaarige aus dem Team ging vor den Mädchen auf dem Kunstrasen auf und ab, ihre Pompons hielt sie hinter dem

Rücken. Kelsey erinnerte sich, dass sie Missy hieß. Sie hatten sich damals auf Davis' Party kennengelernt. Missy hatte Kelsey von der Seitenlinie kurz zugewinkt und gezwinkert.

»Willkommen zur letzten Runde unseres Vortanzens! Ihr könnt euch gratulieren. Ihr habt es bis hierhin geschafft und euch gegen eine Menge unglaublicher Tänzerinnen durchgesetzt.«

Missy klatschte ein paar Mal übertrieben mit ihren Pompons und die Tänzerinnen an der Seitenlinie stimmten ein.

»Ihr solltet euch eine Hip-Hop-Kombination merken. Die zeigt ihr jetzt einzeln. Können wir bitte die Nummer sieben sehen?«

Das erste Mädchen war auch eine Maschine, stellte Kelsey fest. Aber eine gute Technik sollte nicht unbedingt bedeuten, dass die Tänzerin aussah wie ein Roboter. Jede Bewegung für sich war exakt ausgeführt, aber insgesamt wirkten die Bewegungen abgehackt. Sie sollten fließen, als würde die Tänzerin etwas darstellen und über jede Bewegung nachdenken, die sie ausführte. Wie in dem Video, das Mrs Wallace gezeigt hatte. So sollte Tanzen sein.

»Danke«, rief die Rothaarige und schaute auf ihr Klemmbrett. »Zweiundfünfzig, bitte!«

Das nächste Mädchen tanzte bis zum Schluss fehlerlos. Dann brachte der Flickflack sie aus dem Gleichgewicht, sodass der Strecksprung mit ganzer Drehung schlecht getimt war.

Kelsey schluckte, immer noch lächelnd, und klatschte für ihre Konkurrentinnen, aber sie wusste, dass der Flickflack ihr womöglich auch Probleme machen würde. Sofern man keine Turnerin war, machte ein Flickflack jeder Tänzerin Probleme.

»Danke. Die Zwölf bitte!«

Als Nummer zwölf tanzte, schweifte Kelsey mit den Gedanken ab. Sie versuchte gar nicht mehr zu verhindern, dass sie an Peter dachte. Seine Wut hatte sie sogar angetrieben, sich noch mehr anzustrengen. Es fiel ihr leichter, sich im Tanzen zu verlieren, wenn sie vor etwas davonlief.

Also konzentrierte sie sich auf ihren Flickflack. Sie stellte sich einfach immer wieder vor, wie sie ihn ausführte. Als sie den Flickflack vor ihrem inneren Auge sah, fiel Kelsey auf, wie absurd es war, dass ihre gesamte Zukunft an einer Bewegung hing, die nur eine halbe Sekunde dauerte.

Wenn sie es ins Team schaffte, würde sie im Jahr Hunderte von Flickflacks machen, und trotzdem war dieser hier so wichtig, weil sie ihn heute auf diesem Kunstrasen machte, vor einem Haufen Mädchen, die sie mit einer Nummer anredeten.

Nummer zwölf beendete die Kombination und die Tänzerinnen klatschten wie Missy zwei Mal mit ihren Pompons.

Die blau und rot geschminkten Gesichter erinnerten Kelsey an Andy Warhols Drucke von Marilyn Monroe. Sie verstand nur nicht, inwiefern sie irgendjemanden dazu bringen sollten, zwei Mal über das Tanzen nachzudenken. Genau genommen flog sie raus, wenn sie auch nur das geringste bisschen von der Choreografie abwich und dem ganzen ihren eigenen Touch verlieh.

Wollte sie damit die nächsten vier Jahre verbringen?

»Danke. Vierunddreißig, bitte!«

Zu spät jetzt darüber nachzudenken, die Entscheidung war getroffen. Kelsey war die Nummer vierunddreißig. Sie machte einen Schritt aus der Reihe und ging mit gestreckten Zehen bis zur Markierung.

Die Musik setzte ein und sie vergaß ihre Zweifel. Sie ließ ihren Körper seine Arbeit machen.

Als sie auf die Knie ging, dachte sie daran, wann sie sich das letzte Mal besonders gefühlt hatte beim Tanzen: als sie sich die Schritte selbst ausgedacht hatte. Als ihre Tänzerinnen sich auf den Boden fallen ließen und zum einsetzenden Beat von *Dance Yrself Clean* wieder aufgesprungen waren.

Jeder Takt saß. Sie hatte diese Kombination sechs Monate lang geübt.

Dann dachte sie daran, wie Peter ihr zugesehen hatte, als sie in Paris die Hüften schwang. Er liebte es, wie sie tanzte. Ohne es zu wissen, hatte er entdeckt, wer sie wirklich war.

Jetzt kam der Flickflack.

Sie nahm Schwung und er gelang ihr einwandfrei. Sie musste beinahe lachen. Ihre Sorge war umsonst gewesen.

Sie hatte die Choreographie gerockt.

Kelsey war eine großartige Tänzerin.

Aber sie brauchte das alles hier nicht. Sie wollte, dass die Leute sich ihretwegen besonders fühlten. Sie sollten zwei Mal nachdenken. Und die erste Person, die beides tun sollte, war in El Dorado.

Als die Mädchen zwei Mal mit den Pompons klatschten, riss Kelsey die Nummer ab, die an ihr Tanktop geheftet war, und verließ das Spielfeld.

Wenn sie sich beeilte, erwischte sie Peter noch, bevor er Kansas wieder verließ. Wohin er ging, wusste sie nicht, aber sie würde nicht zulassen, dass er es ohne sie tat.

KAPITEL 38

Kelsey raste Richtung Westen, als würde hinter ihr ein Feuer lodern. Vielleicht tat sie nicht das Richtige. Sie wusste nicht, ob es das in den Augen ihrer Mutter wäre, aber sie wusste, dass es für sie das Richtige war.

Bei Peter angekommen, blieb sie unsicher auf dem Rasen stehen. Sie verdrängte dabei all den Schmerz, den sie ihm bereitet hatte, das wusste sie.

Denn gleichzeitig war sie überzeugt, dass es neben diesem Schmerz noch ein anderes Gefühl gab: die Liebe zwischen ihr und ihm.

Sie klopfte.

Cathy öffnete die Tür, sie trug ein übergroßes T-Shirt und eine mit Garfield bedruckte Schlafanzughose. Zuerst schien sie Kelsey in ihrer Tanzkluft und mit all der Schminke nicht zu erkennen. Dann verengten sich ihre blauen Augen.

Wahrscheinlich hatte Peter ihr alles erzählt.

»Du?«, sagte sie, fassungslos, dass Kelsey hier vor ihr stand. »Was willst du?«

Kelsey reckte das Kinn. Sie schämte sich nicht. Sie hatte keine Angst mehr. »Ich bin gekommen, um mich zu entschuldigen und die Sache zu erklären.«

»Entschuldigung nicht angenommen«, sagte Cathy. »Verschwinde!«

»Bitte, lassen Sie mich rein. Ich muss mit Peter reden.«

»Du bist die Letzte, mit der er reden will.«

Das saß. Kelsey schwieg, rührte sich aber nicht.

»Hör mal, ich sag dir, wie es ist. Er will dich nie wieder sehen, kapiert?«

Kelsey lugte unter Cathys Arm hindurch und hoffte auf ein Anzeichen von Peter. Aber sie sah nur ein dunkles Haus.

»Bitte.« Kelseys Stimme war jetzt leiser. »Ich hab nicht gewollt, dass das so außer Kontrolle gerät. Ich liebe ihn.«

Cathy sagte nichts. Sie gestikulierte nur übertrieben mit dem Zeigefinger, als würde sie einen Hund wegjagen.

Kelsey ging die Stufen hinunter, ihre Haut glühte vor Scham und Wut.

»Halte dich einfach fern von meinem Sohn«, sagte Cathy zu ihrem Rücken. »Das sollte ja nicht so schwer sein.«

Kelsey wirbelte herum, um etwas zu sagen, was, wusste sie nicht, aber die Tür war schon zu.

Sie stieg ins Auto, ließ den Motor an und starrte auf das Lenkrad.

Plötzlich klopfte es ans Fenster. Ihr Herz hüpfte.

Meg stand neben dem Auto, wie immer mit einem Pferdeschwanz, aber diesmal in einem T-Shirt mit der Aufschrift *Wildcats Cheerleader*.

Kelsey ließ das Fenster auf der Fahrerseite herunter.

»Hey«, sagte Meg.

»Hey.«

»Wie geht's?« Kelsey sah, wie Meg sich lautlos dafür verfluchte, eine so blöde Frage zu stellen.

»Kann ich dich was fragen?«

Meg nickte.

»Ist er da?« Kelsey zeigte auf das Haus.

Meg schaute hinter sich und nickte wieder. Er hatte sie bestimmt gesehen oder zumindest gehört. So groß war das Haus nicht. Vielleicht hatte seine Mutter recht. Anscheinend hasste er sie wirklich abgrundtief.

Kelsey sah Meg an. Sie war überrascht, dass sie überhaupt mit ihr sprach. »Was denkst du?«

Meg runzelte nachdenklich die Stirn. »Na ja«, sagte sie zögernd. »Ich weiß es eigentlich schon seit einer Weile.«

»Woher?«

Als Antwort hielt Meg einen Umschlag in die Höhe. Kelseys Video.

»Der wurde zu uns nachgeschickt, als sie den Stützpunkt gewechselt haben«, erklärte sie. »Ich hab ihn aufgemacht, weil … na ja, ich weiß nicht, warum. Ich schätze mal, ich war neugierig auf dich. Und dann haben wir uns kennengelernt und ich mochte dich und dann hab ich dich wiedergesehen und mochte dich immer noch. Ich wusste nicht, was ich machen soll! Ich wollte mich da nicht einmischen, du weißt schon, in das, was zwischen euch lief. Du und Peter, ihr passt wirklich gut zueinander.«

Kelsey verzog den Mund und biss die Zähne zusammen. Sie passten vielleicht gut zueinander, aber jetzt war es zu spät. Er hasste sie. Zu recht.

Meg fuhr fort: »Also, ich finde … du solltest es zurückhaben.« Sie ließ den Umschlag durch das offene Fenster in Kelseys Schoß fallen.

Kelsey nahm ihn und warf ihn direkt wieder hinaus. »Verbrenn ihn.«

Sie wollte nicht noch eine Erinnerung an ihren dummen

Fehler. Sie musste sich von dieser Familie trennen, von diesen Erinnerungen, diesem Haus. Sie ließ den Motor aufheulen.

Meg hob den Umschlag vom Boden auf und schlug sich die Hand vor den Kopf. »Ich hab alles kaputt gemacht, oder?«

»Nein«, Kelsey lächelte traurig. »*Ich* hab alles kaputt gemacht.« Dann fiel ihr Megs Shirt auf. »Glückwunsch, übrigens, dass du's ins Team geschafft hast.« Sie ließ das Fenster hoch und fuhr davon.

KAPITEL 39

Dieses Mal war es viel erfreulicher, für die Reise nach Paris zu packen. Oder zumindest ruhiger. Kelsey legte – na ja, stopfte, denn sie war kein großer Fan davon, Gedanken an mögliche Knitterfalten zu verschwenden – eine enge Jeans und eine Strickjacke nach der anderen in ihren Koffer. Schließlich musste sie sich nur noch an ihre eigenen Kleidervorschriften halten. Sie ließ Platz für ihre Tanzsachen, die noch in der Wäsche waren. Was für Kleidung sie für einen Intensivkurs in *Modern Dance* brauchte, wusste sie nicht, aber sie nahm an, dass sie alles Wesentliche schon hatte. Falls nicht, würde sie improvisieren. Es gab Schlimmeres im Leben.

Als Kelsey vor einer Woche von Peters Elternhaus zurückgekommen war, hatte sie das Geld, das sie zum Abschluss bekommen hatte, auf ihr Konto eingezahlt und festgestellt, dass es reichte, um so ziemlich überall hinzufliegen.

Sie hatte an Südamerika gedacht, aber sie konnte genauso wenig Spanisch wie Französisch und hatte auch noch nie besonders für beeindruckende Bergketten oder den Regenwald geschwärmt.

Was Natur betraf, reichte ihr die Prärie völlig.

Paris hingegen reizte sie, seit sie zum ersten Mal dort gewesen war, und schließlich hatte sie noch nicht einmal die Hälfte der Orte besucht, die sie auf den Plakaten in der U-Bahn gesehen hatte.

Ihre Eltern waren einverstanden, dass sie die Studiengebühren für das erste Semester stattdessen in einen einmonatigen Sommer-Tanzkurs in Paris steckte. Kelsey hatte den Eintritt ins College aufgeschoben. Sie würde schon eines Tages dort landen.

Ab heute Abend war sie erst einmal weg. Zwei Monate hatte sie für sich allein in der Stadt, bevor der Tanzkurs losging. Das klang zwar einsam, war aber wahrscheinlich genau das, was sie brauchte: Zeit, um Ähnlichkeit mit der Kelsey zu bekommen, die sie jetzt war, ohne Michelle, ohne Peter, ohne Davis, ohne das Tanzteam des Colleges.

»Bist du fertig, Süße?«, rief ihr Vater von unten.

»Komme!«

Bevor sie abreiste, musste die Familie noch etwas erledigen. Ihre Mutter trug die schlichte silberne Urne, die sie endlich beim Bestatter abgeholt hatten. Sie sollte nicht im Haus bleiben. Kelsey und ihre Eltern waren sich einig, dass es dort bereits genug Erinnerungen an Michelle gab.

Sie gingen unter einem Baldachin aus mächtigen Eichen und Pappeln auf den rissigen Gehwegen die Straße hinunter bis zu der alten Eisenbahnlinie.

Dann überquerten sie die Schienen und nahmen den Weg zum Staudamm, wo ein notdürftiger Pfad aus großen Steinen durch das seichte Wasser führte. Über die Rampe aus Kalkstein kletterten sie den Staudamm hinauf, blieben in der Mitte stehen und schauten auf den Fluss, der sich Richtung Westen durch die Landschaft schlängelte.

Kelsey nahm die silberne Urne aus ihrer Hülle und reichte sie ihrer Mutter.

Ihre Mutter hielt sie flüchtig an ihre Lippen und flüsterte etwas, das Kelsey nicht hören konnte. Und übergab sie ihrem Ehemann.

»Leb wohl, mein kleiner Schatz«, sagte ihr Vater und drückte die Urne einen Moment lang zärtlich an sich.

Dann gab er sie leise lächelnd Kelsey. Sie war schwer und warm von der Sonne.

Kelsey musste nichts sagen, das wusste sie. Sie und Michelle würden immer im Dialog miteinander stehen, ob sie das wollte oder nicht. So hatten sie getickt und so würden sie immer ticken. Sie waren miteinander verbunden, trieben sich gegenseitig an und ergänzten sich.

Viel Spaß! sagte sie lautlos zu Michelle und hob den Deckel.

Der unbegreifliche Schmerz in ihrem Inneren ließ ein wenig nach, der Wind erfasste die Asche und trug sie aufs Wasser, wo ihre Reise begann.

Als sie nur noch einen Häuserblock von zu Hause entfernt waren, sahen sie eine Gestalt auf der Hollywoodschaukel sitzen. Sie erkannte ihn sofort und in ihrer Brust brannte es. Kelseys Eltern gingen wortlos an ihm vorbei ins Haus, aber Kelsey blieb stehen.

»Hi, Peter.«

Er trug Jeans und ein verwaschenes blaues T-Shirt. Sie stand ein paar Meter von ihm entfernt und sah, wie gut sein Shirt das Blau seiner Augen hervorhob.

»Das hat Meg mir gegeben.« Er stand auf. In der Hand hielt er den Umschlag mit ihrem USB-Stick, der jetzt an den Ecken ganz abgestoßen war von seiner Reise nach Afghanistan und zurück.

Kelsey schwieg. Sie hatte nicht die geringste Hoffnung gehabt, dass er es sich anschauen würde und nun rechnete sie damit, dass die Wunde erneut aufriss. Und trotzdem war sie ihm einfach unendlich dankbar, dass er überhaupt hier war, so unerwartet. Wenn man jemanden so sehr liebt, kann man nicht einfach beschließen, wann, wie, ob oder ob nicht, man damit aufhört. Sie hatte es versucht, aber schnell aufgegeben.

»Hast du das alles ernst gemeint?«, fragte er.

Sie seufzte. »Jedes Wort.«

Warum war er hier?

»In diesem Fall«, sagte er und machte einen Schritt von der Veranda, »tut es mir leid, wie ich dich behandelt habe. Und meiner Mutter tut es sicher auch leid.«

»Also.« Kelsey stemmte die Hände in die Hüften, um sich von einem Schlag zu erholen, den sie gar nicht bekommen hatte. »Ich verzeihe dir. Natürlich verzeihe ich dir. Ich wäre verrückt, dir nicht zu verzeihen.«

Peter hielt mit einem halben Lächeln den Umschlag in die Höhe. »Du bist so oder so verrückt.«

»Du bist auch verrückt«, sagte sie achselzuckend und dachte daran, wie er im Schlangen-Land den Kopf in ihren Schoß gebettet hatte.

»Wir spinnen beide ein bisschen, was?«

Kelsey nickte lächelnd und starrte auf den gepflasterten Gehweg unter ihr. Er berührte ihren Arm und sie hob den Kopf.

Peters Miene hatte sich verändert. »Aber wir wären noch schlimmer dran, wenn wir uns nicht hätten. Ich wäre schlimmer dran gewesen, wenn ich dich nicht gehabt hätte, egal, wer du warst oder wer du vorgegeben hast zu sein. Durch dich hatte ich das Gefühl, tapfer zu sein.« Sein Mund zuckte.

»Das durchstehen zu können.«

»Und du hast es geschafft«, sagte Kelsey.

»Ich hab deine Briefe aufbewahrt.« Er sprach schnell und aufgeregt.

Ein gewaltiges Lächeln breitete sich auf Kelseys Gesicht aus. »Ich hab deine wieder aus dem Müll geholt.«

»Ähm, danke«, sagte er.

»Sie riechen jetzt nach Senf.«

Zu ihrer beider Überraschung lachte er laut auf. Er schaute ihr in die Augen und dann konnten sie den Blick nicht mehr voneinander lösen.

Eine Weile sprachen sie nicht, sondern betrachteten sich nur aufmerksam gegenseitig. Aus dem Haus erklang Musik, irgendein Klavierstück. Ein laues Lüftchen regte sich.

»Was meinst du?«, fragte er. »Fangen wir noch mal von vorne an?«

Obwohl sie einfach nur erleichtert war, brannten Kelseys Augen. Alles war klar, sogar die Tränen, durch die sie ihn sah.

»Gerne«, sagte sie so ungezwungen wie möglich.

»Hi, ich bin Peter.« Er lächelte sein Lächeln und streckte die Hand aus.

»Hi, Peter.« Sie schlug ein. »Ich bin Kelsey.«